重庆市脱贫攻坚优秀文学作品选

梅江河在这里拐了个弯

MEIJIANGHE
ZAI ZHELI
GUAILEGEWAN

陈永胜 / 著

重庆出版集团 重庆出版社

图书在版编目(CIP)数据

梅江河在这里拐了个弯 / 陈永胜著. —重庆：重庆出版社，2021.3(2022.2重印)
(重庆市脱贫攻坚优秀文学作品选)
ISBN 978-7-229-15523-0

Ⅰ.①梅… Ⅱ.①陈… Ⅲ.①长篇小说—中国—当代 Ⅳ.①I247.5

中国版本图书馆CIP数据核字(2020)第241961号

梅江河在这里拐了个弯
MEIJIANGHE ZAI ZHELI GUAILE GE WAN
陈永胜 著

丛书主编：魏大学
丛书执行主编：孙小丽
丛书副主编：牛文伟 杨 勇
责任编辑：孙淑培
责任校对：陈 琨
装帧设计：戴 青
封面插画：珠子酱

重庆出版集团
重庆出版社 出版

重庆市南岸区南滨路162号1幢 邮政编码：400061 http://www.cqph.com
重庆出版社艺术设计有限公司制版
重庆天旭印务有限责任公司印刷
重庆出版集团图书发行有限公司发行
E-MAIL:fxchu@cqph.com 邮购电话：023-61520646
全国新华书店经销

开本：787mm×1092mm 1/16 印张：21.25 字数：260千
2021年3月第1版 2022年2月第3次印刷
ISBN 978-7-229-15523-0
定价：65.00元

如有印装质量问题，请向本集团图书发行有限公司调换：023-61520678

版权所有 侵权必究

编委会

○ 编委会主任
刘贵忠　辛　华

○ 编委会顾问
刘戈新

○ 编委会副主任
魏大学　陈　川　黄长武　莫　杰　王光荣　田茂慧
李　清　罗代福　冉　冉

○ 编委会成员
孙元忠　周　松　兰江东　刘建元　李永波　卢贤炜
胡剑波　颜　彦　熊　亮　孙小丽　徐威渝　唐　宁
吴大春　李　婷　陈　梅　蒲云政　李耀邦　王金旗
葛洛雅柯　汪　洋　李青松

○ 编　　辑
谭其华　胡力方　孙天容　皮永生　郑岘峰　赵紫东
刘天兰　李　明　郭　黎　王思龙　李　嘉　金　鑫

总　序

　　重庆是一座高山大川交织构筑的城市,山水相依,人文荟萃。这里有鳞次栉比的高楼华厦、流光溢彩的两江夜景、麻辣鲜香的地道火锅、耿直爽朗的重庆崽儿……她的美丽令人倾倒,她的神奇让人向往,她的热情催人奋进。重庆也是一座集大城市、大农村、大山区、大库区和少数民族地区于一体的城市,城乡差距大,协调发展任务繁重。重庆直辖之初,扶贫开发是中央交办的"四件大事"之一。2014年年底,全市有国家扶贫开发工作重点区县14个、市级扶贫开发工作重点区县4个,有扶贫开发工作任务的非重点区县15个,贫困村1919个,贫困发生率7.1%。2016年1月,习近平总书记视察重庆时强调,重庆脱贫攻坚"这个任务不轻"。

　　让贫困人口和贫困地区同全国一道进入全面小康社会,是我们党的庄严承诺,打赢脱贫攻坚战是时代赋予我们的光荣使命。重庆广大干部群众坚定融入时代洪流,投身强国伟业,拿出"敢教日月换新天"的气概,鼓起"不破楼兰终不还"的劲头,向贫困发起总攻,坚决打赢脱贫攻坚战。在全市上下一心、同心同德的艰苦奋战中,在基层广大扶贫干部和群众的不懈努力下,经过8年精准扶贫、5年脱贫攻坚,重庆市脱贫攻坚取得历史性、根本性、决定性成效。贫困区县悉数脱贫"摘帽",累计动态识别(含贫困家庭人口增加)的190.6万建档立卡贫困人口全部脱贫,历史性消除了绝对贫困,大幅提高了贫困群众收入水平,极大改善了农村生产生活生态条件，明显加快了贫困地区发展，有效提升了农村基层治理能力，显著提振了干部群众精气神。2019年4月，习近平总书记视察重庆时指出，"党的十九大以来，重庆聚焦深度贫困地区脱贫攻坚，脱贫成效是显著的"，"重庆的脱贫攻坚工作，我心里是托底的"。

习近平总书记在决战决胜脱贫攻坚座谈会上强调，"脱贫攻坚不仅要做得好，而且要讲得好"。讲好脱贫攻坚的实践故事，讲好各级各部门统筹推进疫情防控和脱贫攻坚工作的攻坚故事，讲好基层扶贫干部的典型事迹和贫困地区人民群众艰苦奋斗的感人故事，是广大作家和文学工作者的时代责任和光荣使命。面对乡村的巨变和社会的进步，面对形象丰满的扶贫工作者群像和感人至深的扶贫励志故事，面对许多不甘贫困的普通百姓，面对人民群众美好生活的新期待，重庆广大文学工作者投身脱贫攻坚主战场，用文学创作的方式反映大时代背景下重庆人民在脱贫攻坚战役中的不平凡经历和取得的伟大业绩，记录伟大时代的火热实践，记录人民日新月异的新生活，创作出一批优秀脱贫攻坚主题文学作品，《重庆市脱贫攻坚优秀文学作品选》应时而生。

《重庆市脱贫攻坚优秀文学作品选》是在中共重庆市委宣传部的支持下，由重庆市扶贫开发办公室、重庆市作家协会联合策划的系列丛书。为了讲好重庆的脱贫攻坚故事，创作出有筋骨、有硬核、有温度、有品位的文学作品，重庆市扶贫办组织专班提供了大量典型素材和采访线索，组织专人陪同作家深入一线采风采访。重庆市作协遴选了一批来自脱贫攻坚工作一线的优秀作家执笔，组织创作优秀作品。项目甫立，这批作者或早已投身于脱贫攻坚火热的现实中，或遍访民情搜集创作的素材，或直面基层和一线的真实，积累了丰富细腻的情感。通过他们各自不一样的脚力、眼力、脑力和笔力，一幕幕感人至深摆脱贫困的场景得以再现，一个个人物典型的人格魅力得以张扬，一份份对农村新貌的赞美得以抒发……

《重庆市脱贫攻坚优秀文学作品选》由13部优秀文学作品组成，

体裁涵盖长篇小说、纪实文学、散文和诗歌等。钟良义创作的长篇小说《我是第一书记》，以三个主动请缨到脱贫攻坚第一线的城市青年干部的扶贫经历为主线，展示了重庆脱贫攻坚工作的艰巨性和复杂性，表现了重庆青年党员群体的责任担当；罗涌创作的长篇小说《连山冲》讲述了位于武陵山集中连片特困地区的连山冲村克服重重困难成功脱贫的故事，塑造了脱贫攻坚工作中的各色人物的鲜明个性，全景式地书写了精准扶贫精准脱贫中的艰难与坚韧、痛苦与希望以及从精准帮扶到产业致富的山村发展路径与规律；陈永胜创作的长篇小说《梅江河在这里拐了个弯》以身患绝症的扶贫干部林仲虎在生命的最后时刻依然坚守在扶贫第一线的感人事迹，折射梅江河，乃至秀山县脱贫攻坚工作的艰辛历程；刘灿创作的长篇小说《蜜源》讲述了留学归国青年踌躇满志来到贫困山区创业的故事，讴歌了新时代知识青年的理想追求，展现了新时代重庆农村的人文风貌；何炬学创作的长篇报告文学《太阳出来喜洋洋》通过讲述一个个"奋斗者"的脱贫故事、赞颂"助力者"的全心投入，全面展示了自2014年全国新一轮脱贫攻坚工作开展以来，重庆全域在此工作中的生动景象，并努力挖掘重庆的文化底蕴，彰显重庆人的精神和气质；周鹏程创作的报告文学《大地回音》是他深入重庆14个国家级贫困县和4个市级贫困县采访、调研的结晶，反映了重庆农村特别是贫困山区在脱贫攻坚战中发生的天翻地覆的变化；谭岷江创作的报告文学《春天向上》通过对石柱县中益乡各村帮扶贫困户产业脱贫致富故事的讲述，勾勒出一幅山区土家族人民在新时代努力奋进，积极乐观地追求幸福的壮美画卷；李能敦创作的散文集《别急，笑起来——巫山县脱贫攻坚人物谱》生动刻画了一批来自巫山县脱贫攻坚一线的人物群像，记录了他们在脱贫攻坚战役中的奋斗与牺牲，泪水与欢笑；龙俊才创作的散文集《我把中坝当故乡——驻村扶贫纪实》还原了中坝村扶贫干部与群众在脱贫攻坚战一线，确保高质量完成任务的方方面面，是全国打赢脱贫攻坚战中一个生动的缩影;徐培鸿创作的长诗《第一书记杨丽红》借由对脱贫攻坚战中的女性群体的观照,展现出广大驻村女干部们的艰辛付出和人性中的大美;袁宏创作的诗集《阳光照亮武陵山》围绕武陵山区的脱贫攻坚展开诗性建构,集中反映了酉阳土家族苗族自治县广大干部群众积极投身脱贫攻坚的国家战略,展现了人们面对困难守望相助的内心世界和追求美好生活的坚毅品质;戚万凯创作的儿歌集《我向马良借支笔》,以琅琅上口的儿歌展现脱贫攻坚的生动场面和新农村的美丽画卷,通过生动活泼、富有童趣的形式,传递党的扶贫声音,讴歌扶贫干部公而忘私的奉献精神和乡村群众自强不息剜穷根的精神风貌。丛书还收录了傅天琳、李元胜、张远伦、冉仲景、杨犁民等70余位重庆诗人创作的诗集《洒满阳光的土地——重庆市脱贫攻坚诗选》。这些作品散发着巴山渝水的浓郁乡土气息,晕染着山城文化的独特魅力,不仅凝练了百折不挠、耿直豁达的重庆性格,而且写出了重庆人感恩奋进、誓剜穷根的精气神,总结了重庆在生态、教育、健康、搬迁、文化、产业等方面的典型经验。作家们的创作不回避矛盾,不矫饰问题,以真情与热诚书写贫困地区的变化,把脱贫攻坚故事写得实实在在、有血有肉、鲜活生动,彰显了重庆文艺工作者在脱贫攻坚中强烈的使命感和责任感。

《重庆市脱贫攻坚优秀文学作品选》是重庆广大文学工作者与时代同行,与人民同心,把人民群众的伟大实践作为创作的不竭源泉而锻造出的精品力作。我们希望通过《重庆市脱贫攻坚优秀文学作品选》所传导的精神与力量,能够让群众的灵魂经受洗礼,让群众的精神为之振奋;能够鼓舞群众在挫折面前不气馁、在困难面前不低头;能够引导群众发现自然之美、人性之美,让群众看到美好、看到希望、看到梦想就在行即能至的前方。

丛书编委会
2021年1月

目 录
Contents

/ 总 序　　　　　　　　　　　　　　1

楔子　　　　　　　　　　　　　　1
第一章　　　　　　　　　　　　　6
第二章　　　　　　　　　　　　　17
第三章　　　　　　　　　　　　　31
第四章　　　　　　　　　　　　　42
第五章　　　　　　　　　　　　　51
第六章　　　　　　　　　　　　　63
第七章　　　　　　　　　　　　　74
第八章　　　　　　　　　　　　　82
第九章　　　　　　　　　　　　　89
第十章　　　　　　　　　　　　　100

第十一章	*108*
第十二章	*115*
第十三章	*124*
第十四章	*129*
第十五章	*136*
第十六章	*150*
第十七章	*166*
第十八章	*176*
第十九章	*183*
第二十章	*190*
第二十一章	*196*
第二十二章	*205*
第二十三章	*210*
第二十四章	*220*

目录

第二十五章	224
第二十六章	240
第二十七章	251
第二十八章	258
第二十九章	265
第三十章	271
第三十一章	279
第三十二章	292
第三十三章	305
尾　声	314
后　记	322

六个月后,梅江河沿岸清风拂柳。在英树村栽满桐子树的高粱坪,奄奄一息的林仲虎顺着高晓丽的目光,望向九弯十八拐的梅江河上游……恍惚中,他依稀记起了那些为映格沟早日脱贫而奋战不息的日日夜夜……

楔子

两河湾的彭老支书低着头,脸上像有几百条虫子在爬。

在全县扶贫工作动员大会上被分管副县长点名批评的滋味放在谁的身上都不好受。

揪心啊。

直待分管副县长的训话转移到下一个贫困村——映格沟,彭老支书才敢将头抬起来。他悄悄将目光投向侧面第四排映格沟扶贫"第一书记"林仲虎的身上。

此时的林仲虎,双手抱腹,弓着腰,一副苦不堪言的样子。

彭老支书重重地叹了一口气。

石堤镇两河湾与钟灵镇映格沟同属梅江河流域,一个在秀山县东部,一个在秀山县南端,相隔千山万水,却一样的偏远,一样的贫穷。

两个村同一天被分管副县长点名批评,对其特殊的地理位置来说无疑充满了戏剧意味。

梅江河自钟灵镇映格沟发源,至石堤镇两河湾后汇入酉水河流向湖南,全长130多公里,流经秀山近二分之一的乡镇街道,是秀山的"母亲河"。流域之内,山重水复,地广人稀,贫穷落后的面貌在全县尤为明显。

改革开放以来,梅江河流域的很多乡镇都发生了翻天覆地的变化。而处于梅江河下游的石堤镇和梅江河上游的钟灵镇却因地理位置偏远,工业、农业、畜牧业等各方面发展都处于全县的落后地位,特别是2014年以来,秀山的"扶贫攻坚"战役开展得轰轰烈烈,石堤镇、钟灵镇其他村居的面貌都有了明显改变,但交通更加

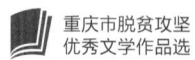

闭塞的两河湾和映格沟却还在原地踏步，贫困家庭有增无减。

作为两个村的"领头人"，彭老支书和林仲虎尽管在各自的岗位上都使出了浑身解数，但村里的贫困面貌依然难改，村民收入始终排名全县靠后。在今天的扶贫动员大会上被分管副县长当着全县三百多名干部职工的面点名批评，实在是让人抬不起头来。

两个人在颜面扫地的同时，还觉得特别愧对当地百姓。

林仲虎是秀山旅游局选派的扶贫"第一书记"，去钟灵镇映格沟任职不到半年，之前很多扶贫工作上的"懈怠"还可以推到上一届村干部身上，但彭老支书就不同了，土生土长，在石堤镇两河湾当了几十年的村支书，又是老共产党员，凡事亲力亲为……然而村民们的收入始终提不上去，不仅自身脱不了贫，还在脱贫攻坚这个节骨眼上拉低脱贫指数，拖了全县的后腿，叫他如何不揪心？

人要脸，树要皮，为两河湾操心操劳了大半辈子的彭老支书，可以说是要有多难受就有多难受。

然而当他看到林仲虎狼狈不堪的样子之后，才觉得最难受的也许不是自己，而应该是林仲虎。

林仲虎此刻面容苍白，额头上布满汗珠，整个人像要虚脱了一般。

看来映格沟的贫困状况比两河湾还要严重？

"千万不要气馁……我们可以总结经验……"

林仲虎毕竟比自己要年轻许多，心理承受能力肯定无法与自己相提并论。看见林仲虎如此萎靡，彭老支书真想安慰一下他。

好不容易熬到分管副县长的训话告一段落，彭老支书才逐渐恢复了平日的神色。他抬起头来，四下环顾，然后悄悄取出手机，找到林仲虎的号码，在短信一栏写了一行字：

> 林书记，别太难受，我们可以找个机会组织各自的村委去其他扶贫帮困搞得好的先进村学习，争取今年底将经济搞上去，明年按时脱贫……

正准备发送，彭老支书猛然想起此时是开会时间，担心违反纪律，随即将短信删了。

秀山报记者向左手持相机，从主席台下绕过十几排座位，有意无意地走到彭老支书身边。

向左会前接受县委宣传部和县扶贫办的安排，负责在今后的一年里追踪报道两河湾与映格沟的发展变化。

向左与彭老支书是忘年交。来到彭老支书身边，见彭老支书低头沉思的样子，本来想通知他会后接受采访，但觉得这时候对他说什么话都会令人尴尬，索性打消了念头，装作什么事也没有似的从彭老支书身边走过。

为了获取第一手采访资料，散会后，向左抢先跑到会场大门口。看见林仲虎第一个从会场里走出，急忙上前打招呼。

林仲虎得知向左的意图，摇着头有气无力地说："对不起，我身体不适，我需要先找地方休息一下。"

不待向左答话，林仲虎自顾走出大门拒绝了采访。

向左略显尴尬，自嘲似的笑了笑。

好不容易等到彭老支书在大门口现身。

彭老支书十年前曾经跟向左一起徒步跋涉过梅江河全程，有过十五天同甘共苦的经历，也算是老熟人了，此时虽然狼狈，但还是努力地保持微笑，配合向左的采访。

向左递一支香烟给彭老支书。

彭老支书今年60岁，平日里屁股后面吊着一根二尺来长的老烟杆，一般情况只抽旱烟不抽香烟。不过此时他并没有推辞，机械地接过香烟，不自然地朝向左笑了笑，然后低头将香烟点燃，狠狠地吸了一口。

不待向左提问，彭老支书主动说："人老了，不服不行。不管从哪方面讲，我们这些上了年纪的人，确实干不过现在的年轻干

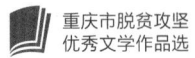

部。思想僵化啊。"

"哪里哪里。"向左一边抽烟一边客套,"老支书风采不减当年。在我看来,这几年两河湾经济成果不太理想,主要因素还是地理位置吧?你们两河湾是秀山最偏远的村落之一,发展缓慢可以理解。"

彭老支书苦笑。

也许是向左的这句话触痛了彭老支书身上的某一根神经,他苦笑几声之后,突然间满脸涨红,像刚刚喝了烈酒,支支吾吾半天没再说出一个字。

如此尴尬的场面,向左也不知该问点什么好,思考两分钟,觉得还是应该尽快结束这次采访。于是他有意识地将手里的笔记本放到背包里,故意轻描淡写地说:"的确也是,所有的客观条件都不应该成为借口,毕竟我们落后于全县其他的贫困村太多。老支书,通过这次会议,你觉得两河湾下一步该如何进行改变?"

彭老支书抬头看了看天,长长地叹息一声,然后无比果断地说:"我看两河湾最应该改变的,就是从村委的换届开始。不能再占着茅坑不拉屎,让村里的年轻人来干吧……"

说完这话,彭老支书也不管向左还有没有其他什么问题,将只抽了几口的香烟往地下一丢,转身走了。

望着彭老支书背着双手、微驼的背影,看着他一步一晃吊在屁股后面的老烟杆,向左突然想起十年前彭老支书在梅江河沿岸的意气风发,心中不觉产生几许酸楚。

时光无情,岁月的蹉跎。

彭老支书确实老了,目前全县的村干部中找不出一个像他这么大年纪的人。人老观念旧,思想保守,在秀山脱贫攻坚全面展开的巨大压力之下,彭老支书的肩膀很难承受两河湾快速从贫穷走向致富的重担。

向左狠狠地抽一口香烟。

一时之间，惆怅满怀。

正自沉吟，官庄镇英树村妇联主席熊柳从面前走过。向左赶紧伸手将她拦住。

"熊主席，熊主席，请留步。"

熊柳所在的官庄镇英树村地处梅江河中游，与石堤镇两河湾、钟灵镇映格沟形成鲜明对比的是离秀山主城区较近，区位优越，旅游资源丰富。由于上一届村委会的故步自封，英树村也被列入秀山85个贫困村之一。后来经过换届，全县脱贫攻坚战役开展不久，英树村便以旅游经济迅速发展而率先脱贫，成为这次全县扶贫工作动员大会评选出的脱贫"示范村"之一。

熊柳不认识向左，但从向左身上的装备便可以看出他是一名新闻记者。于是慌忙停下脚步，朝着向左点头。

"你好，你好。"

向左微笑。

"你好熊主席，我是秀山报记者，我想就英树村被评为脱贫'示范村'采访一下你。"

熊柳只有三十来岁，生性腼腆，从来没接触过记者，听说要采访自己，脸"腾"的一下就红了。拼命摇手："不，不，我只是妇联主席，只管妇联那一块事儿，很少参与村里的扶贫工作，很多事情不是特别清楚。这样好不好？我们村主任也在开会，这会儿应该快出来了，你等等，我这就去帮你找他……"

熊柳话未说完就羞答答地快步跑开了。

"今天的采访不算顺利啊……"

向左自嘲地偏了偏头，转身将目光投向会议厅门口另一拨散会的人流，等候下一个采访对象的出现。

初冬时节，北风吹来稍显寒冷。

第一章

高晓丽是学生家长中最后一个走进教室的人。

宫吕老师随手指了一个角落让她坐下。

这天是小学三年级三班例行家长见面会，全班学生家长有多半不是学生的父母，爷爷奶奶、外公外婆占学生家长总数的四分之三。

在这种情况之下，年轻漂亮、打扮入时的高晓丽格外引人注目。

绕过讲台，高晓丽不好意思地迅速瞄了眼坐在教室前排的一对双胞胎儿女，然后低垂着头，径直来到宫吕老师指定的位置坐下。

高晓丽性格开朗，要是来得早些，她一定会十分夸张地向双胞胎儿女挥手，然后左一声"小帅哥"右一声"小美女"地叫得让人肉麻牙痒……

教室里一片安静。

刚好坐下，高晓丽的手机就不合时宜地响了起来。看了看号码，觉得陌生，慌忙挂断，并快速将手机设置为静音状态。

这一系列动作说来算快，却让每一个学生家长都瞧在眼里。大家纷纷回头。有几个老头老太还将头凑在一块窃窃私语。

本来就迟到了十五分钟，加上手机响铃引发的小骚动，顿时让高晓丽产生了一丝"窘态毕露"的危机感。

不过高晓丽毕竟很有经验，于不动声色间赶紧调整心态。

她故作镇定，双手潇洒一抬，示意大家回过身去听老师讲话。

宫吕老师直视了高晓丽三秒，然后似有意似无意地转到刚才的话题，说到了家庭教育。

"我们家长平时一定要给学生做出表率，你的一言一行都会影响到你孩子的将来。不要将子女教育的责任都推给学校和社会，家庭才是学生教育的基础……"

高晓丽今年38岁，穿着时髦，从外表看最多三十出头，在秀山县城经营一家名为"运动青年"的旅行社，前些年生意红红火火，算得上是一个成功的职业女性。

以前的学生家长会都是丈夫林仲虎参加，这次林仲虎恰好去重庆西南医院检查身体。万不得已，高晓丽只好替代丈夫来开家长会。

没想到第一次参加家长会就弄出了这些尴尬，这是她自经营旅行社以来从未出现过的状况。她能够在各种场合下应对从容，周旋巧妙，短时间内让"运动青年"从全县十多家实力强劲的旅行社中脱颖而出，可见其精明强干。

可万万没有意料到，今日的一次迟到、一次手机响铃，居然让她感受到了什么叫作"巨尴尬"。

可以说长这么大，高晓丽还从来没有如此狼狈过。

也不知宫吕老师在讲台上又讲了些什么，十五点十三分，随着一阵桌椅板凳的"吱吱"声响，宫吕终于宣布家长见面会结束。

嘈杂声中，高晓丽上前与儿女打了声招呼，也没心情"小帅哥""小美女"地欢叫一番了，摇摇手正准备离开，却被宫吕轻声叫住。

"你应该是林小玲、林小珑的妈妈吧？"

高晓丽脸颊"唰"的一下红了，连忙掩饰地笑了两声，然后十分得体地点了点头。同时，脑子里迅速转动，判断宫吕接下来会说些什么，而自己又该如何回答。

"这老师真麻烦啊！"高晓丽心里想，"一次家长会迟到而已，有必要揪着不放吗？"

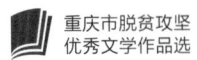

宫吕将高晓丽拉到教室一角,望了眼林小玲、林小珑坐着的方向,小声说:"真是羡慕你啊,居然就生了对龙凤胎,有儿有女,概率应该在千分之几以下吧……"

出乎意料,宫吕居然不是找自己谈刚刚迟到的问题。

"这是天意,自己做不得主。"高晓丽赶紧微笑。

说话时她下巴明显上扬,微笑里或多或少透出一些得意。

"同时哺养两个孩子,特别是婴幼儿时期,一定很麻烦吧?"宫吕又问。

高晓丽不假思索,莞尔一笑:"孩子在家多是他们的爷爷奶奶和保姆照管,我跟他们的父亲,各有事业,早出晚归,少有顾及。"

无意中夹带着优越感十足的语调。

"这样啊……"宫吕嘟了嘟嘴。

看表情,宫吕对这个回答多少有些失望。

高晓丽何等聪明?察言观色,赶紧收敛长期养尊处优而自然表露出来的一些神色,低了低头,说:"是这样,我呢,确实脱不开身,公司上上下下靠我一人打理。而孩子们的父亲又是乡镇干部,一个月难得回家一趟。前年好不容易调到了城里,哪知七月份又遇上了秀山的脱贫攻坚,便以'第一书记'名义再次去了以前工作的地方,更没有时间照顾孩子了。不过这些都不是理由,今后我们一定会多抽出时间来教育、陪伴孩子。"

宫吕似乎对高晓丽的这番解释并不感兴趣,继续问与孩子学习无关的问题。

"那么,怀孕呢?辛苦不辛苦?"

高晓丽一时语塞,不明白宫吕为啥老揪着这些事情不放。

越想越纳闷儿。

两人此时的关系是学生家长与老师,并不是两个市井女人在菜市场偶遇,需要摆谈一些家长里短的琐事。

何况两人之前并不熟悉。

见高晓丽一头雾水，宫吕赶紧解释："你生了两个孩子，身材还保持这么好，原本我是想在这方面向你取取经。"

高晓丽恍然大悟，不自觉间又将下巴高高地扬了起来。

作为两个孩子的母亲，高晓丽身材的确在同年龄人当中算保持得最好的了，前凸后翘，双腿修长，怎么看怎么像三十来岁的大姑娘。

"莫非你这么年轻也有孩子了？"

高晓丽退后一步，拿眼上下打量宫吕的身材。

宫吕老师的肤色虽然白嫩，但个子矮小，又微胖，属乖巧类型，身材自然无法与高挑的高晓丽相提并论。

"我结婚都三年了。"宫吕怅然若失，"一直想有个自己的孩子，可是，家里那个做主的死活都不同意生。"

"为什么呢？"

"理由倒是冠冕堂皇：工作压力太大！他是记者，一天都在外面跑采访，又要抽烟又要熬夜，身体素质无法达到最佳。说实话，我也不敢冒险在这种状态下让自己怀孕。"

婚后暂时不要孩子很正常啊。高晓丽心里想。

刚结婚时高晓丽也不愿有孩子，她是典型的工作狂人，一心扑在事业上，觉得创业就要全力以赴，占据行业内的绝对领先地位。

那时候才刚刚成立"运动青年"旅行社，人脉稀缺。一般人都知道，旅行社做的就是人脉，与县内各学校、医院、园区或员工众多的单位部门都必须保持相当密切的关系。所以婚后那段时间，高晓丽各方应酬，迎来送往，哪有心情怀孕生子？

然而，道理是这么一个道理，却苦于自己当时做不了主。

丈夫林仲虎倒好说话，可公公婆婆却不干了，要求她必须先有孩子再考虑创业。"运动青年"旅行社所有创办、运行资金均来自

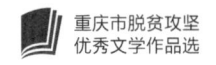

两位老人，高晓丽胳膊拗不过大腿，只能妥协。不过还好，自林小玲和林小珑出生至今，照管孩子的主要任务都由公婆和保姆承担了。可以这样说，除了怀孕和生产，高晓丽极少为孩子的任何事情操过心。

然而，仅是怀孕和生产所耽误的时间就对高晓丽的事业造成了不小的损失。那一年，单就营业额度的同比，"运动青年"就要远远落后于全县的其他旅行社。

在高晓丽争强好胜的精神世界里，这绝对是不能容忍的屈辱。

所以听了宫吕的诉说，她非但没抱之以同情，反倒觉得宫吕丈夫的苦衷是可以理解的。事业与生孩子如果非得要作出取舍，高晓丽会毫不犹豫地选择事业！

想是这样想，但说出来的话却是坚定地站在宫吕一方。

"笑话。工作压力大就不生小孩子了？那结婚干什么？"

"对对对，我也是这么说的。"宫吕一脸兴奋。

"你现在多大？"

"27。"

"对呀，27，正是生产的最佳年龄。我27的时候都已经怀上了。"

"他太固执了，我说不过他。"

宫吕像遇上了知己，瞬间感觉与高晓丽亲近了不少。

她伸手搂住高晓丽的腰，将头低垂在高晓丽的肩头，露出一脸的委屈。

宫吕原本就是一个典型的小女子性格，说话嗲声嗲气，不爱动大脑，喜欢黏糊人，加之丈夫要比她大六岁，结婚后越发变得多愁善感，稍有不顺心就喜欢哭鼻子。

"他在哪个单位？秀山电视台吗？如果认识，我倒可以帮你开导开导。"高晓丽拍着宫吕的肩膀出言安慰。

对于高晓丽而言，这句话可不是大话。凭着高晓丽的见识和左右逢源的本领，这般的小问题，只要她愿意出马，绝对能够轻易解决。

不过，此时的高晓丽只是随口说说而已，用江湖上的话来说这叫"套瓷"，压根儿就不会放在心上。

然而宫吕却似乎找到了救星一般，兴奋得不得了，双手拉住高晓丽的衣摆左右摇晃不停。

"我正需要姐姐这样的一个人劝导一下他。他在我们县报社工作，记者。"

"报社？"

高晓丽人力资源不可谓不丰富，但似乎就是没跟报社的人打过交道。

"向左，认不认识？为我们县写过很多时政新闻。"

高晓丽满脑子搜索也找不出一个姓向的记者来，不过表情却相当镇定，微笑着说："他呀，超有才华，我们打过无数次交道，有一次还准备请他报道一下我们旅行社的'夕阳红'活动，结果他抽不开身，说是要跟县领导到乡下去调研……"

宫吕最引以为豪的就是丈夫记者的身份，情商智商都高。每当秀山报上出现向左的名字时，宫吕总会拿着报纸翻来覆去地摆弄，有时候还会故意将报纸带到学校办公室，推荐给同事们看。只要同事中有一人说一句赞扬的话，她便满足得不得了。

她是一个爱做梦的女孩，当初在读大一时就选择与向左恋爱，最吸引她的便是向左横溢的才华。

见高晓丽果真认识向左，宫吕更是高兴得不得了。

"他呀，哪样都好，全县没有几个人不知道他名字的，可就是有一点让我厌恶——怕麻烦不想要小孩……"

"……我是大一假期去梅江河沿线社会实践时与他相识相知的，

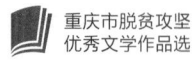

那个时候他什么都听我的，不像现在，一天只知道埋头工作……"

"……其实我们感情非常好，这两年，要不是因为生小孩的事，我们都没红过脸……"

"……"

说起恋爱、结婚、生子的话题，宫吕老师一发不可收，"叽叽喳喳"，没完没了。作为学生家长，高晓丽只能不失礼貌地点头微笑小心应付，一个小时之后才终于脱身。

回到车上，猛然想起从家长会到现在已经过去两个多小时了，居然电话铃声都没有响过，这才记起手机在教室内被自己设置成了静音。

高晓丽平时的对外"业务"比较繁忙，平均一小时至少应有五个以上的电话打进才正常。

心想坏了。

赶紧从包内取出手机。

23个未接电话！

这23个未接电话中，两个是弟弟高小小打来的，另外有8个是陌生号码，而最让她感觉到奇怪的是，其余13个电话居然全是丈夫林仲虎打来的。

弟弟是事前有约，打电话意料之中，但丈夫林仲虎平日里十天半月也不会来一次电，居然连续打了这么多个……必定有什么重要事情。

然而丈夫的事再重要也重要不过自己的生意，于是首先找出高小小号码，回拨。

高小小与林仲虎都在秀山旅游局工作。一个是一般工作人员，一个是副局长。前两天高晓丽听弟弟说旅游局春节期间将组织全县各相关乡镇、村居负责人以及部分村民代表去贵州、云南一带考察乡村旅游建设，队伍十分庞大。由于考察目的地无相关单位接待，旅游局准备将吃、住、行包括行进路线制定都全部外包给旅行社……谁知弟弟知道这个消息有些晚了，待高晓丽上门问询时，已有两家旅行社进行对接。

高晓丽那个气啊，将矛头直指丈夫林仲虎。

高小小仅是旅游局的小职员，消息并不灵通，但身为副局长的林仲虎，虽然以"第一书记"的身份去了乡下，但他照样还在分管旅游局招商引资和重大旅游项目协调服务工作，事先不可能不知道"考察外包"这一情况。

丈夫的性格高晓丽是清楚的，向来公私分明，绝对不会因为旅行社的事凭着自己的人脉关系去层层打点。在旅行社业务方面，高晓丽从来没有让林仲虎出面帮过一次忙。

前几年旅游业"火爆"，倒也不靠这一单两单生意，但近两年旅游业有所萧条，加上同行业竞争太大，"僧多粥少"，一年难得接到几个大单。

这次旅游局组织外出考察，为的是大力推动秀山县内乡村旅游发展，出行团队庞大，像这种"考察外包"的机会一年不会出现第二次。

高晓丽不是不懂道理的人，也理解林仲虎的为人底线，她并不要求丈夫去为自己的业务铺平道路，只需要他提前在自己耳边吹吹风，透露一下相关信息，从而能在全县十几个旅行社中掌握主动出击的先机。

这种要求放到哪个位置都不为过，可是林仲虎……别的旅行社早就知道了这个消息，而作为副局长的他居然连半点风声都没给自己透露！这实在有点说不过去。

越想越不是滋味。

当即给林仲虎打电话，准备大发一通脾气。

哪知还没开口，林仲虎却告诉她最近感觉身体不适，准备去重

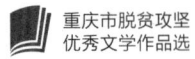

庆西南医院检查，问她有没有时间陪着一起去。

"村里工作这么忙，你走得开吗？"

每一次高晓丽与林仲虎通电话，听得最多的就是这句："村里的工作实在是太忙了……"此时她以这句话反问林仲虎，可谓讽刺意味十足。

林仲虎当然能听出高晓丽的弦外之音，也不生气，小声地说："村里的事的确忙，特别是这段时期，村里的公路修通了，可村民们却在进村路口设置障碍，不允许另外一个村的村民从这条路上过。近段时间我天天都要往返于两个村子间做工作。不过身体实在是坚持不了了，每天咳嗽，乏力，头晕目眩，想来想去，觉得不去医院看看，更影响工作……"

林仲虎五大三粗，平时很少在自己面前叫苦，小毛病也从来不告诉自己，听他这般一说，高晓丽自然清楚丈夫的病已到了非看不可的地步。气也一下子消了大半。

"我这几天正有几笔要紧业务要跑，没时间陪你去重庆。要不，就近去县医院看一下？现在县医院正在创三甲，医疗条件也不错。"

林仲虎迟疑了几秒钟，咳嗽两声，然后说："其实半个月前，趁到县里开扶贫动员大会，我去县医院透了一下片。说是肺部有阴影，但似乎又不是肺炎、结核什么的，医生建议我去重庆西南医院作进一步检查……"

高晓丽犹豫起来。她可不愿失去旅游局这一大单，即便已经有两家旅行社介入进来，只要还没签订正式合同，她都有可能将这单生意抢夺到手。

好胜心强一直是高晓丽这辈子难过的坎，面对这么富于挑战的机会，不撞得头破血流，哪肯轻易放弃？

"半个月前医生就建议你去西南医院检查，怎么现在才想起去？"

"这不村里的事太多吗？一时半会抽不开身……"

"那你现在是在城里还是乡下？"

"乡下。映格沟。正做群众工作呢。如果你没时间，我打算明天一早直接从映格沟开车去重庆。"

林仲虎一米八二的个头，胖胖墩墩结实得很，平时能担起两百斤重担。未参加工作前曾是山羊养殖大户，一个人饲养两百多头山羊，山上山下两头跑，从来没听他说过累。

一年四季也很少生病。

所以高晓丽对他的身体还是很有信心的，至少不会出现大的状况，于是说："如果你觉得身体状况不影响行动的话，我就不陪着去了。或者过几天待我有时间了我们再去？"

林仲虎干咳几声，显得比较轻松地说："等你有时间我又没时间了。你放心，没事，只是给你说一声而已。我明天上午去重庆，后天晚上或许就能回。"

"那行……"

高晓丽挂断电话。同时也打消念头跟林仲虎说关于旅游局那笔业务的事。

丈夫是一定指望不上的。

为抢到这单生意，高晓丽迅速找来高小小商量对策。

后来的两天，几经周旋，事情原本有了一些眉目。可是就在三小时前，高晓丽正驾车行驶在参加学生家长见面会的路上，却接到高小小电话，说是这单生意多半泡了汤，旅游局已基本敲定由另一旅行社承接这笔业务。

高晓丽实在咽不下这口气，停车给旅游局办公室打了一通电话，然后又找旅游局的主任，又找旅游局的局长，凭借着三寸不烂之舌展开最后的攻势……以致于家长见面会迟到了十五分钟。

现在是下午十六点十六分，弟弟这个时候打来电话，一定是要

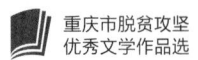

告诉自己旅游局"考察外包"的最终决定,所以顾不得林仲虎的13个未接,先给高小小回电。

高小小直接挂断了电话,却在五分钟后回了短信:

正在开职工大会。听上面的意思,运动青年旅行社可能有眉目了……

高晓丽瞬间高兴起来,悬着的心终于放下。

于是找出林仲虎的号码。

13个未接,林仲虎一定有什么重要的事情要告诉自己。

不可能是身体的检查结果不太理想吧……

"不,不可能,不可能,林仲虎身体不会那么脆弱。"高晓丽心里嘀咕。

电话打通,却没人接听。

高晓丽放下电话,心里始终记挂着旅游局的那单生意。于是,出了车库,将车辆径直朝秀山县行政中心驶去。

秀山旅游局坐落于行政中心三楼。

"这事得趁热打铁,赶紧将合同签到手……"

不自觉间,高晓丽举了举自己的右手,脸上洋溢着突破重围后的轻松与喜悦。

第二章

寂静的两河湾，终于开始热闹了起来。

从昨夜起，村里便传得沸沸扬扬，说是石堤镇最近几天要派来一名女大学生，将取代为两河湾呕心沥血几十年的彭老支书。

两河湾祖祖辈辈没出过一名大学生。在村民们的观念里，大学生都是拿"笔杆子"，坐办公室，干不得农活，走不了山路，与偏远山区的乡村生活根本就扯不上关系。

何况还是女大学生。

一大早，两河湾的男男女女、老老少少三五成群，聚集在村委会门前，交头接耳。有的人则一边议论一边数落：

"镇上不知又是想演哪出戏？即便是彭老支书年龄大了要从村干部位置上退下来，两河湾又不是没有年轻人，再怎么不济也还轮不到要一个黄毛丫头来这里指手画脚吧？"

"就是，就是，一个丫头片子，又不是本地人，山路都不一定走得稳，有什么能力来领导我们两河湾……"

平日里几棍子都打不出一个屁来的黄毛狗，更是跳到高高的旗杆台上，又是拍手又是跺脚。

"哪个当村支书我黄毛狗都不同意。我只认我大伯！"

黄毛狗跟彭老支书不是同一个姓，但他从小都叫彭老支书"大伯"，平日里人前人后大伯长大伯短，熟络得好像彭老支书真就是他亲大伯一般。

"凭着我大伯现在的精神状态和声威，我敢说，再干十年也没什么问题。"

"就是，就是……"

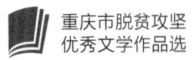

大多村民举手应和。

彭老支书家离村委会还有两里山路,议论归议论,数落归数落,终究没有一个人敢亲自找上门去探一探究竟。在村民的眼中,彭老支书的位置无人可以撼动,要想他退下来,除非是他病倒躺在床上再也不能动弹。

对于两河湾的群众,彭老支书就是他们的"精神领袖",其威望相当于古时候的族长,不需要他真正地为村民们干些什么。大家已经习惯了贫穷落后的面貌,不求改变,一切顺其自然。只要彭老支书还在其位,不管日子是贫是富,村民们都心满意足。

"我坚决不同意我大伯退下来,其他不管哪个想顶替他,别说是外地一个黄毛丫头,就算是我们村的年轻人,我也绝对第一个站出来与他对着干……"

黄毛狗在旗杆台上又是拍手又是跺脚,话说多了,满嘴角都是泡沫。

"这消息可不可靠哦?要不,毛狗,你代表父老乡亲去长岭坡问问彭老支书?看是不是谣言……"

有人大声提议。

黄毛狗胆小,这时候哪敢真就上门去找彭老支书询问?假装什么也没有听见,继续跳着脚、拍着手喊:"不管怎么说,反正我坚决不同意我大伯退位……只有他才是我们两河湾人的救星和福星。"

彭老支书家坐落于村委会后山上的长岭坡组,屋前屋后共有五十几户彭姓人家居住,村子里大多木房都有上百年历史,是秀山极其典型的土家族古村落。

长岭坡不同于两河湾村委会驻地那般地势开阔,路无好路,田无好田,唯有满坡的竹林十分显眼。

从两河湾村委会仰头朝坡上看,长岭坡的直线距离不足两里,但每户人家的屋檐都看不见一角,全都掩映在郁郁葱葱的竹叶之下。

　　这一片竹海只有驻村干部——石堤镇组织委员陈明一个人为之赞叹过，村民们都已经熟视无睹。南竹、水竹、毛竹、苦竹等竹类植物在十几年前尚还值几个油盐钱，可现在于长岭坡几乎成了累赘，没有什么价值。而现在使用箩筐、竹筛、背篼、竹篮等编织品的农家少之又少，除了一年可挖一定数量的竹笋作食材外，满山遍野的竹海就被当成了"废品"，弃之可惜，留之泛滥成灾。好几次彭老支书想启动全村力量将整片竹海砍伐后丢进梅江河与酉水河的汇入口，都被陈明强烈拦阻。不说这一工程耗时耗力，光是这么一大批竹子齐刷刷地冲向酉水河下游，会对只要一下雨就"水漫金山"的湖南里耶造成不可估量的灾害。

　　半个月前，从县上开扶贫动员大会回来，彭老支书心情不好，更加看不惯屋前屋后那成片的南竹。他对着南竹林接连抽了两袋旱烟，越想越不顺心，索性从厨房里拿出一把柴刀，一口气砍掉了四棵南竹，直待没了力气才放下柴刀回到家里。

　　当天晚饭也没有吃，就一个人躺上床生闷气去了。

　　正自生着闷气儿，电话铃响了。

　　居然是映格沟"第一书记"林仲虎打来的。

　　彭老支书跟林仲虎的关系不是太熟，两人主要是到县里开会或去乡镇考察时偶有交往。而真正让彭老支书对林仲虎的名字和映格沟的地名印象深刻的，恰恰是白天开会时两个人被分管副县长同时点名批评的时候。

　　或许正是"同病相怜"的原因，此时的彭老支书，看见电话上显示林仲虎的名字，突然间觉得无比的亲切。

　　"彭支书，你好，我是映格沟的林仲虎。"林仲虎的声音有些有气无力。

　　"你好！你好，我知道。林书记，我们打交道起码在十次以上

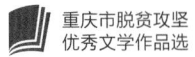

啊。这么晚了,有什么事找我吗?"

"啊,是这样,"林仲虎说,"今天开会,我们两个村都被副县长点名了。不管客观原因如何,都说明我们工作做得不是太好。"

彭老支书苦笑。

林仲虎轻轻咳了两声,又说:"彭支书,我是这样想的,我们映格沟和你们两河湾一个在梅江河的源头,一个在梅江河的尾端,一定程度上也浓缩和代表了我们秀山乡村的整体形象。我觉得我们有义务有责任去维护秀山乡村的整体声誉,所以我们一定要想尽千方百计,尽快带领我们的村民走出贫困……"

彭老支书再次苦笑。

他也想尽快带领两河湾的村民走出贫困啊,可现实允许么?他有这样的能力吗?

"我……我……"彭老支书不知怎样答话。

林仲虎说:"我知道我们钟灵镇与你们石堤镇一直以来都是互帮互助的'联姻乡镇',几年前太阳山村半坡组二十来户人家集体搬迁到你们两河湾的地盘上,半坡组就在我们映格沟里面,离你们太远,离我们较近,那里还有六户人家没有搬迁。今后,我们两个村可以抱团发展,有什么好的扶贫点子,我们可以共同交换。我们还可以相互进行实地考察,互相指出不足,并为对方提供发展思路。而且,我们映格沟还可以替你们关注半坡组的六户未搬迁村民的脱贫进程……"

这倒是个好点子!

彭老支书眼前一亮。

排除半坡组六户未搬迁村民的遗留问题,单就两河湾目前的贫困状况,最需要的就是适合发展的创新思路。

"目前我身体有点小问题,"林仲虎说,"待稍有好转,我一定专门来一趟两河湾,与你具体协商两个村的抱团发展……"

彭老支书在电话中充满信心地答应了林仲虎的建议。放下电话后却想，自己即将面临退位，也不知今后的工作中还有没有机会跟映格沟抱团发展。

从开完会到现在，彭老支书的心中始终像有一团火，烧得他整个身子都不舒服。

村民们无法脱贫，彭老支书难辞其咎啊，可以说时下除了退位让贤，已别无他法。

然而要下决心从支书位置上退下来真不是一件容易的事情，毕竟两河湾让他付出了整整四十年的心血。

从十八岁担任村长起，彭老支书就开始没日没夜地为两河湾操劳。在他的带领下，仅两年时间，两河湾就依靠梅江河和酉水河在这里交汇的地理优势，主抓渔牧业，使得村民们迅速改变了一穷二白的落后面貌，不再为吃穿发愁。

最让彭老支书难以忘怀也是全村人最引以为豪的，是上世纪80年代初期，当时他刚好当选为村支书，就冒着极大的风险率领两河湾村民在改革开放中走在前列。那几年，两河湾除了继续抓好渔牧业建设外，还大力发展起烤烟和柑橘等经济作物。

特别是柑橘种植。

那时候两河湾的每家每户都有属于自己的柑橘林，是全县名噪一时的"柑橘之乡"。

也正是那期间，两河湾涌现出了全石堤镇唯一的一户"万元户"。由此，彭老支书和两河湾很快就成了全县的焦点，成为秀山改革开放的"先头兵"，也经常在大会小会上获得县里的表扬。

可是现在，却跟不上时代的潮流。两河湾的人均收入已经滑落至全县各村的倒数第一，而且还是全县唯一一个没硬化公路、没通自来水的贫困村……面对这样一份差得不能再差的"成绩单"，原本极要面子的彭老支书压力空前。尤其是在扶贫动员大会上破天荒

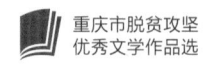

地被分管副县长点名批评，这让彭老支书的一张老脸实在是挂不住了。

这叫他情何以堪？

从村支书的位置上退下来已然到了势在必行的地步！

自2015年七月份开始，秀山正式吹响"扶贫攻坚"限期脱贫冲锋号，未到年底，全县八十五个贫困村已经有三十多个村实现了"脱贫摘帽"，即便是相对偏远的石堤镇也有好几个贫困村走向了致富之路。然而两河湾却迟迟不见动静，除了村委会的自身条件在短时间内很难逆转以外，更多的原因还是出在彭老支书身上。

前几年有烤烟、柑橘、脐橙作为全村的经济支撑，但近两年柑橘、脐橙滞销，而烤烟市场也越来越不景气。

几大主导产业连续衰败，极大地拖了两河湾经济发展的后腿。

不可否认，不求新，不求变，古板、陈旧的传统发展观念是导致两河湾经济停滞不前的主要因素。

除了烤烟和柑橘，两河湾再无其他规模较大的经济产业。多喂几只鸡，多种几秧瓜，多捕几条鱼，多收几斤粮等这些举措，在十多年前或许管用，至少可以解决温饱，可现在并不只是解决温饱的问题。

致富才是关键！

彭老支书已经过了六十岁，再也不似年轻时候那样有魄力，腿脚也越来越不灵活，要去村里的其他寨子上走一圈，没三天是不够一个来回的。头脑也不够灵活了，虽然每家每户收入状况、每家户主叫什么名字、一家有几口人、养了几头牛喂了几头猪等等，他都能牢牢地熟记于心，但真正要解决两河湾所面临的实际困难特别是发展特色产业，搞活经济和柑橘、脐橙的销售问题，却是心有余而力不足。

时值初冬，眼看今年的柑橘、脐橙又要成熟了，村民们对此却早已不抱希望，对地里的果树爱管不管。如果按现在这种局势发展下去，今年这些柑橘极有可能又会像去前年一样大多烂在树上。

两河湾地理位置摆在那里，几千亩柑橘林摆在那里，如何在销售上大做文章，彭老支书想破脑袋也不会想出金点子来。去年动员全村村民大批量将柑橘、脐橙拉运到石堤集镇以及秀山县城去卖，也不过销售出去了整个产量的十分之一，除去运费，收入所剩无几。分到每家每户，连一百元都还不足。

柑橘和脐橙种植已经无法让村民们摆脱贫困。大片大片的柑橘林，犹如长岭坡上的翠竹一样，留也不是，砍也不是，早就成为两河湾村民心中的累赘了。

时下，彭老支书能够为村民们做的，就是在符合国家规定的情况下向石堤政府尽量争取低保名额，多争取几幢符合D级危房改造的房屋指标，多划几块可以得到复垦补贴的土地……除此别无他法。

然而全村二百八十三户人家有一百余户为建档立卡贫困户，七十七户为非建档立卡贫困户。而这些不是贫困户的家庭目前没有一家拥有稳定收入，大多靠在外地打工挣钱维生，如果所在工厂停工停业，失去了原有的工作，那么极有可能重新加入到贫困户的行列。

面对这样一种困境，这样一种尴尬局面，彭老支书即便再固执，再有耐性，也难以心安理得地继续坐在村支书位置上。

要是再厚着脸皮不退位，连自己都觉得无地自容。

"老了，不中用了。为了村民们早日过上脱贫致富的生活，真到了该让位的时候……"

连续几个不眠之夜，彭老支书不停地找寻各种理由来劝慰自己，以让自己的心理得到一些平衡。

他不甘心啊，却又无能为力。每当回忆起年轻时候的大刀阔斧

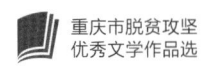

和豪气干云，心头的痛就会加剧。真的是老了，什么都不会干了……自己老一套的发展观念，早已经跟不上时代步伐。

这么多天，屋前屋后的南竹被他砍掉了十几根。邻居问他砍来做什么，他也回答不出所以然来。只觉得每砍掉一根南竹，堵在心头里的气就会顺畅一些。

如此又过去了两三天。

这天中午，彭老支书突然停止了砍伐南竹的怪异举动，将随时悬在屁股后面的老烟杆往地下一丢，终于狠下决心，拨通了驻村干部陈明的电话。

"什么？你想好了？准备从村支书位置上退下来！"

当时陈明正在参加石堤镇扶贫工作情况汇报会议，听了彭老支书的电话，又惊又喜又意外，顾不上开会，骑上摩托车就往两河湾赶，生怕错过时间彭老支书就会马上收回他的退位决定。

陈明的担心并不是多余的。

这些年来，为了两河湾换届这件事情不知伤了他多少脑筋。镇上每一次大会小会，党委书记都会问询他相同的问题：何时以何种方法让两河湾村支书年轻化！

可以说，整个秀山境内，如此高年龄仍旧坐在村主要干部职位上的仅彭老支书一人。然而每一次换届，尽管每一次陈明都会声明要走年轻化道路，可彭老支书的支持率照样是居高不下，无人可以撼动。

彭老支书的地位在当地老百姓心中早已是根深蒂固。

而现在，彭老支书居然主动要求退位，态度又这么坚决，陈明的心啊，喜出望外的同时，又害怕夜长梦多。所以第一时间骑上摩托就往两河湾赶。

他必须先将彭老支书退位的事板上钉钉再说。

赶到长岭坡时，彭老支书正蹲在自家屋檐下等着陈明，老烟杆也不在身边。

陈明等这一天等得太久了，也不说客套话，见面后的第一句话就直奔主题。

"老彭啊，你的决定来得太及时了。两河湾的发展真得靠现在的年轻人。我们都老了，思路无法跟年轻人相比啊。"

陈明五十多岁，已接近退休年龄，平时与彭老支书相处得十分融洽。路途中他就想好了，第一句话绝不拐弯抹角，用"当头炮"直接将死对方，让彭老支书再无退路，想要后悔都找不到机会。

彭老支书低垂着头，情绪明显低落。

陈明从屋内将彭老支书的老烟杆找了出来，装上旱烟，"嗒吧"几口后递给彭老支书。

"说到功劳说到苦劳，年轻人都比不过我们。但每个人都会老。社会发展得这么快，我们就算思想跟得上，行动也难以跟上了啊。所以急流勇退，让年轻人来干。就算我们还跟得上时代的脚步，但我们的身体不是铁打的，不可能为村里的事情操劳一辈子，也应该让我们清闲下来享享清福了。"

"你不用拿话安慰我。"彭老支书拿着老烟杆狠狠地往地上敲了几下，"这次我真是想明白了，要是再不退下来，简直太对不起我们村的百姓了。"

陈明心头越来越踏实了。

他蹲下身，陪着彭老支书抽几口旱烟，半晌才叹息一声，轻声说："你想通了，村民们能想通吗？"

可以这样讲，两河湾大多数村民都拥戴彭老支书，不说四十年的支书生涯为两河湾带来了极大的变化，光是他日常工作中一碗水端平、甘当孺子牛的处事风格，就赢得了广泛的好评。

可谓深得民心。

继任呼声极高，谁做工作也不行。

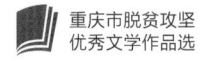

得不到当地百姓的支持，很多决定就极难落实下去。陈明不得不担心这一点。

彭老支书狠狠地抽着烟袋，沉默半天才说："村民的思想工作你放心，包在我身上。"

陈明喜上眉梢。有彭老支书的这一句承诺，换届的事已是板上钉钉！

"至于新支书人选，"彭老支书叹息着说，"我相信石堤镇党委政府的决策……总之，不管谁上来，我都会不遗余力地支持他，配合他，尽力发挥我一个老共产党员的余热。"

只要彭老支书愿意退下来，其他的事情都好办。陈明说了一番宽慰的话，然后当着彭老支书的面打电话向镇党委书记汇报情况。得到支持后，趁热打铁确定新支书候选人。

蹲在院墙角，与彭老支书勾起手指头将村上的新老党员都数了个遍。

算来算去，两河湾还真找不出一个合适的新支书人选。

两河湾党员不过三十九人，其中老党员要占百分之七十以上比例，而余下不足百分之三十的年轻人当中，有几个具有高中文化水平和能说会道的却又都去了外地打工。

满打满算，矮子当中挑高个，目前仅两个人可供候选。

一个是村委会文书覃西梅。

一个是村民黄毛狗。

陈明是石堤镇组织委员，两河湾老驻村干部。虽然是驻村干部，但真正住在村里的日子并不是很多。主要原因一是镇上的本职工作还比较繁琐，不容易抽身；二是健康状况不太理想，同时患有高血压和糖尿病，长期服药，而且每天需要注射胰岛素，住在村里极不方便。

虽然陈明不常驻村里，但他对两河湾的地理环境和经济状况却了如指掌。两河湾村辖包括长岭坡在内的六个村民小组，是石堤镇比较偏远的贫困村落。

虽然贫穷、偏远，但两河湾的水资源却相当丰富。县内主河道梅江河与邻县酉阳主河道酉水河在这里交汇。部分不愿外出打工的村民靠水吃水，农闲时候都在这两条河里以捕鱼、养鱼来维持生计。

覃酉梅和黄毛狗便是其中之一。

覃酉梅祖籍钟灵。他们一家八年前与其他二十余户人家一起从钟灵镇半坡组搬迁来到两河湾。他的姑父就是上世纪80年代在石堤镇出尽风头的那个万元户，因种植烤烟和柑橘起家。

刚刚搬来两河湾那阵，覃酉梅得到姑父很大的帮助，家境较为殷实。

覃酉梅家住两河湾村委会旁，一楼一底三间砖瓦房。除村委会以外，他家是迄今为止全村唯一的一幢砖木结构房屋。

不过覃酉梅一家却于三年前因病致贫。

全家五口人，上有老下有小。三年中父母相继患癌去世，而妻子也重症在身，肾功能衰竭，每个月仅透析费便需两千多元。最要命的是膝下有一独子，今年九岁，以前好好的却于去年话不会说了耳朵也听不见了，突然成了聋哑人。

短短三年时间，原本精明能干、风趣幽默的覃酉梅，硬是被厄运压弯了腰。现在的他，一整天只知道田里、地里、河里永不停歇地干活，见谁也不答理，即便一直还担任着村文书之职，但村委会的大事小事却很少过问，许多分内之事都是由彭老支书替他代劳。

这样一个已经完全丧失意志力的人，恐怕极难担起全村致富带头人的重任。

而黄毛狗，三十二岁，单身，曾有个书名早已经被人们忘记了。

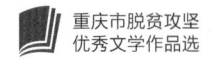

一般情况下，乡村青年二十八岁前找不着女朋友，多半就成了老光棍。现在的黄毛狗，小事不愿做，大事做不来，还养着两个十岁左右有智力障碍的侄子。可以毫不夸张地说，以他目前的状况，距离真正的"老光棍"称谓将越来越近。

黄毛狗有两幢木房。一幢是父辈遗留下来的，一幢是大哥遗留下来的。有一幢在两河湾村委会周边，另一幢在长岭坡寨中。

严格意义上讲长岭坡那幢木房不算是他的，实际拥有人应该是两个有智力障碍的侄子。可他人前人后总是愿意将这幢房子往自己身上揽。外面人说他穷，他死活都不承认。

确实也是，一个农村人，同时拥有两幢房屋，能算穷吗？

黄毛狗的大哥是长岭坡彭家上门女婿，五年前死于矿难，所赔十二万元款项被大嫂悉数卷走下落不明，留下两个智障侄子孤苦伶仃无人照看。黄毛狗原本就穷得叮当响，平日里也是游手好闲不干正事，却出人意料地毅然站出来承担起了养育两个智障侄子的重任。也正是这个原因，在彭老支书的强烈推荐下，黄毛狗光荣地加入了中国共产党。

直到去年还不见大嫂音讯，于是由彭老支书出面，长岭坡全组村民签字，将大哥房产过户到黄毛狗及两个侄子名下，而且黄毛狗拥有该房产的第一处置权。不管今后大嫂回不回村，该房屋再无她的份。当然，附加条件是黄毛狗必须得将两个侄子养大成人。

黄毛狗人如其名，性子直来直去，一天二不挂五、上蹿下跳。半天不说话，说句话出来就要气死人，属于心智尚未完全成熟类型，用时下流行词来形容就是有点"二"。要他来继任新一届村支书，恐怕极难服众。说不好反会惹出诸多事端来。

矮子当中居然挑不出一个高个，可想而知两河湾村委会平常的工作开展之难。

"怎么办？"

彭老支书将目光投向陈明，满脸的无奈和绝望。

陈明低头沉思，良久，猛然起身对彭老支书说："看来本村是选不出新支书了。我马上回镇里向党委书记汇报。不行就申请下派一个大学生村官来吧。"

让大学生村官来直接任职村支书？这在秀山可是鲜有的事。

会不会太年轻了，没经验？

彭老支书心头一愣，突然间犹豫了起来。

"女的吗？"

据他所知，近两年石堤镇前后共引进了三名大学生村官，个个都是女子，都在其他村里担任村主任助理一职。

"不知道，不过女的有什么不妥？其他区县又不是没有成功的先例。"陈明胸有成竹，"只要敢立下军令状，花木兰也能当将军。"

彭老支书沉默了整整五分钟，最后摇着头硬生生地从嘴里挤出八个字："死马当作活马医吧……"

说出去的话泼出去的水。箭在弦上。彭老支书人大面大，总不能马上变脸又将自己的决定收回去。

情不得已，只好无可奈何地摇头自嘲："不管谁来，总会比我强，至少他们年轻呀……"

"放心吧，老彭，"陈明拍了拍彭老支书肩膀，"现在的大学生村官，精明得很，有文化有见识，干劲十足，再加上有老彭你今后的引领，两河湾的经济一定能够迈上新台阶。"

彭老支书半信半疑，老烟杆拿在手里半天也没有抽一口。

陈明坚定地举了举拳。

"相信我，相信石堤镇党委政府，一定不会辜负你和村民们的期望。你就耐心等着我的好消息吧。"

离开长岭坡的时候，农历十六的月光正好洒在青石路两旁数也数不过来的一排排翠竹上。晚风吹过，头顶的竹叶发出"沙沙沙

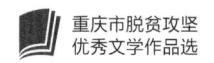

沙"的脆响。

二〇一五年接近尾声。

再过四十天就是新的一年了,陈明想,无论如何也要赶在二〇一六年元月之前与上级组织衔接好相关工作,尽快将两河湾新支书下派到位。

第三章

林仲虎的身体有可能出了问题……

张映光突然感觉心里沉甸甸的,决定马上去映格沟村实地考察。林仲虎凭着"发小"关系,已经不止一次邀请他去映格沟投资,发展特色产业。

凭着两人的兄弟情谊,张映光本来早就应该去映格沟投资。可是前段时间公司在运营方面出了点问题,便将此事一推再推,终究拖到了这个时候。

心里沉甸甸的。

林仲虎从西南医院打来的电话让张映光忐忑不安。

在钟灵镇工作的十年间,林仲虎有一半时间驻映格沟村。近年以副镇长身份调往秀山旅游局,任职副局长,分管旅游项目协调服务工作。二〇一五年七月,作为国家级贫困县的秀山,全面打响脱贫攻坚战。按要求,全县八十五个贫困村必须在两年内实现"脱贫摘帽",每一个贫困村都得有一个抽调于全县各级单位部门的副职领导干部作为驻村"第一书记",亲自挂帅,吃在村里、住在村里,全力指导和协助村两委,让当地群众真正意义上走向脱贫致富之路。

林仲虎是首批扶贫"第一书记",下驻的贫困村正是离别两年的映格沟。

这次到映格沟当"第一书记",完全是林仲虎主动去县委政府申请的。至于具体原因,没有人清楚。很多人猜测他以前在映格沟驻过村,可能是对当地的村民产生了难舍难分的情谊。或者他是想通过自己的再次努力,带领那些以前没能走出贫困的村民走出

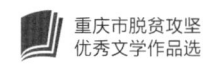

贫困。

映格沟的贫困状况林仲虎一清二楚。以什么方式可以让映格沟尽早脱贫，林仲虎心里十分有数。

一天的缓冲期也没有，刚上任的林仲虎说干就干。

为了让贫困村民迅速脱贫，林仲虎围绕村里的产业发展做起了文章，发动村民大面积种植新品辣椒。

新品辣椒种植成本低，收入高，见效快，非常适合短期经济发展目标。

时下的季节刚好。

考虑到贫困户的资金困难，林仲虎争取到秀山旅游局和映格沟村委会的支持，利用专项产业扶贫资金，首先解决贫困户种苗和肥料问题。至于辣椒丰收后的销路，他利用朋友关系，在秀山县城与一家食品企业签订了保底收购合同。

辣椒种上了，可是对其生长习性、管护要点、病害防控治疗等等，林仲虎心里却都没有底。

眼看辣椒到了管护的关键时期，担心管理不好会影响收成，林仲虎几经打听，了解到邻县松桃新品辣椒种植经验已经相当成熟，于是自掏腰包，专门带领十来个种植户代表前往取经。在他的软磨硬缠下，还取得了当地辣椒种植大户的免费技术支持。

从村民们种上新品辣椒起，林仲虎每天都要抽时间到地里转转，辣椒什么时候发芽，什么时候定植，他都掌握得一清二楚。也正是从那时候起，他逐渐感觉自己的身体不太对劲，有时候在土地里蹲久了，站起来会觉得浑身乏力，连走路都有些气喘。

不过，林仲虎凭着对自己身体的相当自信，根本就没将这些症状当一回事。不管身体有多么不适，同样是风里来雨里去，与村民一起在田间地头进进出出，再苦再累也从没"哼"过一声。

两个月后，眼看丰收在望，辣椒的销售渠道却出了问题——曾经答应保底收购的朋友由于企业资金断链，无法履行当初的保底收购承诺。

失去了保底收购这一途径，很大程度上相当于投资打了水漂。

失败在所难免。

这下林仲虎急了！

村民们大面积种植新品辣椒是他极力推荐的，当初他曾经用性命担保过一定会让老百姓通过种植新品辣椒脱贫，然而现在，新品辣椒大面积丰收，真要是卖不出去，自己岂不成了千古罪人？今后，村民们还会信任自己吗？

那段时间，林仲虎顾不得身体有恙，和村主任彭强一起，用自己借来的小货车拉着从村民手中收集的新品辣椒到秀山县城和邻县的批发市场去贩卖。

没有企业的大量收购，也只能通过这样的笨法子去解决新品辣椒的销售难题。

很长一段时间，在邻县贵州松桃、湖南花垣、重庆酉阳，在重庆秀山县城十字街、边贸农贸市场，无论是白天还是夜晚，无论是刮风还是下雨，都能看到林仲虎匆忙而疲乏的身影。

虽然这种销售方式也卖出去不少的新品辣椒，但并不是长久之计。映格沟一共种植新品辣椒两百多亩，总产量达二十万公斤以上，仅靠这样的零星销售模式根本就没有出路。

还得另想办法啊。

不得已，林仲虎只好拿出凌晨卖辣椒、中午跑超市和晚上托熟人的拼劲，运用了所有的人力资源，拖着病恹恹的身体，想尽一切办法拓展新品辣椒的销售渠道。

一个月后，回报来了。映格沟新品辣椒终于卖到了秀山各学校和机关单位食堂，走进了城内的大小超市，还远销到了怀化、吉首、德江、沿河等周边市县。最值得高兴的是林仲虎还通过朋友的

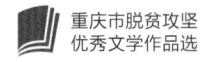

关系，在湖南长沙得到一家资金雄厚的食品企业明年新品辣椒的保底收购合约。

十月中旬，映格沟辣椒全部卖完，村民的总计收入达二十多万元。这是林仲虎在映格沟担任"第一书记"以来打响的第一炮，也正是这一炮，让映格沟村民尝到了甜头，大伙儿对林仲虎竖起了大拇指，对他也产生了充分的信任。

那段时期，林仲虎的身体状况越来越差，每到半夜咳得整个人都受不了。

不过映格沟却由此改变了面貌，村民们越来越觉得日子有了盼头。

"第一书记"驻村以后，映格沟的变化确实大。

往年映格沟的扶贫工作相对滞后，主要在于当地政府无力拿出更多的资金去帮扶村民。大政策下，驻村干部的力度自然无法与"第一书记"相提并论。自林仲虎到映格沟任职"第一书记"以来，以前迟迟无法解决的困难，在各级单位特别是秀山旅游局的帮助下，短短四个月时间就迎刃而解。映格沟的公路修通了，自来水牵到了各家各户，八十九户贫困户领到了免费发放的鸡苗、鸭苗和猪崽，村里还成功地种植、丰收了第一季新品辣椒……

林仲虎可谓初战告捷。

不过，基础设施和生活条件的改观以及短期产业的收益只是让映格沟走出贫困的第一步。在林仲虎看来，真正要让映格沟走向致富，必须得有一条"短中长"相结合的产业路子作支撑。目前万事俱备，缺少的是有较大规模的产业来推动和提升当地群众的经济基础，实现长久利益的维持。

他想到了"发小"张映光。

秀山境内有很多像梅江镇兴隆坳一样的富裕村。他们为什么富裕？就是因为引进了不少的投资商在那里发展产业。租用农民的土地，农民有收入；长期请农民当工人，农民有收入；公司赢利了，农民有土地分红……林仲虎算过，除了各家各户在种植、养殖业上加强自主创业以外，映格沟只要借鉴兴隆坳经验，引进三家左右的公司入驻，即可使上百户农民长期有事情做，租地、工资、分红，各项收入相加，不出两年，不光八十九户贫困户可以顺利脱贫，而且映格沟也会彻底改变以前的面貌，真正成为有"财神"的金山沟。

张映光与林仲虎一同长大，从小学到高中都是同班，关系好得可以穿同一条裤子。对于林仲虎的盛情邀请，张映光表示十二分的愿意，只不过每天杂务缠身，一直没时间思考到底去映格沟投资什么产业，再加上前段时间公司运营出了点小问题，所以一拖再拖，终究没有付诸行动。

前天下午突然接到林仲虎从重庆西南医院打来的电话。

电话接通，却半天没听林仲虎说话。一愣神间，当即表示歉意。

"对不起，实在是近段时间太忙。关于去映格沟投资的事，我会尽快……"

"谁有心情跟你说投资的事。"林仲虎声音有些沙哑。

"你不说我也要向你解释解释呀。"张映光大笑着说，"不过你放心，仲虎，映格沟投资跑不了我，等这一阶段事情忙完就去见你。"

林仲虎沉默。

张映光马上笑着保证："别生气，十天内我一定去映格沟考察，如何？"

林仲虎还是沉默。

张映光突然觉出异样。在他印象中林仲虎不可能这般没有肚量。收住笑，急声问："发生什么事情了吗？"

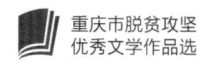

"我是在西南医院给你打电话。"

"西南医院？生病啦？"

"前阵子身体有些不适，就到重庆来检查检查……"

"没事吧？"

林仲虎沉默良久。

"虚惊了一场。"林仲虎语气里充满了悲哀，"拿到报告单，你是我第二个想到的人。高晓丽是第一个，但她似乎在什么地方办事，一直没接电话。我此时实在不想一个人呆呆地站在医院门外这两棵老槐树下了，我想找个人聊聊……"

张映光心里一惊。四十年来，林仲虎从来没以这样的口吻跟自己说过话，当即吓得脸色都变了："怎么回事？检查出什么问题了吗？"

"倒是没什么问题，但从拿到报告单的那一刹那，我突然想到，如果我的生命仅有不到六个月时间，我该如何面对？是回到映格沟继续我的扶贫工作？还是在医院里躺着直到死去……"

林仲虎不是多愁善感的小青年，性格相当豪爽，属于典型的硬汉。说句不好听的话，即便是灾难当头，他绝对连眉头也不会皱一下。

"到底是怎么回事？你别吓我。"张映光十分不安。

虽然林仲虎说了身体没什么问题，但张映光感觉他声音里透着悲戚之意，不得不仔细掂量他说的每一句话。

要是身体真没问题，干嘛语调那么沉重？

林仲虎重重地叹息：

"突然觉得万念俱灰。真的，万念俱灰。我已经在西南医院门前的老槐树下站了将近两个小时。"

听林仲虎的口气，他极有可能遇上了人生中最大的麻烦。

"先说是怎么回事。不行你先找一个地方住下，我马上赶往重庆……"

张映光感觉背心都凉透了。突然觉得人生无常。生或者死都非常容易，下一秒发生什么事情都有可能。

他想到前几天对待林仲虎的态度，突然有些无法原谅自己。

在去西南医院检查身体之前，林仲虎曾专门去秀山工业园区找了一趟张映光，希望他近期能去映格沟看一看，第一可以考察一下那里的地理位置、土质条件适合于发展什么产业；第二可以替映格沟把把脉，看那里的老百姓到底应该从哪一方面走致富的捷径。当时张映光满口答应，但心里却满不在乎。映格沟贫不贫穷致不致富与他没有多大关系，碍于林仲虎面子，他不过是将一个赚钱的地方搬移到映格沟去而已，迟一天早一天无关紧要。

然而现在，当接听到林仲虎从西南医院打来的电话后，他的观念迅速转变。当时想：这么一个愿望都不能让林仲虎实现，真要是他检查出什么病来……

两年之内让一个重点贫困村脱贫致富，"第一书记"的担子并不轻。生龙活虎的林仲虎，从小到大从来没吃过药打过针，然而担当"第一书记"不过四个月，就已经三番五次地去县医院看病拿药，一定程度上也是工作压力导致的身体素质下降。

张映光突然感到深深内疚。

算起来，林仲虎已经亲自上门三次邀请他去映格沟投资了。凭着两人的关系，即便是亏本，自己也应该帮他这个忙。

不但要帮忙，而且应该是"尽快"。

正自纠结，林仲虎打断了他的思维，轻声说："谁要你到重庆来？不用，真不用。"

"那，你保证自己身体真没问题？"

"真没问题。我打算在重庆休息一夜，明天早上就回来。映光啊，你放心，我什么病都没有，只是遇见一个人，让我突然生出万

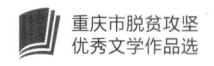

念俱灰之感。仔细想想，人一辈子短暂得无法形容，我们的一生，到底要怎样过才叫活得有意义？"

探讨人生？大大咧咧的林仲虎以前绝对不是这样一个人啊。不过还好，只要没检查出什么吓人的病来，不管他在西南医院感受到了一些什么，张映光都能接受。

心里略显轻松。

"关于人生的这些事等你回来了我们再探讨。现在你只说说是遇见什么样的一个人让你突然触动了灵魂？"张映光问。

林仲虎沉默了好几秒钟，然后异常沉重地说："我也不知他姓什么，模样像个干部，年龄跟我们差不多吧。当时我们俩都是做FDG-PET（正电子发射型计算机断层显像）检查。检查出来后，我们俩坐在一条凳子上休息，他突然问我：你知道我们为什么要做FDG-PET检查吗？"

"什么叫FDG-PET检查？"张映光问。

"我摇头说并不知道，只是医生这样建议。"林仲虎没有回答张映光的提问，自顾着说，"光是这一项就要八千多检查费，每年我们都要体检，还真没遇上过这样昂贵的检查项目。那人叹息着说：你应该跟我一样，是在本地医院检查后，得不到具体结果才到西南医院复查。我可以这样告诉你，FDG-PET检查主要是查找我们体内是否有肿瘤……"

"肿瘤？好好的为什么要去检查这个？"

尽管之前林仲虎承诺自己没有检查出什么病，但张映光还是被吓得全身一抖。这年头不乏身边的同事、朋友因身体稍有不适去医院检查而被告知患上癌症晚期的事例。

林仲虎微微叹息，说："我对医疗仪器毫无了解，听他这般讲，当时我整个人真的有些蒙了，莫非医生怀疑我得了癌症？通过与那人交流，感觉我们的病症有些相似。"

张映光紧张得气都不敢大口喘，紧紧地握着手机，感觉手心里全是汗。

"实话实说，我没有做好准备，我突然有些害怕了，我还有很多事情没有完成。不说家庭中上有老下有小，光是我现在驻的映格沟，就还有诸多让我牵挂的事要做。大会小会我都向当地群众表态，一定会在两年内让他们脱贫，过上城里人一样的富足生活。可是……并不是我林仲虎有多伟大，但映光你是知道的，这么多年来，我承诺过的事从来没有不兑现的。现在刚刚起步，映格沟正需要一个引路的人，如果我躺下了，拿什么去向他们交差……"

张映光相信，国家的扶贫任务不会寄托于某一个人的身上，即便没有林仲虎，映格沟同样会有另外的干部去率领他们走出贫困。其实，真正让林仲虎放不下心的，不过是若干年来对映格沟群众的深厚感情和他对待本职工作的那份责任。

一时竟找不出话来安慰，只好说："这不是什么都没发生吗？干嘛去考虑这些。"

林仲虎沉沉地叹息。

"今天一早，去取报告单时，我又碰见了那个人。他排在我前面，快轮到他时，他转身对我说：拿了报告单，我真希望身体里什么毛病都没有，可以高高兴兴地回家，像往常一样面对家人，面对我的事业……"

张映光性格粗枝大叶，极少关心除亲戚朋友外的任何人的任何事，但不知怎的，此时心里七上八下，突然担心起林仲虎所提及的那个人来。他真心希望那人所取到的报告单能够显示各项指标都达到健康水准。

或许张映光内心深处已经将这个所谓的"那人"当作是林仲虎本人了吧？

"好奇怪，曾经有一瞬，我觉得他说的话就是我想说的话，我

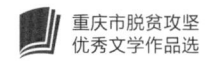

努力地想要宽慰他几句，却怎么也想不出哪句话能够安慰他。看着他的背影，我紧张的程度绝对不亚于他。

"他取出报告单，然后转身直直地盯着我，我能够感觉他全身在软，脸色在变。瞟一眼他手里的报告单，我看见一行蓝色的字十分醒目：左肺上叶尖后段占位，FDG代谢异常增高，考虑周围型肺癌并累及邻近胸膜可能性大……我看着他，很久很久，觉得还是应该说一句安慰他的话，哪知他却突然瘫倒在地，怎么扶也扶不起来。

"急救人员将他抬上担架，似乎整个人突然就病入膏肓，仿佛连呼吸也困难了。几分钟前，或者说是昨天，没有任何人敢武断地说他不健康。可是现在，结果一出来，就成了一个病人，一个即将离世的病人……我突然胆怯了，连报告单也不敢取了，一个人跑到大门前的槐树下，站了很久很久……我承认，那个时候我感觉死亡离我们太近太近，几乎一个转身的距离，就有可能永远失去知觉。"

人的感慨，往往来自于某一时刻的大彻大悟。或许都是接近四十岁的人吧，张映光理解林仲虎当时的感受。癌症，不是你加强注意就能够避免，一旦这样的疾病落到自己身上，任谁都无法承受病痛折磨和心灵煎熬的痛苦以及面对死亡的恐惧。

林仲虎乃至更为坚强的人都不会例外！

"后来呢？"张映光着急地问，"后来你还是去取了报告单？"

"是啊。还好，我比那人幸运……"

幸运的是林仲虎并没有与那人一样的遭遇。他十分明确地告诉张映光，他的报告单上没有那几行要命的蓝色字体。不过，短时间他很难从惶恐的情绪中走出来。

在拿到报告单之前，漫长的等待过程中，他真是吓得不轻啊。

张映光被林仲虎的情绪感染了。

他过上养尊处优的日子实在是太久了，以至于很少有时间去思索人生。挂断电话，心里沉甸甸的，他决定放下公司的一切事情，第二天就去映格沟，尽快落实自己在映格沟的投资项目。

他能够想象林仲虎独自一人站在老槐树下发呆的情景。

人生苦短。

张映光决定马上去映格沟实地考察。

这次的映格沟之行，算是给林仲虎压惊吧。

第四章

　　向左以随行记者的身份坐上了张映光的车。这并不是张映光的安排，也不是林仲虎的安排，而是向左自己的主意。

　　向左最近正准备写一组有关全县扶贫攻坚的深度报道。昨晚无意中在秀山企业家QQ群里看到，张映光说起第二天会去映格沟实地考察投资项目，觉得很有必要跟踪采访，于是马上联系。

　　今早与宫吕因为生小孩的事吵了几句，他心情并不愉快，一路上闭着眼很少跟张映光说话。张映光呢，则一直在回想林仲虎昨天电话中说的每一句话。他隐隐感觉有些不安，难道林仲虎的身体状况并不如他自己所言什么事都没有？亲眼目睹病友被查出绝症，有可能产生一定的触动，但不太可能引发那么多所谓的感慨和伤怀。

　　不管怎样，关于去映格沟投资产业这件事情，张映光知道不能再拖下去，不管投资什么，必须越快越好。人生的变数，细细思索极其恐怖，的确如林仲虎所言，死亡离我们每一个人都非常近。

　　张映光在秀山工业园区经营着两家大型企业，效益可观，是重庆市经济风云人物，要去乡村投资，资金肯定不是问题，但投资什么产业却是未知数。

　　这些年秀山到乡村投资产业的企业家实在是太多了，猕猴桃、金银花、茶叶、柑橘等不一而足。不过据张映光了解，这些产品目前在县内已达到饱和状态，再往这方面发展，绝对会供大于求。

　　要投资产业，生产周期短是一方面，销路广、利润高才是最主要的。张映光钱再多，与林仲虎关系再铁，也不愿盲目投资。硬着头皮往里挤，毕竟是生意人，他可不愿干亏本赚吆喝的买卖。

　　映格沟位于重庆市秀山土家族苗族自治县钟灵镇，以前属中溪乡，是梅江河流域的源头所在地。

"映格"二字，是当地土语，意思为"财神"。然而映格沟名不副实，不光没有"财神"，反倒是全县最贫困村之一，乃上世纪七八十年代远近闻名的"光棍村"。传说以前有一家人共有五弟兄，长的六十七岁，小的四十二岁，全是光棍，最穷时五弟兄只有四条裤子。

这么一个贫穷落后的地方，为什么会取名为"映格沟"？真是让人百思不解。就连见多识广的向左，看见这个名字时也会觉得好笑：穷得连裤子都没有穿了还映格沟？哪来的财神？哪个祖先取的啊。

不过有传言称映格沟以前不叫映格沟，叫穷过河。解放前后，去穷过河没有一条旱路可走，只能顺着河道七弯八拐蹚水而行。听老一辈人说，那时候从中溪去穷过河要脱鞋蹚过九九八十一次河才能到达目的地。

而"映格沟"这个名字是上世纪80年代中叶一个姓林的老驻村干部给更改的，主要为图吉利，也是为了让村民们有个盼头。

确实也是，"穷过河"，光听这名字，别村的姑娘就不敢来了，不成光棍村才怪。

刚过通往太阳山村和映格沟村的岔路口，张映光的车便被一根路障杆拦了下来。路侧高高地立着一块木牌，上面用红色油漆潦草地写着：

非本村人员及车辆一律不准通行！

这块牌子是映格沟通村公路修好后村民们私自立在这儿的，还派人轮流值守。上次林仲虎在大会上被分管副县长点名批评正是缘于此事。

走过若干村寨，张映光还是第一次遇上这样的新鲜事。心想："看来林仲虎有些名堂，不知悄悄在村里试验什么能带领村民们脱

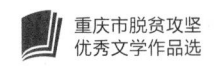

贫致富的产业不允许让外人瞧了去。"转念又想，太阳山村和映格沟村与贵州交界，来往人多繁杂，在这一敏感地带之上，商业或产业方面的情报保密做得牢实一些当然可以理解。

有心要探一探究竟，张映光急急地按了几声喇叭。

从路旁蹿出一个模样憨厚的老大爷来，弯腰认了认车内的人，然后挥手说："后退！后退！退到前面的岔路口去。"

张映光从车窗内伸出头来。

"退到哪去？映格沟不从这里走？"

"是从这里走，但你这车不能进去。"

这老大爷姓石名道来，六十岁出头，忠厚老实，被全村人推举出来在岔路口负责值守路障杆。

"怕我是间谍？"

张映光先入为主，真以为这路障是林仲虎为杜绝外人刺探映格沟创业情报而设的。

林仲虎的性格张映光从小就了解，不管做出什么样让正常人不可思议的事都有可能。高中毕业养山羊，林仲虎一个人在荒山上，整整三年，从来不让外人去观摩。

"那倒不是。"石道来倒也有耐心，"这条路是我们村所有村民自己筹资修建的，里面还有太阳山村的一个组，当时找他们商量，没一家人愿意出钱，现在路修好了，他们却坐享其成，想从这条路上过，我们肯定不答应。"

这倒是个新闻点。向左取出相机悄悄拍了几个镜头。

向左来这一带采访不止十次，他十分熟悉这里的地理环境。太阳山村与映格沟相邻，但从岔路口起就开始分路，各走一条沟。不过，太阳山村有个半坡组却跟映格沟是同一条道，就坐落在映格沟尽头的一座山坡上。

映格沟路修通后，方便了自己的同时，半坡组也能得到方便。

不过半坡组几年前就进行了大搬迁，如今仅有六户人家在那里居住。映格沟村委会修公路前曾上门动员六户人家筹资，却没有一家人响应。究其原因，第一是经济条件稍好一点的家庭都搬离了，余下的住户拿不出每人两千元的筹资款；第二是即便六户人家答应筹资，因为住户太少筹资款远远不够，公路也只能修到映格沟村境内，还有直线距离一公里左右的山路需要步行，极不划算。

就这样，公路修好了，矛盾却出来了。

几年前半坡组因有山体滑坡隐患，钟灵镇政府提出整体搬迁计划，并且通过各级协商，决定将半坡组二十多户村民搬移到"联姻乡镇"石堤镇的两河湾。

相对来说两河湾的地理位置要比半坡组好很多，而且两河湾当时的经济发展基础位居全县村落的中上游水平，加上政府对村民有一定的搬迁补贴，所以半坡组经济条件稍好的村民都愿意搬迁去那里，最终只剩下六户人家由于贫困、守旧、不舍等原因而没有随队搬迁。

后来的两年，钟灵、石堤两地政府也出过不少方案解决此事，奈何六户人家要么因实在太穷搬迁不了、要么是嫌这嫌那坚决不同意搬迁，一来二去，搬迁一事便被暂时"搁置"在了那里。所以现在的六户人家，依然还属于太阳山村管辖，而作为安置点的石堤镇两河湾，鞭长莫及，几乎没有闲暇去顾及剩余六户人家到底还会不会有搬迁的那一天。彭老支书曾经为此表过态，说两河湾将六户人家的屋基和土地都安置妥当了的，只要他们愿意，不管十年八年，随时都会欢迎他们的迁入。

虽然说林仲虎所在单位——秀山旅游局出资了建设映格沟通村公路的一半工程款，但余下的一半却来自映格沟村民的自筹资金。为了有一条属于自己的公路，映格沟不少贫困村民不惜四处借钱，欠下对于他们来说绝对算得上的巨额债务，而半坡组六户人家既不

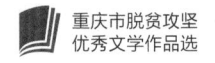

出资也不出力，路修好了想来坐享其成，映格沟村民肯定不答应。于是村民们连夜在岔路口竖起了路障杆，坚决不允许半坡组村民从这里通过。

钟灵镇政府以及太阳山村委对此反响十分强烈。觉得这一根栏杆不光搅乱了正常的交通秩序，还严重影响了村与村之间的和睦关系。

林仲虎为这事操碎了心，天天上门做工作让村民将路障拆了，可工作一直做不下来。

将心比心，自己欠债修的路让别人方便，谁又能够想得通呢？

公说公有理，婆说婆有理，面对这一道难题，林仲虎感觉压力十分巨大。特别是被分管副县长在大会上点名批评都过去了半个月时间，这道路障仍然难以拆除。急火攻心之下，病情越来越重，有时痰中还带血，头晕眼花，严重影响了正常工作安排。不得已，这才忙里偷闲，独自跑去重庆西南医院检查身体。

明白了事情的缘由，张映光觉得很好笑，于是打趣似的问石道来："大路朝天，各走半边。同属一条沟，不可能连人家走路也不准了呀？"

石道来理直气壮："依我们村民的话，路也不许走！可是林书记天天动员，大家都被他说得不好意思了。按道理，林书记为我们映格沟带来了天大的变化，他的面子，还是应该给的。所以，现在大家商量，走路还是让他们半坡组的过，但车辆绝对不行，要拉种子、化肥什么的，有本事他们从太阳山村绕道挑着去。"

半坡组虽然属于太阳山村，但离映格沟却要近得多，真要是绕道从太阳山村走的话，至少要多走五公里山路。

张映光不知说什么好，与向左对视一瞬，然后问石道来："这里离村委会还有多远？"

"走路要四十分钟，开车几分钟的事。"

张映光原本想将车停在岔路口走路去村委会，但想想要走四十分钟，觉得还是太远了些，于是打出了林仲虎的牌。

"你应该放我们进去。我不是半坡组的人，也不是去半坡组。我与你们第一书记林仲虎是朋友，是来看他的。"

石道来"咦"了一声，又低头看了看张映光，然后说："你找林书记干么？他好像去重庆看病去了。"

"我知道他不在村上，不过今天他一定会赶回来。"

石道来半信半疑地再次朝车内张望了一下，确定里面没坐有半坡组的人，这才慢吞吞地将路障杆取掉。

"最近四个月，林书记为我们村做了很多实事。其实只要你认识他，就算你真是去半坡组我也放行。不过不准说出去，不然大伙儿会责怪我。"

石道来大儿子在秀山县政府上班，虽然石道来被村民们推举出来管路栏，但凡事还得从政府角度去考虑，所以并不想更多地为难外来人。

张映光微微一笑，转头轻声对向左说："看来林仲虎在映格沟有些地位啊。"

乡村人一般都诚实，认死理，行就行不行就不行，很少看在哪个面子上去干一些言不由衷的亏心事。

映格沟名为沟，就是两道山脉夹着一条溪流，公路沿着溪流七弯八拐纵深入内。时逢初冬，一路上，两岸树叶黄的红的煞是美妙，令张映光情绪高涨。

停好车，张映光看见村委会院后便是小溪，看那溪水，清澈得没有半丝杂质，一眼就能看见河水下红红绿绿的鹅卵石。张映光三十年没见过这样的河水了，也不急于去村委会找村干部，朝向左挥挥手，一路小跑顺着小道直奔河坝。

这是梅江河的源头，水流自然无法像梅江河中下游那般壮阔。

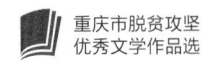

但细流涓涓，灵巧十足，却是当今人们最愿意欣赏、流连的场所。

"大自然的馈赠啊。当真是养在深闺人未识……"

心里潮涌阵阵。如果是夏天，张映光会毫不犹豫地脱下外套直扑河中。

其实，即便是冬天，他也有扑进河水里的冲动。

这种心情已经无法用语言来形容。秀山并不缺水，但这般清澈的溪流在县内乃至渝东南或整个武陵山区，都称得上是绝无仅有！

河内鱼虾清晰可见。

不由提起步子，顺着河道朝里走。

越往里走，河道越窄，流水越清，两岸吊脚楼一幢连着一幢，鸡鸣狗吠，瞬间有误入世外桃源之感。

张映光整个人都醉了。

路牌显示这条河通往太阳山脚下，尽头为太阳山村半坡组。

见张映光如此兴奋，向左笑着介绍："据秀山县志记载，穿越秀山二分之一的乡镇街道、长达一百三十多公里的梅江河，其源头就在这里。"

"名不虚传，这里的田园风光，这绝对是我梦想中的圣地。以前仲虎曾给我说过这里的风景如画，我根本就没信，以为他在吹牛。"

"哈哈，这都不算什么，沿河往里走，峡谷更幽，风光更美。"

对眼前的风景，向左倒是见怪不怪。

每每来到这里，向左就会想到十年前的"寻找梅江河源头"行动，十年前，那是向左发起的行动，邀约了几个人，在两河湾彭老支书的带领下，花费半月时间，自梅江河下游石堤镇两河湾，跨里仁、宋农、妙泉、官庄、乌杨、中和、平凯、石耶、梅江等十余个乡镇街道，至梅江河源头钟灵镇映格沟，像体验红军过草地一样一步步丈量过梅江河全境。

向左认为，作为秀山的母亲河，梅江河养育了世世代代的土家族、苗族、汉族等各民族人民，既要敬畏她，又要征服她。

经过艰苦的长途跋涉，到达映格沟时，原本疲惫不堪的一群人突然精神焕发。这里的河面宽不过数米，河水越来越浅，却越来越清。最奇特的是河里全部是花花绿绿的小石子，像南京的雨花石一般，美妙绝伦，将整条溪流映衬得五彩缤纷。

理论上这里已经是梅江河源头，但一行人为探寻究竟，顺小溪一直走到太阳山下的半坡组，直到河流变为山泉为止。

山泉尽头，半坡组二十多户民居重重叠叠，全是木房。

彭老支书第一次来到半坡组，看了这个较为独特的村落后，心里涌起异样的感觉，仿佛半坡组与两河湾冥冥中或有某种联系。两年后，他豪爽地同意让半坡组村民整体搬迁到两河湾，一半的因素也缘于这次充满激情的邂逅，感觉一切都像是命中注定一般。

"说到梅江河真正的源头，应该论证为太阳山村的半坡组而非映格沟。"这是向左对梅江河源头的重新理解和定位。"毕竟梅江河到了映格沟还存在理论上的上游。"

从两河湾到映格沟，沿途的风土民情极具少数民族风味。一路上，向左对梅江河沿线的支流、桥梁、民族、民居、风俗习惯等都作了详细记录和仔细研究，也凭借报告文学《穿越大半个秀山》而一夜成名，从一名与新闻工作无半点关系的乡镇水管所员工直接调到秀山报社。

宫吕不是本地人，她与两名同学一起以"社会实践活动"之名加入由向左在网上组织发起的"寻找梅江河源头"行动。当时宫吕还是大一新生。也正是从那时候起，宫吕被向左的才情和风流倜傥的气质深深折服，埋下了今生今世非向左不嫁的念头。

……

映格沟一共八个组，分别居住于沿河两岸。除公路沿线和村委

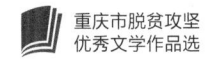

会附近有几幢砖瓦房外,其余全是木房,依山而立,错落有致,多数家庭建有吊脚楼。

那山,那河,那水,那人家……顺小溪逆流而上,才走了几百步,张映光就彻底陶醉了。

"这里的风景完全出乎我的意料。简直就是九寨沟再版。"

说话间,突然有了自己的计划。如果说之前打算来映格沟投资是以支持林仲虎工作为目的,那么现在,他已经决定自愿在这里扎根。

这是上天赐予他的一片乐土,是他寻觅几十年的梦中桃源。

不管投资什么,他决定在这里长期驻扎下来,然后建一栋属于自己的吊脚楼,逢夏逢冬都可以将妻子儿女带到这里来度假。

望着窄窄的河道和幽深的山谷,张映光问向左:"还有多远才到尽头?"

"至少三公里吧。车顺着河坝可开到太阳山脚下。"

"办正事要紧。"张映光意犹未尽,"给里面的风光留一些悬念,过些日子我们再去欣赏。"

两人随即返回村委会,与映格沟村主任彭强取得了联系。

第五章

"网络直播?"

"摇晃着手里的手机就能解决两河湾三千亩柑橘滞销问题?"

彭老支书无可奈何地苦笑。

他无法回答村民们提出的任何质疑。

只有苦笑。

其实在他心中,对欧阳旬旬的质疑程度远远大于任何一个村民。

只是他作为上一届老支书,必须无条件全力支持配合新支书的决策。

"先让她折腾几天吧,反正两河湾柑橘原本就销不出去。"

心里这样想,却不能当着村民们的面将心事说出来。不管怎样,退位让贤是自己主动提出来的,年轻化、知识化、专业化也是上级领导聘用基层干部的基本宗旨。年轻人有年轻人的思维和追求,新支书执意要么干,就让她"任性"一次。

彭老支书相信,撞了几次"南墙",欧阳旬旬终究会明白"锅儿是铁铸的"!

"新官"上任,想立即做出一番成绩的心情可以理解,但一切并不是如凭空想象那样简单容易。

理想与现实毕竟有很大的出入。

几个年轻妹子,拿着几部连接在自拍杆上的手机,在柑橘林里到处转悠,就能将两河湾三千亩产量的柑橘销售一空?

纯属是痴人说梦!

不能说彭老支书会像其他村民一样将这次所谓的网络直播当一

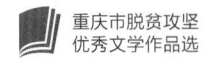

场笑话或闹剧看吧,但他心里实在没底,只能一个劲地用苦笑去回应每一个充满质疑的村民。

"要相信你们的新支书。"

从昨晚到今晨,这句话彭老支书对村民们说了不止二十次,但每一次出口,都会减少一分底气。

这句话其实是林仲虎对他说的。

几天前,林仲虎半夜打电话给彭老支书。

"彭支书,不好意思啊,这些天身体一直不见好转,所以没时间与你商讨两个村抱团发展的事情。你看这样好不好?我与映格沟的村主任明天要去官庄镇考察山羊养殖基地,反正你们石堤离官庄也不远了,办完事我们就顺道来一趟两河湾如何?"

那几天彭老支书已经接到石堤镇党委的通知,不久就会有一个叫欧阳旬旬的姑娘来两河湾接替他的工作。突然从工作几十年的岗位上退下来,说不失落那是骗人的,更何况上面派来的还是一个自己并不看好的年轻女同志……所以听了林仲虎的电话后,彭老支书竟毫不掩饰自己的情绪,大声说:"林书记啊,抱团发展的思路可能要缓一缓了……我已经不是两河湾的支部书记了……"

林仲虎惊讶地问:"这才几天?怎么回事?"

"退位让贤。"彭老支书自嘲地苦苦一笑,"年龄确实是村里发展的巨大阻力。我是不中用了,过不了两天,镇里面就会派一个小女子来两河湾任支部书记。"

"小女子?"

林仲虎从彭老支书的话语中听出他打心眼里瞧不起年轻女性,知道他内心里带着很大的情绪,感觉自己有必要对他进行劝导,于是笑着说:"彭支书,年龄大了退位很正常。不过呢,对于你来说,退位不退位都一样啊。退下来了,你以为就能脱离村委会的工作?新支书照样需要你的支持呢。"

"需要支持？我一个老朽，她才不需要我的支持呢。再说……一个小女子，能有什么大作为？不要让其他村看笑话就好。"

林仲虎会心一笑，几句话问清楚退位的具体情况后，当即从小情结说到大格局，耐心地做起了彭老支书的思想工作。最后说："你们石堤镇既然派出这么一位女子到两河湾，说明她一定有这方面的特长和能力。我也十分相信她能带领你们两河湾走出贫困，但前提必须是得到彭支书你的支持。姜还是老的辣，你不支持她，她毕竟年轻，就是有飞天的本领也可能铩羽而归。但苦的是村民啊。所以，虽然你退位了，却一定不能不管。我今后肯定也会继续坚持我的观点，与你们村抱团发展，互帮互助，共享先进经验和扶贫金点子。"林仲虎话说多了，不由咳嗽了几声。两秒钟后，接着又说："敢闯敢干，年轻就是本钱，老支书，请一定要相信你们的新支书，多给她一点时间。相信她两年内一定能够带领两河湾脱贫致富。"

彭老支书不是不懂道理的人，听了林仲虎的开导之言，感觉堵塞在心里的气一下子消去了很多。

覃西梅和黄毛狗抱着膀子站在彭老支书身旁。两个人都没有说话。一个如行尸走肉，面无表情不知在考虑些什么；一个斜扯着嘴，轻踮脚尖，一副不屑一顾的神态。

今天一大早，彭老支书就将他俩叫到柑橘林深处，嘱咐嘱咐再嘱咐，一定不能跟着其他村民一起，质疑欧阳旬旬带来的直播队伍。要全力配合。面对镜头，一定要表露出两河湾的民风比全国任何一个乡村都要淳；一定要让观众知道，两河湾的柑橘比全国任何一个乡村的柑橘都甜……

彭老支书内心里对新支书的这次所谓的网络直播行动不抱任何希望，但表面上还是大力支持。就像林仲虎说的一样，毕竟不管成功与失败，她都是在为两河湾村民谋出路。

两河湾满山遍野都是柑橘林，近段时期，三千亩柑橘和脐橙已

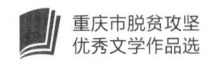

相继成熟，红的、黄的结满了枝头。层层梯土，高矮分明，远远看去，蔚为大观。

原本这个季节是两河湾丰收的时令，村民们应该对着树枝喜笑颜开才对，但偏偏他们对这一丰收景致视若无睹。对于他们来说，这不过是一幅看得见摸不着的画境，果实丰收了，但变不成钱，送给亲戚朋友还得搭上劳动力和车费……

前年和去年，丰收的时候，两河湾村民干脆就不到山坡上来了，眼不见心不烦，让柑橘自生自灭烂在树上。

这两天，彭老支书大会小会嘱咐大家一定要重新将自家的柑橘林管理好。还要求大家不管有事无事，不时要去山坡上走一走，增添一些人气，要充分相信新支书会给村里带来意想不到的变化。要坚信在她的带领下，今年的柑橘一定能够销售一空。

有彭老支书亲自出面，柑橘林里的人气倒是旺了起来，然而面对树枝上的累累果实，村民们却是一副副愁眉苦脸。

新支书欧阳旬旬来两河湾的时候，他们露出的是同样的表情，愁眉苦脸，不欢迎也不反对。

他们的心中只有彭老支书。

迫于彭老支书的威严，他们不得不接受新支书到来的现实。

前些天，欧阳旬旬在石堤镇党委书记以及组织委员陈明的带领下，第一次来到两河湾。党委书记交给她的第一个任务就是尽可能地帮助两河湾村民解决时下三千亩柑橘的销售问题。

欧阳旬旬的任命文件还没从县上批下来，但镇里面考虑到两河湾柑橘亟须销售，决定先让她到两河湾熟悉工作环境，顺便考验一下她的实际工作能力。

欧阳旬旬今年二十八岁，来秀山工作不过两年。她不是秀山本地人，是湖北荆州人氏。大学毕业后在广东的一家外企做广告策划。她男朋友家乡就在秀山，大学毕业后男朋友直接回秀山工作了，又属公务员编制，要想调去广东谈何容易？欧阳旬旬不想放弃这份于大学期间建立的爱情，思来想去，毅然辞掉了广东的工作，以大学生村官的形式考到了秀山，被分配到比较偏远的石堤镇。

鉴于她是外地人，对秀山乡村的风土民情不是很了解，语言也不通，于是就没有真正安排她驻在村上，只在就近的村里挂了一个村主任助理之职，大多时间都在镇政府上班。

欧阳旬旬个头不高，长得白白净净，又是一张圆圆的娃娃脸，看见第一眼，彭老支书心里的那个凉啊，简直无法用语言来形容。只能无可奈何地苦笑。

彭老支书之所以选择退位，是为了上级领导能够委派一位比自己更适合于村支书的人选，以更快的速度带领两河湾村民走出贫困。然而这样一个说普通话的外地小姑娘，到穷山恶水的两河湾来，她能照顾好自己的饮食起居就算不错了，还敢指望她带领两河湾民众走向富裕之路？

"我彭某人一世英明将毁在这个小女子手里……"

彭老支书仰天长叹。但已经骑虎难下，只有偷偷后悔的份儿了。

一个白白净净的小女子，绝不可能有什么大作为。

果不其然，欧阳旬旬来两河湾做出的第一个动作就是神经兮兮的网络直播。看这阵势，几个人举着手机在柑橘林这里摇摇那里晃晃，纯粹是在瞎胡闹，小孩子玩过家家一般……

彭老支书那个苦啊，说又说不出，不说又心慌慌，只能用苦笑表达心中的郁闷。从看见欧阳旬旬来到两河湾之后的第一眼就开始苦笑。面对党委书记苦笑，面对陈明苦笑，面对覃酉梅和黄毛狗苦笑，面对村民们苦笑，面对四个打扮得花枝招展的"女主播"苦笑……

一张老脸几乎笑僵。

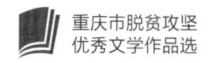

"趁任命文件尚未正式下达，让她在柑橘林里折腾几天，半个月后柑橘与去前年一样销售不出去，她就会知难而退，主动申请让其他有能力的人来……"

此时的彭老支书，仅能够从这样近乎于病态的心理中获取一丝丝慰藉。

让一个头发长见识短的小姑娘担起村支部书记的重任？这样的例子别说在偏远的秀山，便是全重庆市也少有。作为组织委员和驻村干部，这样的风险不知陈明日后敢不敢担当……

"唉，唉……"彭老支书不停地用手指敲击着老烟杆，开始后悔居然轻信了映格沟林仲虎之言，去相信这么一个又年轻又是女性的新支书……

直播队伍"叽叽喳喳"地朝这边山头走过来了。彭老支书心头有些紧张，他再一次走到覃酉梅和黄毛狗身边，嘱咐嘱咐再嘱咐，要求他们当着全国网友的面，一定不能丢了两河湾人的面子。

这个山头名为打伞岩，也是全村的最高点。没有人家，方圆几公里全是柑橘林。

遵循欧阳旬旬的安排，即将接受现场采访的彭老支书、覃酉梅、黄毛狗三人穿着传统的土家族服饰，站在三棵树龄最长、挂果最满的柑橘树下。而其他村民则作为镜头背景，随意在镜头范围内的柑橘树下采摘柑橘。

欧阳旬旬带着直播队伍，首先从梅江河与酉水河交汇的地方开始拍摄，然后转向长岭坡的一大片郁郁葱葱的竹海，将两河湾的自然景观在镜头内作了一番介绍后，再由长岭坡的一条山道上行，穿越满山遍野的柑橘林，最后一边解说一边朝打伞岩走去。

彭老支书挥动着长长的老烟杆，对遍布于柑橘林中的村民们喊："各回各的位置。新支书是为了我们的柑橘能够销售出去。大家一定要听从她的指挥，不允许任何人抹黑我们两河湾。从现在起，新支书说的话就是我说的话！新支书的命令就是我的命令！！"

彭老支书毕竟是彭老支书，胸怀大局，即使心里对这次直播再不抱希望，也会全身心配合欧阳旬旬的工作。

那时候的网络直播可不像现在这样遍地开花。那时候，网络直播并不为人们所熟识，尤其是较为落后的边远地区。欧阳旬旬的这一举动，相当于开创了秀山网络直播历史的先河。

用网络直播的方式推广两河湾的柑橘，欧阳旬旬的灵感来自扯了结婚证还没来得及办酒席的老公石诚的一句话。

到两河湾熟悉工作环境的第一天，就接到解决三千亩产量的柑橘销售任务，毫无乡村工作经验的欧阳旬旬犯难了。她花了两天时间到各乡镇和城区了解柑橘销售行情，又花两天时间走遍了两河湾的沟沟坎坎，感觉要想将两河湾的柑橘在县内销售完几乎是不可能完成的任务。全县有柑橘的乡镇太多太多，就算两河湾柑橘质量比其他地方好，价格也便宜，但市场已经饱和……

正自毫无头绪时，石诚的一句话点醒了她。

"这么好的产品，县内没有市场，为什么不借助网络的力量向外县外省推广呢？"

欧阳旬旬和石诚两人的家庭条件都不是很好。为填补学习用品开销和生活费，大学第二年，两人就一起在淘宝网注册了一个账号，借助石诚家乡的自然优势，专门推销秀山的本地特产：黄花、皮蛋、土鸡蛋、霉豆腐等等，效果还算不错，每月都能够接到几十个订单。

尽管熟悉网上销售流程，但欧阳旬旬明白，自己的淘宝店在全国范围内影响力微乎其微，一个月能够通过这一平台卖出几百公斤柑橘就算不错的了，三千亩产量销售？其难度无异于登天！

不过石诚的这个建议却一下子打通了她的销售思路。

考虑了整整一夜，欧阳旬旬眼前一亮，终于理出了一条柑橘推

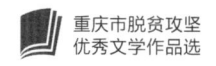

广销售模式。

第二天一早，平时讲究的欧阳旬旬来不及化妆就往建立于秀山物流园区的阿里巴巴"农村淘宝"服务中心跑。

阿里巴巴农村淘宝是秀山为打造成"全国农村电子商务示范基地"和"农村淘宝县"而引进的重点项目，主要为秀山创新农业、改变农村消费生态和让农村变得更美好而服务。目前秀山已经有上百个村镇开通了"武陵生活馆""农村淘宝"服务网点。

如果能够得到"农村淘宝"秀山服务中心的支持，可以从网上迅速将市场打开，别说两河湾三千亩柑橘产量，即便是全县的柑橘销售都不再愁。

石诚在县政府办公室上班，日常工作与秀山"农村淘宝"有所交接，经他牵线搭桥，欧阳旬旬自然轻易就找到了服务中心的主要负责人。

不过欧阳旬旬还是忐忑不安，心里七上八下，不知道服务中心会不会答应自己的请求。

说白了，自己的事纯属一个村的利益，小得不能再小，而服务中心要做的是县级层面上的大事，立足点不在一个层次之上，答应与自己合作的概率几乎为零。

哪知才说起此事，马上就得到了"农村淘宝"秀山服务中心的积极响应。

这段时间，秀山服务中心正在策划年终网上推销全县土特产这一项目，他们到处寻找最合适的一个乡村实施阿里巴巴集团农村淘宝"村红直播"。当欧阳旬旬提到两河湾三千亩柑橘连续三年滞销这一现状时，服务中心当机立断，迅速与阿里巴巴集团联系，决定于两天后，由欧阳旬旬具体负责策划，服务中心负责派出四名美女担任"主播"，在"手机淘宝"APP首页的淘宝直播平台，通过手机视频现场实时直播两河湾柑橘采摘过程，呼吁全国各地的柑橘销售商来秀山大批量进货。

欧阳旬旬喜出望外,立即赶回两河湾,将自己的想法告诉了彭老支书,并请求他给予支持。

彭老支书并不了解什么是网络直播,觉得新支书的这一决定不过是在瞎折腾,对两河湾的柑橘销售起不到多大作用。但一个老共产党员、老村支书最起码的原则还是有,何况耳边还时常响起林仲虎的劝导之语……

即或再不信任也忙前忙后踏踏实实为本次直播当起了"绿叶"。

目前直播平台显示在线收看人次不足五千,留言的人却不少。

老实说,直到现在,欧阳旬旬对这种新型的推销方式并无十足把握。不过她对两河湾的柑橘和脐橙却颇有信心。两河湾有得天独厚的自然优势,土壤适宜,是柑橘产出的最好温床。这里的柑橘有一个好听的名字:"边城红",也是秀山前些年培育的一个重庆市市级品牌,口感纯正,水分多,色彩鲜红,在其他出产地方几乎难觅这样上佳品质的品种。

在欧阳旬旬的指导下,两位美女"主播"将手机镜头慢慢摇向彭老支书站立的地方。

"这么优美的环境,这么鲜艳的柑橘,这么多采摘柑橘的村民……请网友们随着我们的镜头,近距离了解一下我们两河湾群众平常的生产生活状态……"

欧阳旬旬害怕彭老支书紧张,举起拳头,朝彭老支书轻轻一挥,微笑着轻声说:"加油!"

彭老支书苦苦一笑,将手里的长烟杆交给黄毛狗,继而干咳数声,按照昨夜欧阳旬旬的授意,面对镜头先不介绍柑橘的情况,敞开嗓子就唱了起来:

坡前两条溪,

屋后竹林齐。

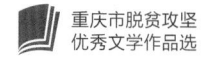

> 山妹唱山歌，
>
> 想郎把柴劈……

年轻时候，彭老支书力大如牛，经常挑两百多斤重的担子。他不光是村里的大力士，还是一位优秀的山歌手，在两河湾一带十分有名。十八岁时去石堤码头参加土家族青年一年一度的"舍巴节"，一亮嗓子，顿时震惊酉水两岸人头攒动的年轻人。

在这些年轻人中，有一位被当地人称为"石堤刘三姐"的山歌能手——毛妹儿。平时她能同时与五名青年男子分别对唱，长得又漂亮，对于配偶方面眼光极高，却因为彭老支书的这首《山妹歌》爱上了他。

毛妹儿的父母均是有头有面的人物，家庭条件在石堤街上数一数二，听说女儿与两河湾的彭姓青年相爱了，哪肯同意？

两河湾是石堤镇出了名的穷乡僻壤，而彭老支书呢，除了会唱山歌，家里可谓一贫如洗。

然而半年之后，毛妹儿硬是不顾父母反对，没要任何嫁妆就远嫁到了两河湾村长岭坡组，与彭老支书一起，过上了清贫而快乐的日子。

直到五年前毛妹儿去世。

去世前的那天晚上，彭老支书问她："嫁给我你后悔了吗？"

毛妹儿没有说后悔，也没有说不后悔，只是央求彭老支书再给自己唱一次《山妹歌》。

当彭老支书刚刚唱到"想郎把柴劈……"时，毛妹儿永远地闭上了眼睛。

当天晚上彭老支书做了一个梦，梦里毛妹儿流着眼泪跟他说："山里人的苦日子，下辈子再也不这么过了。"

> 门口一条沟，
>
> 沟里捉泥鳅。

喝碗包谷酒，

山妹和郎走……

毕竟是面向全国直播，开唱之初彭老支书紧张得不得了，加之内心并不完全接受欧阳旬旬的这一安排，所以在唱前两句的时候，嗓门儿并没有完全放开。唱着唱着，心里面涌现的全是毛妹儿年轻时候的模样，想起她跟着自己受了一辈子的苦，没享一天福就离开了人世，不由悲从中来，将一首《山妹歌》唱得百转千回，原汁原味的唱腔高亢悠扬，直冲云霄。

欧阳旬旬也被这样苍劲的山歌给感染了。她悄悄瞄一眼直播平台，发觉在线人数猛增至十万，由衷地朝彭老支书竖起了拇指。

"果然宝刀未老！"站在一旁的黄毛狗忘记了自己也进入到镜头画面里，没等彭老支书唱完就忘形地在一旁拍起手来。

"别看我大伯六十多了，以前的两把刷子还一直没丢。"

手舞足蹈，忘乎所以。特别是矮小的身材拿着彭老支书长长的老烟杆，更是令人觉得滑稽可笑。

欧阳旬旬担心黄毛狗口无遮拦再说出一些有失礼数的话，急中生智，顺手从树枝上摘下一个又红又大的柑橘朝他抛去，并用手势示意："一口气将这个柑橘吃完……"

还好，黄毛狗接住柑橘，没有再捣乱。他放下老烟杆，果真憨态可掬地美美吃了起来。

全村上下，最恨欧阳旬旬的人当数黄毛狗。

黄毛狗整天浑浑噩噩，吊儿郎当，在两河湾只服彭老支书一人。可现在欧阳旬旬却将彭老支书的位置给抢了去，他当然恨她。

欧阳旬旬现场抛给他柑橘，还要他当着全国网友的面给吃了，要是平时他肯定不会配合，但之前彭老支书威严地向全村所有人宣告"新支书的命令就是我的命令"，既然彭老支书都这样说了，借给他黄毛狗十个胆也不敢当面违背。

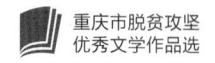

所以，他不光一口气将欧阳旬旬抛给自己的柑橘吃完了，而且还表现得极为开心。

　　满山橘子红，

　　山妹抛绣球。

　　跟郎诉心事，

　　白呀白了头……

一架小型无人航拍机"嗡嗡嗡嗡"地从头顶滑过。手机镜头里，满山遍野的柑橘树，满树满树又红又大的"边城红"，惹人注目。

顺着阳光，享受着彭老支书婉转悠扬的山歌，欧阳旬旬抬头向航拍机看去，脸上的笑容灿烂无比。

第六章

直到黄昏时候，林仲虎才驱车赶到映格沟。

从重庆到映格沟只需大约六小时的车程，林仲虎却开了足足八个半小时。

面对张映光，他已经疲倦不已，连说话的语气都不像平时那样的大嗓门儿，有气无力，似乎几天没睡觉一样。

这很出乎张映光的意料。

按理讲，不管有多疲倦，看到张映光出现在映格沟，林仲虎都应该表现出十分兴奋的劲头才对。毕竟他已经多次邀请张映光到映格沟投资。

张映光心里一沉，情绪突然从映格沟美妙山水带来的心旷神怡变回昨天晚上的忐忑不安。

避开向左，张映光将林仲虎拉到一侧问："你确定真的什么病也没有检查出来？"

林仲虎强打精神，顺手给了他一拳头。

"你还信不过我？有事就有事，没事就没事，骗你干吗？不过确实被吓着了。两个晚上没睡好，觉得疲倦。"

张映光还是觉得不放心，小声说："你我都是亲兄弟，真的有病情，我希望对谁隐瞒也不要隐瞒我。我们可以共同面对。现在医疗技术如此发达，什么样的病都能治愈。"

林仲虎感激地拍拍张映光肩膀，举目环视夕阳下映格沟的山山水水，轻轻一叹。

"兄弟，你认为我不怕死吗？真有什么疾病我绝对会以身体为重先住院治疗，哪会马上就跑回映格沟来扶贫？当真不要命了？"

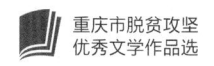

"可是你昨天在电话中说的那些话……特别是说到那个患了肺癌的人,给我的感觉似乎不是在说别人……"

林仲虎沉默很久,才长长地叹息一声。

"映光啊,我跟你说实话吧。当时我真被吓破了胆。FDG-PET检查完毕,那个病友告诉我,医生一旦建议作这项检查,就是怀疑有可能得了癌症。你不知道,那天晚上我有多难熬,不断在网上查资料对照自己的病症。我连续咳嗽了三个多月,全身乏力,服了很多止咳的药都无法缓解,这种症状与肺癌前期极为相似……"

张映光心头一紧。他虽然不懂病理,但对"肺癌"二字却是相当的恐惧。

"那一夜我根本就不敢入睡,想了很多很多……"

能够从林仲虎浮肿的双眼和苍白的面容上依稀瞧见他的憔悴。面对生与死的压力,张映光清楚那一夜林仲虎所承受的惊吓和担忧程度。

"巧合的是,那病友的症状与我无异。当我看见他报告单上那一行要命的蓝色字体时,全身如触电一般剧烈颤动了很久。他瘫软倒地的时候,我几乎从他的身上看见了我接下来的遭遇。我甚至不敢面对现实,逃离检验大厅,连报告单也不敢取了,偷偷跑到医院大门前那棵老槐树下站着发呆。我承认我不够坚强。"

在张映光的记忆中,林仲虎胆识过人,从不畏首畏尾。

这几句话将张映光的热泪都说出来了。他明白林仲虎已经够坚强了。身边没有任何人陪伴,病友给他的打击如此巨大,但最终还得亲自去将有可能判自己"死刑"的报告单取回……

张映光真后悔当时没有在他身边。

林仲虎不同于常人的勇气,张映光早就见识过。

十八年前,张映光与林仲虎同时考入县内的一所民办学校任教,一个教初中一年级数学,一个教初中二年级语文。快要放寒假的一个晚上，二楼女生宿舍突发大火，初中二年级两名女生被困在宿舍内无法逃脱。那时候火势已经将宿舍走廊全部封锁，救火的老师们被阻在楼道两侧冲不进去。

林仲虎一急，顺手将整整一桶冷水从头上淋下。

张映光看出他的意图，张开双臂紧紧地拦腰将他抱住。

"千万不能进去，进去了就出不来了。"

林仲虎颈冒青筋。"她们是我的学生，我不去救，她们就死定了！"挣脱张映光双手，他大声喊，"快去底楼找木梯在窗口下面接应！"一低头就冲入了火海。

紧闭的宿舍小门也已着火，林仲虎几脚将小门踢破。进入宿舍，里面全是浓烟，几乎看不见两名女生在什么位置。他情急之下朝窗户方向扑去。两名女生果然蜷伏在那里。

火势越来越猛，想要原路返回已经不可能，必须拆掉窗户上的钢条从窗台逃生。

林仲虎抓住中间的一根钢条，使劲拉扯。钢条拇指般粗，纹丝不动。伸头向窗外看去，张映光不知从哪儿找来一架木梯架在窗下。

木梯仅有四米，离窗台还有一米的距离，外面的人无法帮忙。

林仲虎屏住呼吸，摸索着在宿舍内寻找坚硬之物，却只找到一根长不过十厘米的杂木棍。

他急中生智，顺手撕了一块被单，牢牢缠在两根相邻的钢条上，然后将杂木棍插入布条之间，一圈一圈地用力拧。布条越拧越紧、钢条越来越弯，看看可以容下一人后，林仲虎伸出头朝楼下的张映光喊："马上找人上木梯接应，我这就将她们放下来。"

然后迅速将被单撕破拧成绳，将两名女生的腰部一一捆绑好，慢慢从窗口往下放。轮到林仲虎时，他已经全身无力，浓烟也呛得他喘不过气来。好不容易从狭窄的缝隙口钻出，却使不出力气攀附

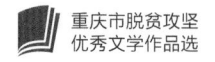

住窗台，悬空的双脚怎么也够不着木梯顶端。

这时火苗已经蹿进了宿舍内，几架床榻也已着火。

火烧眉毛！

万般紧急之下，张映光朝他喊叫道："放手放手，跳下来，我们在下面用手接你。"

林仲虎明显感觉火浪灼额，再也支撑不住，双目一闭，放开了攀附着窗台的双手。幸好那时的林仲虎并不肥胖，十几名老师硬是用双手将他生生接住。

两名得救的女生中其中一名姓夏，是高晓丽的亲表妹。那时高晓丽与林仲虎还不认识，直到结婚两年后偶然说起学校火灾一事，才知道林仲虎原来是自己亲表妹的救命恩人。

林仲虎因长时间吸入浓烟而伤及双肺和气管。住院治疗期间，他收获了无数的鲜花和荣耀，也因此成为了一名有正式编制的政府工作人员。

然而从张映光那里得到的却只有埋怨和责怪。

直到现在，张映光还感觉到后怕，要是当时打不开窗户上的钢条，用不了四五分钟，林仲虎那条小命也就在那一场火灾里完结了。

从另一个角度考量，张映光却又不得不承认，林仲虎算得上一条汉子！

然而，即使像这样的硬汉，也扛不住绝症的威胁。

张映光越来越觉得心疼，不由张开双臂紧紧地将林仲虎抱住。患难之中见真情，虽然林仲虎受的只是一场虚惊，但作为生死兄弟，于情于理当时都应该在他的身旁。

"那个时候，你应该打电话让我立即赶去重庆陪你。至少我可以替你去取报告单……"

林仲虎苦苦一笑，摇了摇头："站在老槐树下的两个小时，什么我都想过了。父母、妻子、儿女以及表弟刘新发和映光你……说实话那时候我多么希望你们都能够在我身边。但我还是缓了过来，生死由命，与其让你们担惊受怕，不如一个人承担……"

张映光说不出话来，只有紧紧地抱住林仲虎的腰。

"从老槐树下到检验大厅去取报告单的路上，我不知走了多久，感觉不到自己的双脚在走路。我一个劲地鼓励自己要坚强面对，决不能像那个病友拿到报告单时，瞬间就崩溃……然而拿到报告单后，我还是崩溃了，整个人瘫软在地。我在想，我已经作好了最坏的打算，要真是如那个病友一样得了肺癌，可能当时不过一笑置之，再不济也不会瘫倒……然而报告单上偏偏显示我一切正常，我喜出望外，一身虚汗，但整个人仍像要虚脱一般。"

张映光两眼含泪。

"兄弟，你受苦了。"

林仲虎苦笑。

"我再一次走到老槐树下，像证实了自己患上了绝症一般地思前想后。给晓丽电话，给你电话，给表弟电话，给父母电话，给映格沟村委会电话……给凡是能够想到的亲戚朋友们打电话。我不想告诉他们任何事情，只是要他们知道，我当时在重庆，我很想念他们。"

张映光长长地叹息："上天总是眷顾善良的人们。所幸一切都过去了。我理解你目前的想法，不求你马上恢复以前的豪迈，只是希望能尽快从阴影里走出来。"

"谢谢兄弟理解。"

再三证实林仲虎没有患病，张映光悬着的心终于放了下来，不觉豪气上扬，大声说："既然如此，哪里有喝酒的地方？我们先来谈谈投资的事吧。"

听到投资，林仲虎马上来了精神。

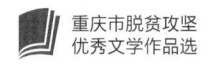

"我没骗你,值得来映格沟大显身手吧?"

"哈哈,中午时与村主任随便在山坡上跑了一圈,广阔天地,美不胜收。感觉现在就算你不要我来,我也要赖在这里不走啦。"

"此话当真?"

"不但当真,几天后就寻址建厂。而且,我还会邀请其他兄弟伙也来这里投资。"

林仲虎弱弱地给了张映光两拳。

"这才是我兄弟。映格沟的老百姓有福了。"

张映光不好意思地摇手说:"快别这样说。这样一个好地方,如果能够容纳我,倒是我的福气。"

林仲虎哈哈大笑,一不小心牵动肺腑,不由捂住胸口一阵猛咳。

向左走了过来,担心地看着林仲虎。

林仲虎与向左有过几次接触,上前与向左握手寒暄后,笑着说:"欢迎向记者来我们村报道。上次在县城开会,不好意思啊,没有接受你采访……"

向左呵呵一笑,说:"林书记,我知道当时你的身体出现了不适,满头虚汗,一看就知道是哪儿不舒服。"

林仲虎叹息一声,点头说:"感谢兄弟理解。"

交谈中,林仲虎听向左说十年前曾经徒步穿越过梅江河全境,不禁举目望向梅江河的下游,赞叹不已:"全程一百三十多公里,用时十五天!真佩服你们当时的勇气和毅力啊。"

林仲虎心里想:如果有机会,真希望能像向记者他们一样,徒步走一次梅江河全境,感受一下秀山母亲河的曲折与伟大!

想着想着,觉得这辈子极难完成这一夙愿,不禁心头发酸。

夕阳西下。梅江河水静静流淌……

好不容易缓过劲来,林仲虎收回目光,调整好心情,一手拉着张映光，一手拉着向左，朝村委会方向走。

"走，吃饭去！"

"有秀山茅台吗？"张映光开玩笑。

"秀山茅台有你俩喝的，村口就有家农家乐，你俩放心，还在重庆我就在'水源人家'订好了餐。"

"水源人家"农家乐建在映格沟村口的石拱桥畔。前临水后靠山，风景秀丽，桥头桥尾各有一株三人合围的千年银杏，特别是近期，满树杏叶金黄，风吹落叶，煞是壮观。

"水源人家"说是农家乐，其实规模并不大，只是在自家房屋的后面搭建了一个面积不足三十平米的小偏楼而已。

农家乐主人名叫杨浦岑，几年前林仲虎还是映格沟驻村干部的时候，鉴于他这里的地理位置特殊以及不时有城内驴友来这一带旅行、露营，便建议他开一家集住宿、餐饮于一体的小型农家乐。

"水源人家"这个店名还是林仲虎给取的呢，很应景，十分接地气。

当时的杨浦岑还是映格沟出了名的贫困户，吃穿都成问题，要出资兴建农家乐谈何容易？

林仲虎认准了在映格沟开餐饮的潜力，也知道杨浦岑有一手好厨艺，于是鼎力资助，从妻子高晓丽那借出了三万元给他作启动资金。几年下来，虽然农家乐生意并不火爆，但维持一家人的生计却是绰绰有余。

"水源人家"主要是为城区的一些游客夏季来映格沟避暑服务的。由于离县城较远，平时来这里吃饭的人较少，所以杨浦岑家里备菜并不多。尽管林仲虎早上就订好了餐，但杨浦岑也只预备了几个菜。

一道主菜：梅江河源头野生鱼。

两道配菜：农家青椒小炒肉，干竹笋炒腊肉。

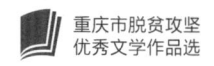

还有一道素菜：酸辣椒炒土豆丝。

这几个菜在映格沟再普通不过。张映光什么山珍海味没吃过？看桌子上的菜如此简单，不由皱着眉，几样菜浅浅地试了一筷子。

几筷子下去，却是"啧啧"称奇，觉得有如饕餮盛宴，连吃了三碗饭才想起还没叫酒。

"好你个林仲虎林书记，这么好的馆子，这么精湛的厨艺，居然一次也没邀请我来。太不够朋友了。"

"之前没通公路，从岔路口步行到这里需要至少四十分钟。哪敢请你来受苦受累？"林仲虎一本正经地解释。

张映光一想也是，假如事先没尝到这么鲜美的菜品，便算林仲虎吹破了天，他也不愿步行这么远来品尝。

当即叫了一斤映格沟自酿的玉米酒。

这种酒品质极其纯正，当地人戏称"秀山茅台"，俗称"包谷烧"。

林仲虎每一次与张映光对饮，都会不醉不归。两人平日的酒量均在八两以上。但今晚任由张映光怎样劝，他也是滴酒不沾。

"才体检回来，虽然没什么大问题，但三高是有的，医生吩咐绝对不能饮酒。"

张映光情绪高涨，哪里肯依？

向左看林仲虎脸色不好，就解围说："这样吧！张老板，我来陪你喝。"

向左不喜喝酒，但他心比较细，能够从气色上看出林仲虎不在状态。他跟林仲虎虽然不算熟悉，但通过几次对他的采访，觉得这个人耿直豪爽，并无心机。此时他不愿喝酒，一定是身体存在一定的隐情。

"回去时你得开车，想喝也不成。"

张映光一句话就将向左的主动请愿给挡了回去。

林仲虎实在推不过去，只好答应与他喝一杯。哪知喝了一杯，张映光兴头正起，两人又喝了两杯。

"不行了不行了，不能再喝了……"

林仲虎有一斤的酒量，但现在只喝了几两却醉得不行。整个人满头大汗，头晕目眩。

张映光也不再劝，将酒杯一放，趁着酒兴说："我们这就商量商量，到底来映格沟投资什么好？"

林仲虎提不起精神，摇手说："我看天色已晚，不如今晚你两人就在村委会住下来，让我躺床上休息两小时再向你们介绍映格沟的具体情况。现在实在是困得不行，思路不清晰。"

张映光与林仲虎玩笑惯了的，哪里肯依？

"几两酒下肚，不可能醉成这样啊。我有个想法，等不及了，必须马上与你商量。行的话，尽快制订方案，一个月后就可以投资……"

"才来半天，真找准投资项目了？"林仲虎强打精神。

"亏你还是专业搞旅游这一行的，这样好的资源都没有发现。"

"什么资源？"

"开发映格沟，搞旅游！"

旅游开发？

林仲虎当真没想过以旅游来推动映格沟经济。就目前来看，秀山有洪安边城、涌洞川河盖、大溪酉水湖、县城凤凰山和西街五大旅游景点，尽管这些旅游景点都有其得天独厚的自然优势，但就时下来讲，却是高投入低回报。

说白了，要想旅游开发，没有强大的资金作为后盾，一般的企业根本无法持续运转。

就全县的自然条件来说，钟灵映格沟溪水一流，峡谷一流，植被一流，村居吊脚楼数量最多、保存得最为完整。林仲虎不是没发

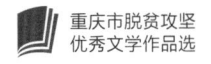

现映格沟的旅游资源，但考虑到工程巨大，成本太高，不切实际，必须具备长远规划，短时间内很难有所作为，所以并没有将旅游开发纳入映格沟扶贫计划项目之列。

张映光见林仲虎沉吟着不答，哈哈一笑，说："不一定必须得搞旅游开发。我让你吃一颗定心丸，不管做什么，我是绝对要来这里投资的。不过实话实说，我在这方面不是很在行，刚才也是一时兴起随口一说。这样，仲虎，到底投资什么产业你说了算。"

林仲虎此时的脑子里一团糨糊，感觉身体特别沉，一时哪理得清个一二三四来？

向左插话说："我倒有个想法，不知可不可以说出来？"

此话正中林仲虎下怀，急忙接过话头："说来听听。"

记者的头脑比一般人要灵光，见识也要广，林仲虎自然相信向左能提出好的建议。

"你说，你说。"张映光也附和。

"根据实际情况，映格沟要想短时间内脱贫，发展特色产业才是重中之重。现在秀山各乡镇都在以柑橘、猕猴桃、金银花、茶叶、生猪、土鸡为主导发展产业，那么映格沟就应该朝别的产业上去考虑。比如山羊养殖，牛蛙养殖，核桃种植，红香椿种植等等。这些都是其他乡镇没有大力发展的产业，市场潜力极大。总之，要有好的发展，必须详细制订发展方案。有条件的话最好能够去别的省市考察一下再作具体打算。至于旅游业，目前的确还存在诸多问题，个人觉得待时机成熟后再朝这方面考虑。不过我们可以提前造势。现在映格沟路也通了，我们可以作一些宣传报道，通过报纸、网络、电视，让大家知道秀山有这么一个山清水秀的地方，吸引县内外游客来这里游玩、住宿，不求赢利，先将牌子打出去……一定程度上也可以带动当地的经济。"

向左所提到的一些关于旅游方面的想法，其实就是秀山旅游局目前正提倡的乡村旅游发展观念。

林仲虎觉得这些话都说到了自己的心里，不由朝他竖起了大拇指。

向左以一个记者的眼光客观地看待乡村经济发展，自然有他的独到之处。

张映光也觉得这些建议十分在理，连连点头称是。

已经是晚上十点半。

三人一合计，决定今晚不回县城，就在映格沟住一夜。明天再去山坡上考察一番，尽快将投资项目及建厂地址确定下来。

从"水源人家"到村委会的路上，林仲虎十分虚弱地扶着张映光的肩膀，轻声说，"兄弟，我还要求你一件事情。很要紧的事。"

张映光说："什么求不求，你吩咐就是，只要我办得到。"

"我们村的村民早就盼望有企业家到映格沟投资，今天得了你这句话，我也放心了。不过我们岔路口那儿有一道路障，想必你也看见了，近段时间来，我一直在做工作让村民们拆除。多数村民倒也想通了，但仍有部分村民情绪激动，听不进任何劝告。因为这件事我也多次被县上批评。现在好了，我准备明天召集大家开一个院坝会，给大家讲道理，是要拆除路障还是要引人来投资？是要故步自封还是要脱贫致富？明天，只要你说一句话，不拆除路障就拒绝来投资，我看这个问题马上就能解决。"

"一切听你指挥！"

张映光满口答应。

林仲虎不想再说话，回到村委会，请村主任彭强陪张映光和向左继续聊天，自己则合衣往床上一躺，再也不想动弹。

他不是困，也不是醉，只是心里空落落的。

闭着眼哪里睡得着？胡思乱想了整整一夜。

第七章

打开家门，向左感觉走错了房间。

家里所有能打开的灯都打开了，灯火通明，喜气洋洋。

一位打扮妖娆的女子从客厅款款而至。正自惊魂未定，那女子冲上前紧紧抱住向左，又是撒娇，又是亲吻。

这妖娆女子原来是宫吕。

满屋子充溢着浓烈的香水味。

只隔一夜没有回家，宫吕就像变了个人似的，似乎刚从古代穿越而来，绾一个观音髻，着一袭婉君衣，风情万种，娉娉婷婷。

向左气不打一处来，不耐烦地一把将宫吕推开，径直走到沙发前坐下。宫吕"嗯嘤"一声，紧挨着向左坐下，侧过身又是抱又是搂。

向左眉头一皱，狠狠地瞪了宫吕一眼。

"今晚你是吃错药了？"

"是呀，是吃错药了……原本应该吃保胎药的。"

宫吕才不管向左耐烦不耐烦，拉着他一个劲地黏糊。

前天晚上宫吕与向左商量了半夜，怎么着今年之前也要怀上宝宝。可是好说歹说，向左就是不点头。

逼得急了，向左干脆抱着被子自己到客厅去睡沙发。哪知早上起来，宫吕还是不依不饶，孩子长孩子短，说得向左心烦意躁，一溜烟逃出门去，跟着张映光直奔钟灵镇映格沟。

宫吕气得不行，当即打电话向高晓丽请教。

高晓丽这些天一直在为旅游局接单的事跑上跑下，哪有时间理会别人的闲事？但自己两个（双胞胎）孩子在宫吕的班上读书，又不可过于拂了她的面子。于是随口应付说:"男人嘛,吃软不吃硬,晚上拿出点情调,慢慢跟他磨,被磨得不耐烦后,自然也就答应了。"

宫吕一想有道理。于是趁着分别了两天一夜,将家里的灯开得明晃晃的,穿上从来没穿过的婉君服,擦脂涂粉,再洒上浓浓的香水,欲施以美人计逼其就范。

"保胎药保胎药。你一天能正常一点不嘛?跟你说了,现在生孩子,我要上班,你要上课,哪个来带嘛?"

向左父母双亡,宫吕的父母又在外地,而且常年有病。对于上班族来说,排除经济上的负担,还真得有专门带小孩子的亲人才料理得过来。

"我不管这些。你到处问问,哪有结婚三年还不要宝宝的夫妻?今晚你一定得给我讲个明白,要么就是不爱我,要么就同意年内让我怀上宝宝。"

一边说,一边又搂又抱。

宫吕谨记高晓丽教导,话要说,但不生气,满脸堆笑,软磨硬泡。

向左顿时哭笑不得,懒懒地靠在沙发上喘气。

对于向左来说,孩子生下来无人照看还是小事,大不了让宫吕请两年产假,待孩子长到两岁后再作打算。最要命的是有一个困难极难克服,就是自己烟瘾太大。

为了胎儿的健康,在计划怀孕之前必须得将烟戒掉!而向左有一个习惯,写新闻时必须一支接着一支地抽烟,不抽烟一个字都写不下去。

去年向左虽然提升为秀山报社的副总编了,但因报社人手缺乏,主要工作仍然是采访,写新闻。所以要想戒烟,除非不做记者,不写新闻。

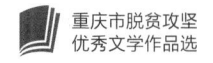

但不做记者谈何容易？得上级领导说了算，又不是个人所能左右得了的。

所以，戒不了烟，怀孕的计划就得一直往后延长。

只不过这一想法他从不敢透露出来，不然宫吕要知道了这一点，绝对会下死命令让他戒烟。

那还不要了自己的小命？！

于是，向左才将所有的借口都放在了工作压力大、小孩无人带等等之上。

宫吕见向左皱着眉头不再开口，以为他心理防线在放松，于是趁热打铁，唠唠叨叨又说了一大堆理由。

"好了好了，这些事容后再议。我刚从乡下采访回来，还要赶稿子。明天就得见报。"

向左实在听不下去了，只好拿出撒手锏。

一提及稿子，宫吕马上就恢复了正常，不再唠叨，赶紧换了身睡衣，将所有彩灯关了，到书房去为向左泡茶。

宫吕因向左的才华横溢而爱慕，自然十分支持他的新闻写作工作。结婚三年来，不管因何事有多生气，只要向左一提到写作，她会马上就没了脾气，鞍前马后，端茶送水，不亦乐乎。

打开电脑，点上香烟，向左快速在文档上敲下通讯标题：《映格沟终究将这根"故步自封"的"铁栏杆"拆除了》。

然而标题拟好了，正文却不知从何处开头。十个指头停留在键盘上，整个人却陷入了深深的沉思。

这次映格沟之行对向左的触动非常大。而这种触动，不是因为张映光的友情投资，也不是因为村民们的贫困现状，而是亲眼目睹了林仲虎对待映格沟脱贫致富的态度和决心，特别是他身上的那股劲，让向左莫名感动。

向左是记者，见过太多为党为民的好官，可歌可泣的有，感人肺腑的有，然而多年之后，见得多了，情绪便由感性转向理性。

昨天的林仲虎，不知为什么，却让向左道不出心中是什么滋味。似乎除了感动，还有千丝万缕让他挥之不去的伤感和不安。

他隐隐感觉林仲虎将不久于人世。

当心灵间产生这样一种感觉的时候，向左被自己吓了一大跳。他甚至因这种感觉而自责不已，悄悄躲进厕所狠狠地扇了自己一个耳光！

他与林仲虎并不熟识，即或自己第六感再强，也不会对一个相当于陌生的人产生"即将离世"这般荒诞不经的感觉。

再说他从来不会有第六感。

他清楚地记得，那个时候林仲虎正在两河湾村委会召集全村人开院坝会。正当向左将相机镜头对准一直苦口婆心地劝说村民们撤除岔路口路障的林仲虎身上时，这个怪异的感觉即刻产生了。

当时他心里一愣，不由移开相机举目朝林仲虎看去，那种感觉再一次清清楚楚明明白白地涌上心头。

他害怕了，赶紧放下相机偷偷跑进厕所。

为什么自己的心间平白无故会有这般强烈而奇怪的感觉？

是平白无故吗？

自林仲虎从重庆赶回映格沟起，向左一直在冷眼旁观。从林仲虎的一言一行中，可以发现他一定有什么心事瞒着张映光。向左是新闻工作者，心要比张映光细得多，不管从哪个角度分析，都能够看出林仲虎的异常。

林仲虎的精神状态有问题，这或许可归于才去西南医院检查身体，受到一定程度上的惊吓所致。然而一天一夜的时间，不管他对张映光还是对映格沟村民们说的话，很大一部分都像极了临终遗言。

这就太不正常了。

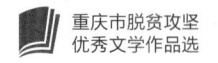

莫非林仲虎的身体真检查出了什么绝症？

果真如此的话，他第一时间应该选择住院治疗，至少应该马上回到家里与妻子商量下一步该怎么办，咋直接回到扶贫工作的第一线？耽误了最佳治疗时间，是会用生命作为代价的。

映格沟目前的扶贫工作形势的确严峻，但当真值得以生命去交换么？

向左十分痛苦地抠着脑门，怎么也想不明白其中的缘由。

接连抽了五支烟，文档上仍然只有一个标题。

开启录音笔，向左决定再听一次林仲虎在院坝会上对村民们说的话。

"……乡亲们，你们想想，我林仲虎这般苦口婆心地劝导大家是为了什么？以前我还不急，时间有的是，可以慢慢改变大家的思想。但现在不一样了，我必须在六个月之内让大家看见映格沟在脱贫致富方面的巨大变化。"

当时，在说到"六个月"这三个字的时候，向左明显发现林仲虎全身都在颤抖。而有村民提问"为什么现在与以前就不一样了"时，他却支支吾吾说不出个所以然来。

"今天将大家叫到村委会来，目的很明确，岔路口路障必须在今日之内撤除。现在坐在我身边的两个人我向大家介绍一下。一个是秀山报社的记者向左，他来的目的就是要深入挖掘我们映格沟为什么这样穷，病根在什么地方，我们该如何尽快将这个穷字抛掉！另一个是秀山工业园区的大老板张映光，他将给我们带来一个令人振奋的消息，他决定来我们映格沟投资！我可以给大家表态，只要有张老板来投资，两年之内映格沟将再也见不到一个贫困人口。那么他为什么要来映格沟投资？大家想过没有？秀山那么多山清水秀的地方他不去，偏偏选中了离县城几十公里的映格沟？原因很简单，一是我们这里的确穷，作为秀山本地的企业家，他有责任、有义务来我们这扶贫帮困。而另一方面才是最主要的,那就是在他眼里,我们映格沟村民十分纯朴,团结,有拼劲,不向贫困低头,为了致富敢下血本。大家自筹资金几十万元硬化这条通村公路就是一个很好的例子。"

"我们每一家都不富裕,但为了将路修通,借的借,贷的贷,哪一家不是欠着债交上这一笔款项?张老板正是看中大家积极向上的这一点,才决定来我们映格沟投资的。那么我想问一问大家,筹款修路到底是为了什么?还不是因为路修通了,我们就与外界相连了,离主城区就更近了,我们的猪、牛、羊以及其他农副产品就能够及时地运往外地,就能够因地制宜招商引资,就能够实现走向富裕之路的梦想!可千盼万盼,路修通了,我们却干了些什么?为了一点点的蝇头小利,就用一根铁栏杆将自己'封闭'起来!乡亲们,你们想想,有这根冷冰冰的铁栏杆,谁还敢跑到我们这来投资建厂!那我们欠债投入的钱不是就白费了吗?"

这几句话说得极为严厉,但语气却软弱无力,与林仲虎的魁梧身材和大大咧咧的个性全然不符。

"张老板就是我们最期待的人啊,可以说他将成为我们映格沟真正的'财神'。可是来的路上,他的心都凉了一半。一个偏远山村,居然设了一条像高速公路收费站一样的栏杆。这样的山村,到底值不值得他来投资?如果你们是他,见到这个地方的村民心胸居然狭窄到如此地步,你们还会心甘情愿地来这里发展产业,带领这些没有远大抱负的人奔小康吗?我看任何人都会打退堂鼓!"

"是,我承认,太阳山村半坡组的几户村民做得不对,他们不光没出钱,连劳力也没出一份,可他们却要享受这条路所带来的利益,我们想不通。然而想不通归想不通,我们一定要站在另一个层面去看待这个问题,不能因小失大。我们要站得高一点,看得远一点。心胸要开阔一点。"

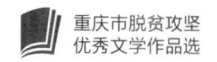

"我们也应该理解他们的实际困难。试想，半坡组属于高山地区，而且有滑坡隐患，原本二十多户村民，为什么搬走只剩六户了，他们都还愿意在那里留守？政府就算给几万元补贴，他们也同样没有能力搬迁到离我们几十公里外的石堤镇两河湾去。"

"原因只有一点：他们穷，没钱，比我们映格沟最穷的人家都还要穷。我曾经去半坡组动员过不止十次，他们说得也有道理，这条路只通到太阳山脚下，离他们那还有将近两公里的山路，他们即使拼着命凑足了这笔筹款，也同样逃不脱肩挑背磨的命运。而且他们也答应，不交钱是暂时的，有了钱肯定会补交他们该交的一部分。我们为什么不可以理解一下他们？为什么不可以大度一点，为整个映格沟经济发展着想，别去计较太多，潇潇洒洒地将路障撤了，大大方方地让他们从这条路上通过？不为别的，至少要让我们张老板觉得我们映格沟的村民纯朴、善良、大度、有爱心。这样，他才能安安心心地在我们映格沟建厂，才能放心地将所建的厂房及开发的产业交到我们映格沟手里，我们也才能够吸引更多的像张老板一样的大老板来投资。"

或许是一口气说了那么多话，当时林仲虎已经上气不接下气。向左急忙找了条木凳让他坐着。

近距离看林仲虎，更觉得他身体已经虚弱到"风雨飘摇"的地步。向左心里一疼，轻声问："林书记，要不要喝水？"

林仲虎摇了摇头，用比刚才更微弱的声音继续说："现在，我说的话或许有一部分人会反感，但我相信几个月后，这部分反感的人一定会为他曾经的反感而后悔。我林仲虎可以摸着良心对大家说，我对得起映格沟，对得起映格沟所有的村民。我曾经向大家承诺过的事，一定会实现，映格沟不脱贫，我林仲虎……哪儿也不去……即使去了哪里，也会，也会信守承诺……请大家相信我。"

林仲虎几乎是含着眼泪哽咽着说完最后这一段话的。向左发现，他的双腿和双手颤抖得特别厉害。村民们也很激动，纷纷发表自己的看法，杨浦岑和石道来更是马上起身，带着一群年轻人去岔路口撤路障去了。

向左默默地将一杯热水递到林仲虎手中。林仲虎没有接水杯，而是背过身去，抬起手悄悄抹眼泪。

林仲虎说的最后一段话的确充满了情感，但向左明白，依着林仲虎的性格，即或是遇上再大的困难，他也不可能激动到要抹眼泪的份上，绝对是这段话的某一句真真切切地触动了他心灵深处无法言说的脆弱。

如果让向左来诠释这一段话的内涵，那么应该是林仲虎清楚自己已经没有多少日子了，他希望能够在自己有生之年，看见映格沟巨大的变化。

他不愿死不瞑目！

他希望映格沟迅速地走上"脱贫"正轨。

关掉录音笔，面对电脑，向左长长地叹息，真希望自己的第六感出现谬误。

岔路口路障终究是撤除了。挨家挨户整整做了四十天工作都没效果的事却因张映光要来投资而彻底解决。此时此刻，向左怎么也想不起林仲虎会后到底表露出来的神情是喜悦还是酸楚，浮现在脑海里的只是他灰色的面容和特别虚弱的身躯。

这根"铁栏杆"成功地拆除，林仲虎是否起到了决定性的作用？村民们真正理解他的良苦用心吗？

六个月后，铮铮铁骨的林仲虎可能会倒在两河湾的扶贫战线上？

真不知该怎样下笔。

第八章

十天不到，官庄镇英树村李香水一家已经有四只山羊相继死亡。

九只羊死了四只，这一打击无疑是致命的！

梅江河在鸳鸯嘴古码头与秀山另一条主河道——平江河合二为一之后，静静地围绕着英树村拐一个大弯，继续朝下游奔腾而流。

英树村像一个半岛，三面环水，一面靠山。如掌上明珠。在秀山很难再找到第二个这般灵巧、秀雅的乡村。

灰蒙蒙的天空像要下雪一样，空气里弥漫着刺骨的刀风。

李香水迎风而站，满面愁容，感觉不到寒冷，她似乎忘记十米之外就是白雾茫茫的梅江河与平江河。

这两条河给英树村带来了无限生机，春夏秋三季，来这观光的、摄影的、野炊的、游泳的人不计其数。然而带给李香水的则更多是不幸和灾厄。

李香水三岁时患上小儿麻痹症，双腿发育不健全，身高仅一米三二，走起路来一拐一拐的半天走不了两里地。十八岁时嫁给同村将近四十岁的老单身，先后生了三个孩子后，丈夫却因上山砍柴从悬崖上坠落到梅江河里，至今未找到尸骨。

前年八月，秀山县扶贫办考虑到李香水是官庄镇特级贫困户，就为她送去了两只种羊。两年不到，如今山羊已经发展到了九只。眼看日子就有盼头了，不曾想十天之内就死了四只。而其他几只山羊病病歪歪的似乎也有死亡的征兆。

四只山羊在有些人看来不过是损失几千元而已，少买几件衣服的事，但对于李香水来说，这几千元却足够她维持一家人整整两年的开销。

她一家人的主要开销无非是三个孩子一年的学杂费和孩子们一年一套新衣物。

欲哭无泪，滔滔河水也无法冲淡她心中的忧愁。

李香水没学养殖技术，之前凭着自己的经验，山羊繁殖倒也顺利。这下子不知起了什么瘟疫，突然死了四只山羊，又没有亲戚朋友可以求助，感觉天都要塌下来了，一时没了主意。

心乱如麻。一大早，她不知不觉从家里走上鸳鸯嘴码头，朝着梅江河与平江河交汇的地方，什么也没想，任寒风呼呼地吹。

鸳鸯嘴码头在明末清初的时候十分热闹，来往船只大多会靠岸在英树村补充一路所需用品。秀山的桐油、包谷酒要运往常德，常德的食盐、棉花要运往秀山，都得走这条水路，而鸳鸯嘴码头就成了必经之地。所以不管通往哪个方向的船只总会选择这个地方停靠。那时的英树村，灯红酒绿，卖手艺的、卖唱的应有尽有，五方杂处，极尽繁华，当真算得上是商贾云集之所。

新中国成立后，秀山境内省道国道相继贯通，水上交通逐渐被陆上运输代替。至此，鸳鸯嘴码头苔藓遍地，杂草丛生，终究走向了衰落。

码头一侧有一棵百年老树，树枝上挂满了善男信女们许下的红布条，有的鲜红如血，一看就是才挂上去没有几天；更多的则早已废旧，寒风一吹，欲落不落，在树枝一端作垂死挣扎之姿。

也不知是从什么时候开始的，英树村但凡有村民患病遇灾，都会跑到这里烧纸磕头，乞求神树保佑。

李香水不迷信，她认为自己三岁就残疾，十岁就没了父母，从来没有神灵保佑过她。更别指望一棵古树了。

命运多舛，导致她从来不信神信鬼。

不过她还是来神树下烧过一次纸钱。那是丈夫从悬崖掉进梅江

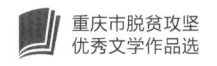

河的半个月后，邻居们劝导她说：就信一次吧，信总比不信要好。

然后李香水就信了。

她乞求神树告诉她丈夫到底被梅江河水冲去了哪里，就算自己再穷，也愿意将丈夫的尸体找回来，寻一块地好好地安葬他。

丈夫也是苦命人，为了三个孩子有钱上学读书，年过半百还没日没夜地拼命干活，常常在外兼两份苦工。没吃过一餐好的，没穿过一件新的衣服，没好好地休息过一天。这么忠厚老实的一个人，死了却连尸骨都找不到，她于心何忍啊。

然而纸也烧了，香也点了，丈夫尸体依然没能找到。有人说冲到了湖南里耶，也有人说被梅江河里的大鱼吃了。

李香水对两种说法都不信，她宁愿相信丈夫是去天堂享福去了，不然清清亮亮的梅江河，这么多日子过去了，哪有可能连尸体都没人发现呢？

后来李香水就再没来过鸳鸯嘴码头，平常赶山羊从码头上方的大路上走过，也不会朝神树看一眼。

今天一大早，神不知鬼不觉间，自己居然走上了鸳鸯嘴码头。她站在神树下，来来回回不知将梅江河与平江河看了多少遍。

寒风刺骨，李香水穿得单薄，却没感觉到半点寒冷。

九只山羊就是她李香水的命，现在死了四只，要是剩下的五只再发生意外，她不知还会不会有勇气活下去！

她一共三个孩子，每个孩子都差不多只间隔一岁。大的是女儿，读小学四年级；老二是男孩，读小学三年级；最小的也是男孩，读小学二年级，原本以为今年可以卖掉两只山羊，陪着孩子们好好地过一个年，哪知……

两个月前她还向三个孩子表态，今年过年除了一人一套新衣服外，还另外会给他们每人二十元崭新的压岁钱。

三个孩子从小到大从来没收到过两元以上的零花钱，听见过年可以得到二十元压岁钱，兴奋得几天几夜睡不着觉。都盘算着过年用来买什么好……

可是现在，从哪儿去为孩子们找六十元压岁钱去？

"李香水。"

"李香水。"

隐隐约约听见有人在叫她的名字。

李香水没有马上答应。她不想让人看见自己软弱的一面。她清清嗓子，活动活动筋骨，赶紧整理情绪。

偏头朝大路上看去，薄雾下，果然看见有个人影朝这边走来。

是英树村妇联主席熊柳。

熊柳的家就住在李香水隔壁，虽然与李香水不沾亲不带故，但一来是邻居，二来是村干部，平时对李香水一家颇有照顾。这几天李香水家山羊接二连三地死亡，她看在眼里，急在心里，忙上忙下到处打听有没有人会医治山羊这样的病。

"我到处找你，原来你在这。"熊柳不待李香水答话，拉着她的衣袖就往村子方向走。"快走快走，官庄镇的养羊大户刘总帮你来给山羊看病了，都等好一会儿了。"

"刘总？养羊大户？"

李香水满头雾水，她从来没听说过官庄有这么一个人。但既然说是养羊大户，那一定会为山羊看病。

她喜出望外，跟跟跄跄跟着熊柳往家赶。

熊柳口中的刘总名叫刘新发，与林仲虎是远房表亲。

十年前，刘新发在厦门打工，不小心从建筑工地的房顶摔下，造成脊柱粉碎性骨折。从此干不得重活，就连走路都不是太方便。

于是回到了家乡。

他不想成为家里的累赘，准备在家乡自主创业。考虑到周围荒山荒坡较多，他决定上山养羊。

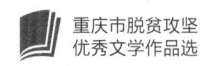

由于没有技术，刘新发一开始就尝到了创业的艰辛：越冬之后，他的种羊成批死亡。眼看剩下没几只了，他感觉到了绝望，想到了放弃。

林仲虎知道后，亲自找上门去为刘新发的山羊看病，"其实这种病很好治，就是很普通的肝片吸虫在作怪。"凭着老到的经验，林仲虎替刘新发的山羊找到了病因，几针下去就解决问题。

刘新发感觉到养殖山羊技术很重要，于是就专心致志地向林仲虎学起了技术。

林仲虎考虑到刘新发是残疾人，将自己养殖经验通通传授给了他，并且还以自己的名义替刘新发贷了一笔数额不小的山羊养殖款，让他重新将山羊养殖业做起来。

当时林仲虎只给刘新发提出了一个条件：今后致富了，一定要无偿扶持更多的贫困残疾人创业。

几年下来，刘新发的山羊养殖有了很大起色，还成立了波尔山羊养殖合作社，成为官庄一带有名的山羊养殖能手。不过他始终没有忘记林仲虎之前的嘱咐，致富了却不忘本，经常无偿援助当地残疾人自主创业，没钱的送几只山羊，没技术的亲自找上门去，销售不出去的帮忙销售……在官庄残疾人家庭中极有口碑。

刘新发昨晚在QQ群里闲聊，看到熊柳说起李香水家最近一连死了四只山羊，又是特困户，又是残疾人，于是二话没说，第二天一大早，拿起医药箱就驱车来到了英树村。

李香水的山羊厩建在梅江河岸边的一块荒地上，无规模，很简陋，特别是看到李香水的弱小，刘新发不由想起自己刚开始创业时的艰辛。

缺资金缺技术，缺劳力缺场地，残疾人创业谈何容易？其中的辛酸只有他自己知道。

简单问询几句，刘新发躬身进入山羊圈里，仔细检查之后，微笑着安慰李香水："放心吧，小毛病，要不了十块钱的药，我包你这五只山羊一只也不会死了。"

李香水不敢相信刘新发的话，小心翼翼地问："当真是小毛病？那我之前的四只为什么会死？"

"看准了病情当然是小毛病，没看准就是大毛病了，当然会死。"刘新发笑着说。

当即给每只山羊都打了两针。

准备离开时，李香水感激地想从裤腰里掏钱出来付治疗费，才想起身上一分钱也没带，赶紧轻声对熊柳说："柳妹子，你留刘总去我家里坐坐，吃碗面条再回。"

论年龄，李香水比熊柳还小一两岁，但丈夫年龄却比熊柳要大很多，所以李香水一直依丈夫叫熊柳为"妹子"。

熊柳与刘新发也不是特熟，就看着刘新发，征求他的意见。

刘新发无比爽快地说："好，正饿了呢，吃碗面条走更好。"

李香水家一贫如洗，前后左右全是一楼一底的洋房，唯她家还是三间破木房。

在刘新发的想象中，贫困家庭，特别是残疾人家庭，家里一定是破破烂烂、杂乱无序的。他之所以一口答应去李香水家中吃碗面条再走，并不是真正的饿了，而是想给贫困者留下和蔼可亲的印象。其实自己也是穷苦人出身，不会嫌弃任何一个穷苦人民。

走进李香水家，刘新发心里一热，大感意外。

李香水家里虽然破旧，但不管是地上还是桌椅之上，每一个地方都一尘不染。门前的院落没有用水泥铺过，但同样清理得干干净净，无杂草，无垃圾，靠近围墙边还栽种着三十多株鸡冠花，大红大紫的花朵开满墙脚，富丽堂皇，喜气洋洋。

十年来刘新发到过许多的残疾贫困家庭，这样出乎意料的景象绝无仅有！

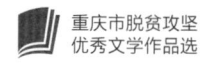

李香水的形象刹那间就在自己的心中高大起来。

所谓人穷志短，李香水高不过一米三二，腿脚畸形，一家人温饱都难以解决，却有如此的闲情逸致忙里偷闲仔仔细细收拾屋前屋后。

这样的一个人，却长期生活于深度贫困之中。

吃完面条，收了李香水十元治疗费。临走时将熊柳拉到院墙下的鸡冠花旁，小声说："等我走后你告诉她，我明天就派人给她送八只成年山羊过来，一半是弥补她死亡山羊的损失，另一半算是我额外资助她的。"

熊柳"哎哟"一声，张大嘴巴，几乎不敢相信自己的耳朵。前十秒钟她还在心里责怪刘新发没同情心，不应该收李香水的十元治疗费……

"还有，"刘新发摇手示意熊柳不要过度激动，"以后她家山羊的养殖技术我全包了，如果中途死了一只，我便用一只活山羊给她补上，让她安安心心发展产业，不要有任何的后顾之忧。至于她三个孩子读书的问题，从下学期起，所有的学杂费我全包。"

刘新发说得轻描淡写，熊柳听了却想哭，真想跪在他的跟前替李香水磕九个响头。

快到中午，笼罩在英树村上空的薄雾渐渐散去。

今天是个大晴天。

鸳鸯嘴古码头，梅江河在这里沿着英树村拐了一个大弯，顺下游朝妙泉、宋农、石堤方向奔流不息……

第九章

两河湾的柑橘火了。

沉寂多日的两河湾,再一次热闹了起来。

向左开车朝两河湾方向驶去。一路上碰见的全是拉柑橘的外地货车。

他将小车靠边停好,对着车队连续拍了好几张照片。

两河湾柑橘的推销模式得到了全县各乡镇极大的关注,在秀山网和微信平台成为了热门话题。在秀山,欧阳旬旬的名字差不多已经家喻户晓。

受秀山县扶贫办委托,秀山报、秀山电视台、秀山网县内三家主流媒体决定到两河湾对欧阳旬旬作一次人物专访。

向左一个人打前站。

彭老支书和欧阳旬旬早早地等在了村委会。看见向左下车,忙不迭地从办公室走出来迎接。

向左第一次与欧阳旬旬相见,但跟彭老支书却是老朋友了。十年前他决定从两河湾沿河徒步寻踪梅江河源头,其灵感便来源于彭老支书唱的一首民歌。

> 梅江河,梅江河
> 几多弯弯,几多角角
> 说它九十九道拐
> 说它八十八个滩
> 究竟尾尾在哪里?
> 究竟头头在哪儿?
> 梅江河,梅江河

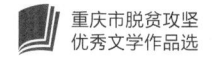

几多弯弯,几多角角

搭了七十七座桥

汇集六十六条溪

数不清的土家苗寨

唱不完的山歌情歌……

梅江河是秀山的母亲河,也是秀山的标志性河流。那时候,向左刚刚参加工作,是溶溪镇水管所的一名员工。他从彭老支书山歌里得到启发,在网上发布徒步考察梅江河全程流域的英雄帖,顺便统计一下梅江河全程到底有多少公里,到底拐了多少道弯,到底有多少滩、有多少桥,到底融汇了多少条支流,她的源头究竟在哪里……

不到三天时间便应征到了包括彭老支书和宫吕在内的九名网友。十五天的长途跋涉,虽然辛苦,却见识到了大半个秀山。

不管是向左,还是彭老支书,还是宫吕,还是另外的六名网友,说起那一次艰难的征程,至今仍旧津津乐道,思绪万千。

一晃就是十年。向左的模样没怎么变,但彭老支书却已是两鬓霜白。十年前的那次征程,彭老支书是九个人中年龄最大的一位,也算是大家的向导。一路上大家以为要专门抽调一位年轻人来照顾他,哪知才走了四天,还没到达官庄镇的鸳鸯嘴码头,就有好几个年轻人走不动了,全靠彭老支书替大伙儿承担大部分行李的搬运。

现在看彭老支书,白发苍苍,背脊微驼,别说担上百斤的担子,便是空着手走几公里的山路也够呛。

"欢迎啊欢迎啊,小向,有十年没到我们两河湾来了吧?"

彭老支书笑逐颜开,紧握向左的手舍不得放。一边乐呵呵地指着欧阳旬旬介绍:"这位是我们两河湾的新支书欧阳旬旬。非常优秀,非常优秀。"

两河湾的柑橘供不应求,彭老支书这几天高兴啊,满面红光,对欧阳旬旬更是佩服得五体投地。

向左与欧阳旬旬握手寒暄，既而转向彭老支书，不好意思地笑着说："两河湾一直是我魂牵梦萦的地方。也可以说是我梦开始的地方吧。虽然十年没再来走动，但心一直在这里。"

"不愧为秀山报首席记者，说的话都像朗读诗歌。"

欧阳旬旬在一旁微笑着打趣。

欧阳旬旬虽然第一次与向左见面，却久闻向左大名。

欧阳旬旬前期在石堤镇政府办公室打下手，经常要写一些通讯报道向秀山报社投稿，还因为稿件的事与向左通过几次电话。

向左谦虚两句，马上进入正题。

"是这样，我们台、报、网三家媒体准备今天对两河湾进行一次集中采访，我先来踩点，另两位记者随后就到。"

彭老支书笑呵呵地说："那非常好，是得好好地报道报道我们的新支书。她的到来，让两河湾在短时间内就发生了巨大的变化。现在村民们的幸福指数特别高。"

欧阳旬旬脸一红，不好意思地直摇头。

彭老支书和欧阳旬旬陪着向左朝柑橘树最集中的打伞岩走去。

一路上很少遇见采摘柑橘的村民。

向左觉得奇怪，就问彭老支书："看样子两河湾的柑橘已经卖得差不多了？"

彭老支书手拿老烟杆，笑得嘴都合不拢了。

"不瞒小向你，一个月不到，两河湾柑橘已经销售一空。现在只剩下一些脐橙还待采摘，而且都跟外省订了合同，再也不愁销路。"

"那我在来的路上，怎么还遇见很多拉柑橘的外地货车？"

"那些货车都到我们村头来过，但没有货了，就去了秀山的其他乡镇。"

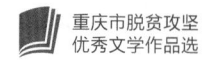

向左知道，每一年进入冬季，柑橘销售都成了秀山的老大难问题，经欧阳旬旬的一个金点子，今年柑橘突然供不应求，价钱也一路上扬，广东、福建、湖南、湖北等地争相到秀山进货。

"秀山这个地方，风调雨顺，种什么丰收什么，产量能提上去，就是愁销售。销路一旦打开，财源滚滚绝不是梦。"

向左发自肺腑地感叹。

的确也是，正如秀山的猕猴桃、金银花、茶叶、油茶等等，不论是种植面积还是产品质量，都可跻身全国前列。

但销售市场一直是秀山特色产业发展的瓶颈。

不过最近两年，秀山的猕猴桃、茶叶倒是打开了国内国际市场，远销东南亚及欧美，前景一片光明。

向左最大的希望就是猕猴桃、茶叶的火热销售势头能够带动秀山其他特色产业的销售渠道。

不过现在的"边城红"，当真让整个秀山都红透了，销售势头强劲。

站在打伞岩顶，一眼看去，满山的柑橘树，柑橘已被采摘一空，向左那个高兴啊，简直不可用语言去形容。

两河湾和映格沟一样，都是向左负责跟踪采访的贫困村，这两个地方能够在很短的时间内形成脱贫致富的良好势头，向左虽为局外人，但心里却是暖融融的，真心替村民们感到高兴。

彭老支书比向左更加高兴。

前两年的这个时候，是彭老支书最揪心的时候，眼睁睁看着红红的柑橘挂满枝头却无人问津。全村人都指望着这些柑橘变成钱后去购买化肥、农药，去为老人看病、为学生交学费等等，却只能无可奈何地看着这些柑橘都烂在树上。特别是作为全村的带头人，彭老支书心里的那种痛，那种愧疚，那种绝望，一般人不能够体会。

而欧阳旬旬的到来，让这一状况马上发生了改变。

面对现在这种情景，彭老支书由衷地感谢欧阳旬旬。他有意识地走到向左跟前，朝欧阳旬旬竖起大拇指。

"小向啊，多宣传一下我们新支书。她的一次网络直播，不光让两河湾的柑橘卖断了货，还将整个秀山的柑橘都推向了全国。这份功劳，不得了啊，不得了啊。"

欧阳旬旬脸面微红，慌得连连摇手。

"老支书快别这样说，快别这样说……"

彭老支书挥动着手里的老烟杆，乐呵呵地说："这可不是我说的，全村人这些天都在变着法儿地夸赞。前两年我们的柑橘全烂在树上，一分钱也值不了，今年却打了个翻身仗。每家每户都有几千元收入，个别家庭收入还上万了呢。众乡亲现在干劲十足，都迫切地盼望着新支书能给大伙儿支第二招……"

欧阳旬旬正准备答话，彭老支书却接着说："以前我在两河湾的地位算高吧？现在，说来小向你不会相信，我跟新支书走在一起，村民们看见了，第一个喊的一定是她。就连我们村对我忠心不二的黄毛狗，也成天欧阳书记长欧阳书记短地将新支书挂在嘴上。"

欧阳旬旬脸面越来越红，摇着手结结巴巴地说："老支书快别这样说，快别这样说……没有老支书你的支持和帮助，我欧阳旬旬岂有，岂有……"

神情一慌，一时不知在"岂有"之后加上什么语句更好，逗得彭老支书哈哈大笑。

"你放心，彭某人高兴得不得了，不会忌妒你的成就。你在村民心中的地位越高我越喜欢。两河湾富裕了，比给我什么都要快乐。"

两河湾的民众极其淳朴，谁给他们带来了实惠，他们对谁都当大恩人一般对待。就像彭老支书，曾经给两河湾带来了无限荣光，虽然最近几年经济发展落后于其他村寨，但大家一直记着他的好，

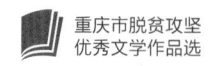

从来不会因为他年龄大了不能给两河湾带来新的生机就赶他下台。

"老支书,我做得还不够好,还要更多地向你学习。"欧阳旬旬谦逊地摇手。

彭老支书开怀大笑。

"自古都是长江后浪推前浪,青出于蓝胜于蓝……这段时间,你为两河湾所做出的成绩,村民们都看在眼里,如果这都还算不够好的话,你让我这张老脸往哪里搁?"

现在两河湾民众茶余饭后必定是聚集一起称赞欧阳旬旬,传得神乎其神。说她小学时候就聪明绝顶,说她大学毕业曾经受中国外交部邀请……

捧得最厉害的当然要数黄毛狗了。"看见她的第一眼,我就知道她是我们两河湾的福星。只要她往我们村委会院坝上一站,金银财宝滚雪球一样朝两河湾而来,挡也挡不住。"

当然,肯定不会如彭老支书所言,欧阳旬旬的地位已经盖过了彭老支书。在两河湾民众的心中,彭老支书永远是他们的"精神领袖",谁来了也推翻不了。

欧阳旬旬越来越不好意思,侧目间,见向左不停地在笔记本上记录,慌忙对向左说:"千万别将老支书谬赞我的话记在上面,我真没有他说的那样好……"

"你也别谦虚,村民的眼睛是雪亮的。"向左微笑。"当然,这其中,彭老支书肯定也功不可没。"

"老支书对我的帮助真的不小……没有他的支持和动员,村民们哪会听一个黄毛丫头的安排?由于个子矮小,不打眼,刚来两河湾时,大家都认为我是个还没毕业的初中生,乳臭未干……"

这句话引得向左哈哈大笑。而彭老支书呢,则不好意思地连打两个"哈哈"化解内心的尴尬。曾几何时,自己何尝不是带着偏见看待欧阳旬旬的身份及性别?

听欧阳旬旬说话的语调有些怪异，向左虽然见多识广，却也猜不出她是哪儿的人。于是问："咦，不可能你是酉阳人吧？说话口音与我们秀山不太一样。"

"酉阳离我们秀山几十公里，而我的家乡却离秀山几百公里。"欧阳旬旬抿嘴一笑。

"你是外省人？"向左很是意外。

"湖北。"

"湖北人？不对哦，口音虽然有些与秀山不大一样，但一般人听上去都应该认为你是本地或邻县酉阳人。"

欧阳旬旬嫣然一笑，说出了原委。

欧阳旬旬到秀山后说的本来是普通话。与石诚交往多年，能听懂秀山话，但却一句也不会说。在石堤镇工作两年极少与村民直接接触，也没刻意去学习秀山话。

当接到通知要她担任两河湾村支书时，她害怕了，觉得说普通话会与当地村民产生距离感，于是临时抱佛脚，赶紧跟石诚学说秀山话。

秀山地处渝东南边陲，与湖南、贵州接壤，属土家族苗族自治县，是沈从文小说《边城》的发源地，地方语言特色比较突出，与周边区县的差异较大。外地人特别是说普通话的人要想学说秀山话非常不容易。

第一次去两河湾时，秀山话还练习得不够纯熟，欧阳旬旬便尽量不开口说话，在一旁默默观摩陈明跟村民们交流的语气和态度。第二次去两河湾的时候，她就能够以秀山话跟村民们交流了，虽然有些生涩，但秀山话原本就分很多个乡镇口音，所以直到现在，还没有多少村民知道她是湖北人，一直以为她是秀山其他乡镇的人。

"果然是有心人。"向左对欧阳旬旬竖起大拇指。"这样有心的年轻人，能做不好乡村工作么！"

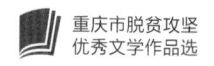

"哪里哪里,都是摸索着边做边学……"

"这么年轻,又是外地女孩,到这么贫困的村里来任支书,特别是在大政策下,两年内必须率领他们脱贫致富,你觉得有没有压力?"

"压力嘛,当然会有一些。不过有老支书一直陪在我身边,我现在越来越觉得轻松,坚信两年内两河湾能够脱贫摘帽。"

不经意间,他们的谈话转入到记者与受访者之间的采访模式。

"就目前来说,两河湾的路虽然没硬化,但总算是通了。为了明年能更好地销售柑橘,你们准备将这条路硬化吗?"

"这是肯定的。要想富,修公路。过年后,我们准备开一次村民动员大会,让村民们筹资筹劳,尽快将两河湾公路硬化,并且打算再修一条产业路,从山下通往山上,拉运柑橘,十五吨以下的大货车可以开到打伞岩。"

"两河湾面朝梅江河和酉水河,说起来水资源丰富,但外人不知道的是,两河湾村面积较广,组与组之间相隔距离遥远。除了个别组有流量不是很大的水井外,多数组都是靠到河里或山溪内挑水喝,自来水问题一直还没得到解决。能否喝上干净安全的自来水也是衡量一个村是否幸福安居的硬指标,对于这一点,作为新上任的支书,你是否考虑过这个问题?准备如何解决呢?"

"不得不说这是个十分棘手的问题。前些日子我也跟老支书沟通过。据他说,两河湾山坡上找不出一个可供全村人饮用的水源,要解决自来水问题,只有两条出路。一是从梅江河里抽水,这样的成本核算十分巨大,涉及水泵购买、电费缴纳、水池修建等等,两河湾承担不起这笔费用。另外还有一条出路,就是近水厂供水,可减少一些费用。从打伞岩翻过去是湖南保靖的一个山村,三公里左右的距离,两个月前他们刚好建设了一个水厂,听说这个水厂能够保障周边十个村寨的用水供应。前几天我与彭老支书专程去那里与他们协商，借用他们的水资源，现在已经基本达成协议。如果所需水管能够找到相关单位给我们出资的话，我想过年前后两河湾喝上自来水应该可以实现。"

"虽说柑橘种植不愁销路了，但两河湾的脱贫之路仍任重道远。接下来你有什么打算？有没有什么好的想法让两河湾尽快脱贫？"

"谈不上有什么好想法。前两天在老支书的推荐下，我还与映格沟的第一书记林仲虎通了电话，今后我们两个村会抱团发展，当然，林仲虎书记是老同志，只要有时间，我也会更多地向他讨教扶贫上的先进工作经验。我刚来两河湾不久，还没摸清楚这里到底适合发展什么产业。目前来说只能'因地制宜'，在两河湾原有资源的基础上开发产品。让两河湾的贫困户有事情做，有较为稳定的收入。"

"那么我可不可以问一下，你们具体打算利用什么资源？开发什么产品？要建厂对吗？"

欧阳旬旬与彭老支书交流了一下眼神，然后说："是准备建厂，但还没考虑成熟，所以请先别报道。你知道长岭坡上那一片竹海吗？"

向左没去过长岭坡，还真不知道那里有一片竹海。

"改革开放后，村民极少用竹制的农具了，两河湾就将长岭坡那片竹海当作负担来看待。而现在，我却想将它变废为宝。我们的初步打算是，先用极少的资金在村委会一侧建一个小厂，再选派十五名留守妇女去秀山县妇联'边城秀娘'培训班学习竹编工艺，编织一些精巧的具有地方特色的竹制品，然后与秀山的洪安、川河盖、酉水湖、西街或周边区县的景区合作，将这些竹制品销售给各地游客。在选派的这些人当中，我们会优先考虑几年前从钟灵镇半坡组搬迁到两河湾来的家庭妇女，给予她们更多的致富机会。"

其实，经过八年的"磨合"，半坡组搬迁到两河湾的二十来户

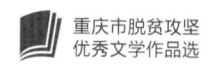

家庭早已经与两河湾民众融为一体了，一起居住一起劳动，欧阳旬旬之所以要这样安排，主要还是从大局出发，从安定团结上考虑得多一些。

半坡组村民安置点建在两河湾村委会附近，与黄毛狗居住的地方隔一条水沟。欧阳旬旬到两河湾任职以后，彭老支书专门带着她去安置点走访过多次，总是嘱咐欧阳旬旬要像自己以前一样，对安置点的村民要予以更多的关怀和照顾。无论如何，他们背井离乡从钟灵镇来到两河湾，一定是希望从这里得到比钟灵更美好更轻松的幸福生活。

听了欧阳旬旬关于两河湾修建竹编厂的计划，向左一拍大腿，笔记本差点掉到地上。

"这个想法非常好。秀山的景区缺乏我们自己的旅游纪念品，竹编厂只要一投产，不光填补了这一空白，还解决了本村妇女的就业问题，而长岭坡的竹子也一并派上了用场。妙啊，妙！这个想法非常好。"

向左的这个动作，这些话，几乎与彭老支书当初所表露出来的神态和语气一模一样。第一次听欧阳旬旬谈起这个打算时，彭老支书也是一拍大腿，接连说了几个"妙"。在彭老支书的眼里，长岭坡的竹子泛滥成灾，从来没有想过这居然是两河湾的一笔宝贵财富！

大学生就是大学生啊，他们的脑子就是比寻常人要灵活。

欧阳旬旬笑盈盈地告诉向左："我的打算是尽可能地让村里的贫困家庭都找到适合自己的事情做。授人以鱼，不如授人以渔。只要村民们都能有一份相对稳定的工作，离脱贫就会不远。等、靠、要的现象也会逐步消失。"

这句话将彭老支书说得满头大汗。他以前的宗旨就是尽量多地从政府那里为老百姓争取各类补贴，根本就没想到政府支持一点只是一点，离开了政府的支持，该穷的还得继续穷，反倒让村民养成了等着政府救济的依赖思想，不找事做，不会做事。

上个星期，彭老支书找欧阳旬旬转达村民们当前的愿望，希望她能尽快给大家支出脱贫致富的第二招。当欧阳旬旬将目光投向长岭坡那片竹海时，彭老支书心里一亮，简直对欧阳旬旬佩服得无以复加。

柑橘销售需要超前的市场意识倒也罢了，这一片竹海摆在家门前这么多年，彭老支书硬是挠破脑袋也没有想到，居然可以在两河湾开办一个专供游客需求的精品竹编厂。他为自己曾经对欧阳旬旬的另眼相看而惭愧之极，连连庆幸欧阳旬旬来得及时……

远远看见，秀山电视台记者扛着摄像机朝打伞岩走来。后面跟着一名女记者，能够清楚地看到她工作服上印着像眼睛一样灵秀的秀山网标志。

正式的采访就要开始了。

举目望远，寒风料峭。彭老支书却从梅江河与酉水河交汇之处，看出两河湾的春天就要来了。

向左也有这样的感觉。

第十章

春节刚刚过去。

秀山下起了二〇一六年的第一场雪。

已经入春了，即使下雪也让人觉得不是太寒冷。

秀山火车站人头攒动，在外打工的男男女女都急着往各省市赶。广场上这里一群那里一堆，站满了脸上还挂着节日喜庆的人。

初六是个好日子。

瑞雪纷纷。

秀山的冬天难得下一场大雪，去年整整一个冬天就飘了一两次小雪花，还没从天上掉落下地就已经化成了雨。哪知春节刚过，就来一场纷纷扬扬的春雪，这可是十年难遇的吉兆啊。

这次带全县一百二十人的考察团出行，其中有县级部门领导，有乡镇干部，有村居负责人，有致力于乡村旅游发展的群众代表，为了便于管理，高晓丽将一百二十个人分成了六个小组，每一个组都让两名年轻导游担任组长，主要负责联络、清点人数、营造氛围等任务，自己则担当总领队随行，负责与上级旅行社及各地景区衔接相关事宜。

这次由秀山旅游局组织的乡村旅游大型考察团属于官方行为，目的很明确：大力推动秀山各地乡村旅游发展。由于秀山在这方面的经验比较欠缺，所以才有了这一次去云南、贵州等地的全面考察，让相关领导、基层干部、群众代表站在同一条线上，统一思想观念，合力促进秀山的旅游业发展。

鉴于这一点，向左一大早就带上相机在秀山火车站等待考察团踏上火车的那一刻。假如三五年后秀山的乡村旅游红红火火，那么这张照片将具有历史性的意义。

人群中他看见了三张熟悉的面孔。一个是英树村的熊柳，一个是两河湾的黄毛狗，一个是映格沟的杨浦岑。英树村和映格沟具有乡村旅游发展潜力，熊柳是村干部，杨浦岑原本就在家设置得有供游客方便的餐饮住宿，他们去外地学习先进经验十分有必要。但与之风马牛不相及的黄毛狗也加入到考察团里，倒让人多少有些匪夷所思。

不过向左十分信任欧阳旬旬，相信她的智慧和决策。黄毛狗再不靠谱，想必亦可充当欧阳旬旬的奇兵。

奇怪的是黄毛狗比之前的猥琐形象要"光鲜"得多了，胡须剃得干干净净，头发也是"油光水滑"，站也有站相了，整个人神采奕奕，简直像换了个人似的。

莫非欧阳旬旬真是神吗？短短两月就能让一个"老单身汉"改头换面？

很久没听到林仲虎的消息了，趁考察团还未进站，向左避开黄毛狗，径直朝杨浦岑走去。

杨浦岑长得肥肥圆圆，脑袋大脖子粗，属典型的厨师形象，平日极少出远门。在县城里看见向左，他自然十分高兴，又是嘘寒又是问暖。

好不容易等他寒暄完，向左才有机会插上话。

"你们林书记最近如何？"

杨浦岑眉飞色舞。

"林书记啊，了不起，现在的映格沟大变样了呢。贫困户们都有了自己的小产业，跟太阳山村的关系也搞好了。特别是张老板，一口气投资了一千多万，两家厂房即将完工，一千六百亩征租地也已经划定，光是租金我们村就要收入上百万……听说是要大规模发展核桃树种植，村民们干劲足得很，过年也不休息，这些天都在荒

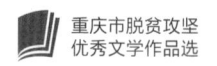

山上除草……"

向左虽然有两三个月没去映格沟采访,但对映格沟的发展形势却是掌握得一清二楚。去年十二月初,张映光与映格沟村主任彭强专程去云南考察,回来后就决定在映格沟种植两千亩核桃树。并购置设备,建立厂房,成立映光合作社,形成育苗、种植、加工、销售为一体的核桃运营产业链。

为了保证老百姓有多余的土地种植其他农作物,映光合作社所流转的土地大部分是荒山。村民们多年未在这些土地上种庄稼,土地里长满了荒草。张映光不惜成本,不亏待每一个家庭,按每户占地亩数付除草劳务费,让大家将各自地里的杂草铲除后再实行土地流转。

这也是张映光决定到映格沟投资后给村民们带去的第一笔劳务收入。

核桃树从幼苗到挂果需要三年左右时间,后期种植、管理需要大量劳动力,映格沟村民除了有土地租金,长期到基地务工也是增加收入的一部分。等基地核桃挂果有效益后,村民们还可实现年底分红。

另外,考虑到核桃产业发展的潜力以及映光合作社带来的"近水楼台"优势,林仲虎要求映格沟村每一户特别是贫困家庭都要有五十棵以上核桃树的种植面积,幼苗由映光合作社负责免费发放,如果担心销售问题,还可以股东的形式加入映光合作社。

还有一件事虽然主要是关系到其他两个村,但林仲虎却一直当作是自己的事在认真办理。上个月底,他跟映格沟村委班子一起去了一趟两河湾,并在欧阳旬旬和彭老支书的陪同下,考察了几年前从半坡组搬迁到两河湾去的二十来户人家比较幸福的生产生活状态。他十分熟悉半坡组剩余六户人家目前的困境,临别时建议欧阳旬旬应该找机会向上级领导反映情况,争取能够想出较为妥当的办法来解决六户人家的搬迁遗留问题……

……这些情况，向左都了如指掌，所以他并不想听杨浦岑关于映格沟目前发展的介绍，只想了解林仲虎现在的身体状况。

"他身体怎样？"

说到身体，杨浦岑却答不出话来。杨浦岑压根就没关注过林仲虎的身体，只知道他每天都与村民们一起上山下山，忙得不亦乐乎。

支支吾吾半天，杨浦岑才说："看他一天上坡下坎的样子，天天和大家一同劳动，身体并无大恙。"

向左无可奈何地笑了笑，问了半天相当于没问。脸上或多或少挂了些失望神情。

"不过最近感觉他身体明显瘦了下来，前些天我还向他讨经验是怎样控制体重的……"杨浦岑不好意思地挠了挠头，小声说，"我对林书记的身体着实了解不是很多，你干嘛不去问问他妻子呢？"

"他妻子？我哪认识？"

杨浦岑万万没想到向左居然不认识林仲虎的妻子，于是偏头朝右侧努嘴："手里拿着小红旗的那不是？"

广场上只有高晓丽拿着小红旗。

小红旗上标有"运动青年旅行社"字样。

向左没想到高晓丽就是林仲虎的妻子。他曾经与她打过一次交道，感觉这人倨傲、势利，说话做事雷厉风行，不容易结交。

风雪下，高晓丽披着一件皮毛大衣，头戴一顶时髦风雪帽，一眼看去，冷艳无比。

向左突然有一种冲动，想要将林仲虎的身体状况告诉她。虽然自己并不确定对林仲虎身体状况的判断是否正确，但将自己的疑惑告诉他妻子，也算是尽到了一份责任。

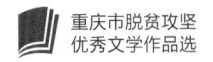

两三个月来，向左一直为林仲虎的身体状况耿耿于怀，几次打电话旁敲侧击探林仲虎口风，都无法从他的话中听出一丝端倪。

向左希望自己的担心是多余的，同时又害怕林仲虎隐瞒病情而延误了最佳治疗时期。

与高晓丽不熟悉，对林仲虎身体的判断也不一定准确，向左犹豫再三，最后还是硬着头皮朝高晓丽走去。

哪知刚刚表明身份，高晓丽就表露出十二分的热情来。并不是因为向左记者的身份，而是因为龙凤胎儿女的班主任宫吕是向左的妻子！

高晓丽主动上前与他握手。

"原来你就是向左。"

这倒出乎向左意料，有些受宠若惊。一时居然不知该说些什么。

"你是宫吕老师的丈夫。她跟我提过你多次。"

"宫吕？你怎么认识她？"

"我怎么就不认识她？"

高晓丽并不急于告诉他宫吕是两个孩子的班主任，偏着头上上下下将向左打量了个遍。

向左不好意思起来，不知她怎么会这样打量自己。实话实说，面对这么一位气质上佳的女士，向左颇有些自惭形秽的感觉。按理说作为秀山的知名记者，什么样的人物他没有见识过？不可能一个旅行社的美女老总就将自己的气场压倒下去。

她不就是穿着华丽一些，眼神犀利一些，讲话态度强硬一些而已？

向左摸出一支香烟点上，狠狠地抽几口，暗地里稳一稳情绪。

"我跟宫吕老师熟悉得不能再熟悉了。既然在这里遇见你，我就得替她撑撑腰。"高晓丽扁着嘴斜着眼，"恕我直言，听说你在家总是欺负我们的宫吕妹妹？"

向左丈二和尚摸不着头脑，原本是自己要来跟她说她丈夫的事，却变为了她主动庇护起自己的妻子。

"不存在呀。我向来与她相敬如宾。"

"坏就坏在这相敬如宾上。"高晓丽下巴微扬，居高临下，毫不留情地说，"夫妻之间干嘛要相敬如宾呢？将自己的家属当成外来的宾客，整天客客气气的如何相处？既然是夫妻，就应该黏黏糊糊、打打闹闹、卿卿我我……"

向左尴尬之极，慌忙解释："不是你理解的意思。是我用错了成语。"

秀山的知名记者，几个回合下来，居然连连败退，狼狈不堪。

大雪天气，向左却感觉浑身燥热。

他哪里知道，高晓丽在秀山各界左右逢源，全凭一张巧嘴，上知天文下知地理，并非浪得虚名的庸凡之辈，能在任何条件下偷换概念，不经意间将对手"斩马下于无形"。就如这一次旅游局的考察团接单竞争，她硬是在几乎没有可能性的情况下将这单生意从另一个旅行社手里夺了过来。

高晓丽接连给了向左几个下马威，看到时机成熟，话锋一转："你我都是明事理的人，所谓响鼓不用重槌敲，其他的我在这里也不想多说了，只问你一句，夫妻间组成一个家庭，除了爱情，还应当承担什么样的义务？"

向左不明白她之所指，想了半天回答不出来。颈项上的虚汗啊，一个劲地往外冒。幸好雪一直在下，无人能够清楚他颈项上到底是雪水还是汗水。

"这都回答不上来，说明你压根儿就不是一个好丈夫。"

"请指导。"

向左极其汗颜地低了低头。

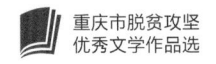

仅凭这一句，向左就已经从心理上认怂了。在女人面前，这是向左的第一次认怂。他以前从来不将女人放在眼里，认为她们不过是头发长见识短的异类，逛商店、上淘宝十分在行，面对大是大非的时候，立即就没了主见。他之所以平常对宫吕爱理不理，正是缘于这样一个根深蒂固的思想观念。

高晓丽不屑地"哼"了一声，突然大声说："生儿育女！天经地义！"

向左恍然大悟。原来她绕了这么多弯子，就是想说服自己更快地让宫吕怀上孩子。慌忙解释："你有所不知，我们做记者的，一天跑东跑西、忙上忙下……"

"少跟我来这一套。你的这些把戏骗一骗天真无邪的宫吕老师还差不多。"高晓丽将风雪帽从头上取下来拿在手中，"全中国就你向大记者工作繁忙？秀山不是一线城市，过的不是快节奏而是慢生活，以前是政策不允许，现在四十岁左右的夫妻都在忙着生二胎，你倒好，一个也不想要，你以为你是欧美人啊？要五十多岁才打算生孩子！"

这段话说得虽然有些蛮横和极端，但细细想来却也不无道理。

向左一时竟无言以对。

"宫吕老师看模样就是好欺负的人，贤妻良母类型。她爱你，允许你有限度地欺负她，这就是贤妻。但至少你应该让她当一回良母呀。这样一个愿望都为她实现不了，你愧对人家对你的一往情深不？她小你多少岁？她学生时代就爱上了你，一直奉你为偶像。而这么多年来，你为她做了些什么？你对得起她吗？你知不知道她想生小孩的心情有多迫切？你扪心自问，你觉得自己是一个合格的丈夫吗？千万不要告诉我，之所以如此忽视，是因为你觉得她配不上你！"

高晓丽的嘴，有如机枪一般，"嗒嗒嗒嗒"不停朝向左扫射。

一股股冷汗直往额头上冒。如果此刻广场上有一条裂缝，向左恨不得马上就钻下去逃过这一无妄之劫。他不敢再找任何托词，一边擦拭额头一边连声认错："我何德何能，怎会认为她配不上我？确实是我大男子主义观念在作祟。我一定反思，一定反思。"

"反思有什么用？不如就具体表一个态吧。"

高晓丽得理不饶人，步步紧逼。

"我这就着手准备。争取今年内就让她怀上孩子。"

向左节节败退，不敢多说，只能束手就擒。

他口中所言的准备，就是下定决心首先将自己的烟戒了。

对于向左来说，让宫吕怀上孩子不难，戒烟才是一项十分艰巨的任务。

高晓丽这才露出和悦微笑，慢慢将风雪帽戴到头上。

"既然承诺了，就一定要履行。我是宫吕老师的好姐妹，我可是要随时监督的哦。"

向左逃也似的从高晓丽身边走开。他在宫吕面前颐指气使惯了，突然遇上这么一个强劲对手，第一次感受到女人并非只是水做的，她们的另一面，还含有钢铁一样的棱角！异常坚硬，异常锋利！

这一堂课，真正让向左体会到了什么叫作无地自容！

火车快要进站，考察团已经准备去候车室过检票关口。向左低头沉思，忘记了抢占照相的最佳位置，也忘记了原本要告诉高晓丽关于林仲虎身体状况的事。

火车站广场上，雪花飘飞，洒满了向左的头发和臂膀。

一动不动，向左目送着渐渐远去的考察团。时间久了，全身上下落满了雪花，如同一尊雪人。

第十一章

　　元宵节过去了，天气开始晴转。英树村的上空仍旧充斥着烟花过后的喜庆。

　　明天是小学报名的日子。

　　李香水家里像新年才刚刚到来，木屋里飘散着节日的氛围。

　　好多年了，李香水始终感受不到新年与平常的日子有什么不同。今年却不一样，她第一次觉得新一年的到来，意味着崭新的日子就要来临。

　　她真真切切地看见了生活的曙光。

　　三个孩子规规矩矩地坐在堂屋里烤火。

　　饭桌上的猪蹄肘热了又冷，冷了又热，不知重复下了多少次锅。快下午五点钟了，刘新发还没有到。

　　李香水有些急了，已经叫大女儿去大路口看了好几次。

　　十天前刘新发就给熊柳打电话，正月十六一定到李香水家吃晚饭。具体哪个时辰却没有确定。

　　李香水早早起来就开始为晚饭忙碌。

　　家里热气腾腾，油烟飘香，像大年三十的早上。

　　李香水一点也不觉得累，只有快乐和幸福。刘新发是她的贵人，他要来吃饭，别说为此忙活半天，就算忙几天几夜她也愿意。

　　没有任何方式可以报答，唯有一顿饭菜可表心意。

　　刘新发在电话里再三明确：四样菜，少一个不行，多一个也不行。一荤三素，清炖猪蹄肘，不放辣椒和食盐的新鲜菜豆腐，自制酸菜和油酥花生米。

　　刘新发喜欢喝酒，每一顿饭少不得一盘刚刚出锅的油酥花生。

收到刘新发赠送的八只山羊后，李香水激动得一连几夜睡不着觉。与自己素不相识，却送上如此重的厚礼，她怎么想怎么觉得受之有愧。八只成年山羊可不是笔小数目啊，对于李香水来说，这简直就是天上掉下个金元宝。

她单薄的身躯可承受不起这般厚重的惊喜。几次从梦中醒来，都不敢相信这是真的，摸着黑跑到梅江河边的羊厩里一只一只数，数了一次又一次。

李香水没多少文化，但"无功不受禄"的道理她却再明白不过。自己家再穷，有国家扶持，有村委会扶持，但要她安然接受一个陌生人、一个自主创业者的扶助，却难以心安理得。

那段时间，真可谓坐卧不安。

思来想去，她找到了熊柳，要求将八只山羊退还给刘新发。

那些天熊柳正为李香水一家高兴呢，听她突然说想退还八只山羊，顿时感到错愕莫名。

"天大的好事，你怎么就犯糊涂了呢？"熊柳十分着急。

李香水皱着眉头，说："柳妹子，刘总的大恩大德我李香水一辈子都不会忘记。但这八只山羊我不能收。只要他将我五只山羊的病治好了我就感恩不尽了。今后我好好生生将这五只山羊养大，过不了几年也能繁殖到一定的数量……"

熊柳知道李香水是那种从来不占别人便宜的人，但刘总既然大大方方地送她八只山羊，肯定是充满了诚意，而且也有实力才会这样大方。于是左劝右劝，再三引导，李香水仍是坚持要退。

"不退回去，像偷来的一样，我连睡觉都不得踏实。"

"可是，不为自己想，你也要考虑家里的三个孩子呀。有这八只山羊做底子，你家马上就可摆脱贫困，孩子们上学的学费也不用发愁了……"

英树村和映格沟、两河湾一样，一年前也是贫困村，但自从村

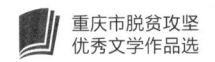

委会换届，村干部依托鸳鸯嘴古码头前面的一片开阔地，带头将乡村旅游开展了起来，红红火火，客运、餐饮、住宿、超市等行业应运而生，绝大多数村民由此走向致富，仅有如李香水一样的三两户残疾家庭还没走出贫困。

李香水摇头说："柳妹子，你知道姐姐我是直肠子，这些天我也想到了很多，人家刘总虽然说富裕了，不多这几只山羊，但他的富裕也不是用火枪打来的，也是靠一点一点的积攒和一次一次的拼搏，才有的今天，人家凭什么要一次救济我这么多？我家底子差一点，但不缺胳膊不缺腿，只要勤奋努力，我相信就靠自己也能脱贫。只是时间漫长一点……"

好说歹说也做不通李香水的工作，熊柳只好给刘新发打电话。

"你让她接电话。"刘新发说。

李香水接过电话。

"其实不瞒你讲，我也是国家扶持起来的，也是靠别人帮起来的。我现在富裕了，也要帮助国家来扶持一些我觉得应该扶持的人。"刘新发耐心地说，"你就是我觉得应该扶持的人。为什么我觉得你应该扶持？因为你让我看见了当初我最困难时候的影子。困难，但不伸手去要，不坐在家里等，而是靠自己的双手去拼，去搏，去想方设法将家里为数不多的山羊养大……靠自己去创造财富。"

李香水感动得泪眼模糊，一时竟找不出话来说。

"这次，我送你八只山羊，并不是施舍，而是在你创业路上加一把火，让你少走一些弯路。如果你实在觉得过意不去，等你发展到五百只山羊之后，连本带息再还给我十只便是。"

五百只山羊？那个时候已经是百万富翁了，李香水想都不敢想。

刘新发继续说："其实我和你一样，以前都是苦命人，所以我知道，最初创业的时候，我们是需要别人帮助的。那么现在，我有条件帮助别人，我就会十分乐意去做这样的事。而且我也相信，将来你因为养殖山羊而走上致富之路后，同样会像我一样，将一部分山羊送给你觉得应该扶持的人，并且不需要得到别人的回报。我们都希望更多的人不再过苦日子，都能够富裕起来。"

刘新发之所以有今天这样的成就，完全得力于林仲虎的鼎力扶助，他时刻不会忘记林仲虎时常嘱咐他的话：致富了一定要无条件帮助更多的穷人，特别是贫穷的残疾人。

李香水无话可说。如果再坚持下去，反倒是自己太过固执了，有不识抬举之嫌。

迟疑了半晌，才说："那么……那么，你几时再到我们英树村来？"

刘新发说："你如果需要我来指导山羊养殖技术，我可以随时上门。"

"不是，不是，我是想几时我能做上一顿便饭，请你和柳妹子，以表谢意……"

农村人接受别人恩惠总是容易记挂于心，想方设法也要报答别人的恩情。请吃饭便算一种，即使是粗茶淡饭。

"没必要，真没必要，这件小事你千万别放在心上，安心地将你的山羊养好就算报答我了。"

李香水说不出话来，只有流眼泪。原本应该千恩万谢的她，那时候居然道不出一个"谢"字来。

她从来不迷信，但当天晚上却跑到鸳鸯嘴码头的神树下，为丈夫烧了很多纸钱。

"我要是三五年后不将山羊数目发展到百只以上，就对不起刘总，对不起天下所有的好人……"

李香水在百年古树上挂了一条长长的红绸，跪在树下暗暗

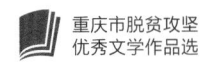

发誓。

不过，两个月过去了，李香水还是觉得心神不宁。想来想去，非得求熊柳与刘新发约定一个时间来家里吃饭，还买来毛线和鞋底，熬更守夜悄悄为刘新发一家编织了十二双棉拖鞋。

刘新发一天不来，李香水的心就一天得不到安宁。

熊柳没有办法，与刘新发约了多次，终于在正月初四得到了回音。元宵节第二天刘新发准到。

四个菜只有猪蹄肘需要买。

无以为报，李香水只能认真按刘新发的意思，尽量将四个菜做出特色。

现在的人不同于以前，已经不喜欢吃馆子里的大鱼大肉了，大家更倾向于农家传统做法，越纯天然越好，越充满乡土气息越好。

要做成馆子里的味道李香水无能为力，但要按传统的做法，却是她的拿手好戏，照平常做给孩子们吃时一个样就好。

不过她今天做得格外仔细，猪蹄肘必须是买没喂过饲料的本地猪，菜豆腐必须在自己家磨子上现推，而且豆子和菜必须得是自己家地里种的……

忙了一个上午，四道菜终于出锅，就等着刘新发的出现。

哪知都快六点钟了，农村正常的晚饭时间早已经过，刘新发还没有来。

真有些急了。她担心大女儿看得不够仔细，摘下围裙，亲自跑去大路口等候。

元宵节刚过，大路口两旁散落着很多礼花、鞭炮纸屑，寒风吹来，纸屑随风飞舞，起起落落，像极了李香水此时的心情。

不是说李香水没有耐心等待，只要刘总肯来，她等上几天几夜也愿意。

令她最担心的是，刘总忙，今天没时间来了。

现在的人哪容易轻易就去别人家吃饭？不比上世纪七八十年代，吃饭是人生头等大事，你要是请哪人吃饭，那可是天大的人情。而现在却刚好反过来了，别人答应来你家吃饭，可真是卖了你天大的面子。

现如今，不是非常特殊的关系，便算是龙肉海参，谁愿意吃你家的饭？

何况自己的家境……

久等不来，李香水只好跑到熊柳家。昨晚已经与熊柳说好，自己不会说话，到吃饭时请她一起过去作陪。

熊柳代表英树村参加了秀山旅游局组织的年后"乡村旅游"考察团，正月十四才回家，这两天都在忙着传达落实考察精神，几乎没时间过问接待刘新发一事。

为大力推动秀山的乡村旅游建设，旅游局要求三年内，全县各乡镇凡是有旅游资源的村居，必须设立五至十户乡村旅游接待点。英树村被纳入今年的试点村寨之一，每一户乡村旅游接待点将由政府专项拨款，床、被子床单、洗漱用具全部由政府免费提供。不过，每一个乡村旅游接待点的申请家庭必须符合两个基本条件：家庭住址地理位置佳、房屋八成新且能空出至少五个床位的房间。

英树村处于梅江河、平江河交汇之地，离秀山县城十多公里，风光旖旎，视线开阔，有吊桥，有古树，有码头，河坝岩石奇特光滑，五年前就成了县内游客避暑胜地，烧烤、露营者众多，可惜那时村民们无人抓住商机，全村无一家餐馆，也无一家旅社……直到去年村委会换届，村里的乡村旅游才正式开展了起来。

时下，虽然村里也有不少的旅社正在营业，但更加方便快捷、更加接地气的乡村旅游接待点的设立却非常及时和必要，会大大地提升英树村旅游综合接待能力。

熊柳家三层洋房，门前一片开阔地，站在院内就能看见梅江河

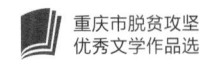

和平江河交汇，十分符合乡村旅游接待点的基本条件，但因为自己村干部身份，为避嫌没有纳入申报名单。

看李香水着急忙慌的样子，熊柳也没有十足把握刘新发准能赴宴，只好拿话宽她的心。

"放心吧，刘总既然答应了，就肯定不会食言。"

从刘新发家到英树村要不了十分钟车程，既然他答应要来李香水家吃饭，按理讲就绝对不会爽约。毕竟李香水家境特殊。

正常的晚饭时间已经过去。

虽然早就饿了，但三个孩子仍旧规规矩矩地坐在堂屋里烤火，连眼光也不敢朝饭桌上瞟上一眼。

天色慢慢黑了下来。李香水矮小的身影不知从家里到大路口来回晃了多少趟……

李香水望眼欲穿，感觉刘新发多半不会来了。

第十二章

刘新发的心情差到了极点。

直到傍晚七点半钟,他才姗姗来迟,心事重重地出现在李香水的家门口。

他并不是有意要来这么晚,而是在家里遇上了表哥林仲虎。

林仲虎专程去刘新发家里找他协商,为映格沟十三户特困户购买五十二只种羊。

因为有特殊亲戚关系,林仲虎一句客套话也没有说,开门见山,直接要求刘新发免除三分之一的山羊款,然后映格沟付款三分之一,剩下的款全赊,待山羊出栏后再付。

最近三个月,映格沟经济建设发展特别快速,除了张映光在映格沟建立了映光合作社之外,全村八十九户贫困户已经有七十六户搞起了自己的小产业,养猪养牛养鸡鸭、种菜种瓜种药材的都有。剩下十三户特困户,家里拿不出一分钱,只能靠政府送的二三十只鸡鸭当产业。由于过于贫困,一些家庭甚至等不及鸡鸭下蛋就直接背到市场上去卖了。

卖到最后,什么也不剩,脱贫致富成为一纸空谈。

这十三户特困户,要么家里有病人,要么家里无劳力,要么户主好吃懒做……要想脱贫,困难重重。

几天前,映光合作社兑现第一笔占地租金和村民在征地里除草的劳务费,林仲虎瞧准这个时机,好说歹说好不容易才做通十三户特困户工作,决定先不将这笔款项发给他们,而是要借鸡下蛋,用来投资小产业。

思想工作倒是做通了,但原本一个家庭就分不到多少钱,林仲

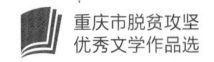

虎一时还真想不出该用这笔钱来发展什么好。

思来想去，只好来官庄镇打表弟刘新发的主意。

在林仲虎看来，让十三户特困户养殖山羊有两大优势：第一，自己有养殖山羊的经验，可以在技术上对这些特困户进行指导；第二，可以借与刘新发的关系，多少表示一点，半买半送，填补特困户的资金缺口。

刘新发之所以有今天，靠的是当年林仲虎的鼎力相助。现在，林仲虎亲自找上门来，别说他要付一定数目的山羊款，就算是要求全免费，自己也无话可讲。

没浪费林仲虎半分口舌，刘新发当即拍胸脯满口答应，并表示特困户们山羊出栏时若遇上销售难题，他可以给予市场保底价进行收购，免除大家的后顾之忧。

这样一来，映格沟十三户特困户意味着就有了只赚不赔的收入保障机制，林仲虎悬着的心终于可以落下来了。

每户四只种羊，按正常情况推算，今年年底发展到十只以上不成问题。一只成年波尔山羊平均价值在一千五百元左右，再加上其他收入，这十三户特困户年底一定能够脱贫，绝对不会拖映格沟后腿。

"一个人致富不算富，一定要带领一个组、一个村乃至一个镇富起来，那才算是大本事。"这是几年前林仲虎向刘新发灌输的致富带头人理念。现在的刘新发，正在一步步实现林仲虎的意愿，而这次对映格沟的扶助，更是超过了"一个镇"的扶助范畴……

林仲虎满意地微笑。

"那么你让合作社员工们准备一下，半个月之内我就找人来拉运。"

"表哥你放心好了，山羊多的是，五十二只，可随时来随时拉走。或者你需要的时候，打一个电话，我直接送货上门。"

刘新发一边说话一边打开手提包，从中取出一沓钱来，数出一部分装进上衣口袋里。

时间已经不早了，他准备马上去一趟英树村，一是去吃饭，以减小李香水心理压力；二是给她三个小孩送报名费。他承诺过从这学期起，负责李香水三个孩子的学杂费。

李香水身残志坚，刘新发觉得自己有责任和义务帮助她从困境中站起来。

明天就是小学报名的日子。

他怕将这件事给忘记了，几天前就在手机上设置了闹钟。时间设定在正月十六下午三时三十分。在李香水的眼中，自己身份高贵，一定不能迟迟不到。他必须得给李香水留下没有任何架子的朴实印象。

不过，人算不如天算，最终还是因为表哥林仲虎的事耽搁了整整四小时。

刘新发几个月没见过林仲虎了，乍一看，感觉他瘦了一大圈。虽然林仲虎看上去照样高高大大，但作为表亲，却能够看出与以往相比，林仲虎至少掉了四十斤肉，面容也不似以前那般容光焕发。

购买山羊的事情谈妥，林仲虎挥手告别正要离开，刘新发突然心神不宁。他拉住林仲虎，凑上前，无不担心地问："最近你在减肥吗？看上去这么虚弱。"

林仲虎无奈地摇了摇头："这么大年龄了还减什么肥？扶贫工作你应该了解，任务重，压力大。"

刘新发再次凑近林仲虎，上下仔细打量，发现林仲虎面容极其蜡黄，出气时有些喘，不由想起三个月前他曾经去西南医院检查过身体。心想，秀山扶贫第一书记又不止他林仲虎一个，压力再大，身体不可能有这么大的反差。

于是，他充满质疑地问林仲虎："上次去西南医院检查，查出

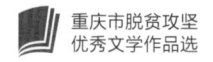

到底是什么病？"

"普通感冒。"

"普通感冒？能持续到现在吗？"

"总是忘记服药，一阵好一阵不好的。你知道，我这人大大咧咧习惯了，加之是冬季，自然恢复得慢。"

"表嫂呢？她不监督你服药？"

"扶贫攻坚正当时，哪有时间回家？自担任第一书记之后，一个月能回家一次就算多的了。嘿嘿，说来惭愧，与你表嫂至少有两个月没见面了。"林仲虎无可奈何地苦笑。

春节期间，正是张映光核桃产业基地建设进行得如火如荼的时候，林仲虎忙上忙下，就连大年三十也没回家团年。

他紧绷神经不敢松懈，必须抓紧人生中的每一天。

为此高晓丽对他意见也非常大，却又拿他没有办法。她知道林仲虎对待工作的态度一贯如此，在他心目中根本就没有重大节日家人需要团圆的概念。

"但普通感冒也不至于脸色这样蜡黄啊。"刘新发说。

十年前，刘新发因为从房顶上掉下来，导致脊柱粉碎性骨折，在厦门的一家医院里住了足足四个月。他生性好动好问，住院期间，在医院内外遇见过诸多患者，患什么病的都有，通过询问，他也掌握了很多病患的基本症状。所以，他越瞧林仲虎越觉得不对劲，于是一把将他扯住，重新将他从门外拉到自己客厅里，两人面对面地坐下。

不上心则已，一上心，刘新发越来越觉得林仲虎的身体问题不小。

直视林仲虎很久，刘新发才说："我想问你几个问题，你必须如实回答我。"

林仲虎沉沉地叹息一声，没有答话。

"上次你在西南医院给我打电话，我就觉得你语气怪怪的，好像我俩再也无法见面一样。当时我正在外地考察，疏忽了你的情绪，现在想来，十分可疑。"

"很简单啊，给你打电话时，我刚刚体检出来，还没取报告单呢。当时我怀疑自己可能得了重症。所以才有那样的语气。"林仲虎勉强挤出一丝笑容。

"好吧，就算是这样。那么我问你，是什么原因让你想到要去重庆检查身体？据我所知，你们单位去年三月份才去重庆体检过。"

林仲虎想了想，如实回答："咳了差不多两个月，什么药都吃了就是不见好转。去年底，秀山县医院建议我去西南医院仔细检查一下。"

"县医院建议？一般情况下他们不可能建议去西南医院复查，除非……"

"是啊。当时透了胸部X光，又照了胸部CT，觉得肺部有疑似阴影……"

刘新发倒吸一口凉气，感觉全身汗毛都倒竖了起来。不待林仲虎说完，一下子从沙发上站起。

"然后呢？去西南医院作进一步检查后，断定肺部阴影是什么？"

林仲虎迟疑许久，突然说："肺炎……"

"肺炎！"

刘新发一把将林仲虎从沙发上拉起，火冒三丈地大声吼道："肺炎？X光和CT会有阴影吗？"

"我哪懂？"

"我懂！"

刘新发气急败坏，忍了又忍，好不容易才平息了情绪，慢慢将林仲虎扶到沙发上重新坐下。

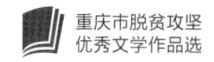

"表哥，秀山县医院好歹也是三甲医院，连是否肺炎都不敢断定了吗？用得着建议你去西南医院？"

说完话将手机从口袋里掏了出来。

"你想做什么？"林仲虎警觉地问。

"给表嫂打电话。"

"为什么？"

"我想问问她是如何做你妻子的……"

刘新发突然哽咽，猛地将手机丢得远远的。

"还有我，我是如何做表弟的，居然，居然，三个月后才，才……"

林仲虎也不拿话劝慰刘新发，直待他情绪稳定后，才轻声说："表弟，我不知该怎样说才好。你的怀疑不无道理，便是外人看见我现在的模样也同样会怀疑。可是报告单可以作证啊，我的确没患任何重病，真的就是普通感冒啊。"

刘新发将林仲虎看了很久，才说："报告单呢？"

"在村委会，你随时可以跟我去看。"

报告单可以作假，刘新发没必要在这个问题上较真。他再一次将林仲虎打量一遍，看着林仲虎暗黄的脸色，咬着牙说："你敢不敢马上跟我去重庆？"

"去干吗？"林仲虎心虚地问。

"再检查一次。当着我的面。"

林仲虎这下犯难了。半晌才挤出一丝笑容来。

"你这不是在开玩笑吗？脱贫攻坚正当时，你以为表哥一天闲得慌？"

刘新发长长地叹息。

"正因为你不闲得慌，才更让我担心……就算你是普通感冒吧，有必要天天都在映格沟待着吗？脸色这样不正常，至少也应该待在医院先将感冒治好。可你倒好，从西南医院回来就直接去了映格沟，就连过年也没有回家……"

"现在正是扶贫关键时期，村民们离不开我啊……"

"村民们！村民们！！"刘新发咬牙切齿："如果你患上的是绝症，你活不了几个月，今后还能顾及他们吗？"

林仲虎苦笑。

"从长远来说，顾及不上，但就短期来讲，只要我还能够做一些力所能及的事，就一定会抢先为他们将路铺好。乡村的扶贫之路，难点在于铺路，路铺好了，脱贫致富水到渠成。"

刘新发紧紧地盯着林仲虎的双眼。

"当然，"见刘新发表露出不相信的神色，林仲虎补充说，"要做到这些，肯定是在绝症能否医治好的先决条件之下。谁也不是视生命如儿戏的莽夫，能够治疗，天大的事也应该以身体为主。但如果医生告诉你，这绝症大罗神仙也无法挽救时，又何必在医院里躺着等死？横竖是个死，干嘛不将余力发挥到原有的工作当中去呢？这样，即便死了，既对得起老百姓，也对得起自己。"

刘新发凭着林仲虎最后不经意的补充，猛然间让自己的判断得到了有力的证实。突然悲从中来，忍不住扑上去紧紧地将林仲虎抱住，痛心疾首地咬着自己的嘴唇。

"表哥，我已经猜到了你患的是什么病，你不要骗我了。我求求你，已经耽误了这么久，我们马上去重庆治疗好吗？"

刘新发久病成良医，或多或少对各类病症有所了解。根据他的观察，林仲虎得绝症的概率非常大。步步紧逼不能让林仲虎说出实话，于是他改变策略，引诱林仲虎自己说出来。

林仲虎果然忘记戒备，一口气将实情当作"假设"说了出来。刘新发心里那个悲痛啊，难以言表。如果照林仲虎所言，他的病已经无药可治，那么至少他已经从医生那里得到了无法治愈的证实，

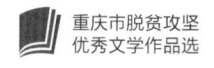

从而导致他作出彻底放弃治疗的决定。

他一定在继续去映格沟扶贫与马上住院治疗之间权衡了一次又一次……

蝼蚁尚且偷生，有一丝希望，谁不想好好地活在世上啊？

林仲虎丝毫没觉察到自己一个不小心将病情透露了出去，小心翼翼地将刘新发从自己肩上拉开，然后假装不解地问："今天你是怎么回事？表哥要了你几只山羊，就心痛成这样了吗？"

刘新发不理他的调侃，弯腰从地上拾起刚刚丢掉的手机，翻找号码就要拨打高晓丽电话。林仲虎急忙拉住他："你想干什么？"

刘新发红着眼，几乎将食指指到了林仲虎的鼻子上："我想干什么？我要问你想干什么，你私自放弃治疗，继续回映格沟扶贫，这样做对得起党和政府，对得起映格沟村民，但你对得起表嫂，对得起小玲、小珑，对得起姨父姨母，对得起亲戚朋友们吗？！！你简直太自私太不负责任了！！！"

林仲虎低头不语。

"我马上打电话给表嫂，我们这就上重庆去，不管花多大的代价，我也要给你治病！"

联想到林仲虎一个人承受了长达两三个月的痛苦，还要陪着村民在山坡上风里来雨里去，刘新发深深悔恨自己知道得太晚了。

林仲虎慢慢从刘新发手里夺下手机。都到这份上了，他明知再也装不下去，一阵猛咳，头往后仰，整个身躯重重跌倒在沙发上。

刘新发双眼通红，忍了又忍，哽咽着说："我知道你肯定也向表嫂隐瞒了病情。我们可以继续向她隐瞒。但你一定要答应我，这就跟我去重庆。只要有一线希望，我们都应该努力去争取。"

林仲虎将头低埋进沙发靠背里，不断摇头："治不好了，肺癌晚期，而且已经转移至肝脏，即使手术、化疗，也最多活不过一年……"

刘新发两眼一黑，不敢相信自己的耳朵。他猜测到林仲虎可能患上癌症，但绝对猜不到居然已经到了晚期，而且癌细胞转移了……他突然心如刀绞，一下子跌坐在地上，爬了好几次才爬起来。

"怎么办？该怎么办？"

一时间反倒没了主意，不停地问林仲虎。

只要用钱能够解决的问题就不算问题，如果花再多的钱也解决不了，那么只能选择听天由命。

而最可怕最无奈的结果就是到了听天由命的地步。

"怎么办？该怎么办？"

刘新发紧握拳头，发疯似的不停击打沙发靠背，大脑里一片空白。

"得到结果后，我也是反复地这样问自己。"林仲虎抬起头来，紧紧地抓住刘新发的手，"西南医院老槐树下，我一个人不知站了多久。万事万物都凝固了，我第一次感觉不到时间的存在……"

"……是住院治疗还是返回工作岗位？我知道不管我做出何种选择，都会伤及我身边的每一位朋友、亲人和所有关心我的人……但事实已经不容改变，我必须做出选择。

"最终，我是这样决定的，反正治不好，与其躺在医院里受化疗的痛苦，不如返回映格沟，与病魔搏斗，与病魔抢时间……尽快让映格沟走出贫困……"

刘新发根本没听清林仲虎到底在说些什么，大脑里一片空白，几近崩溃。

第十三章

到达英树村到底是几点钟？一路上是怎样开车过去的？刘新发几乎没有印象。

浑浑噩噩，悲痛欲绝。

刘新发与林仲虎虽然是远房表亲，但从小两家人走得特别近，你到我家玩几天，我到你家玩几天，那是常有的事。从小到大关系非常"铁"，就跟林仲虎与张映光一样。

十年前刘新发在厦门打工从房顶上掉下，林仲虎接到电话二话不说就直奔厦门。前两个月医药费没有着落，完全是林仲虎四处筹借替他垫付……

可以毫不夸张地说，林仲虎于他绝对有再生之德。这份恩情，即便来生做牛做马也报答不完。

而现在，林仲虎患上肺癌，并为了映格沟扶贫工作放弃治疗。自己虽然心疼，却无能为力。

他感到前所未有的绝望和无助。

他是第一个知道林仲虎病情的人，而且按林仲虎要求，死之前，他必须是唯一一个知道林仲虎病情的人，别说将实情告诉给高晓丽，就是透露给张映光，林仲虎也绝不饶他。

"该不该医治我心里最清楚，如果有一线生机，我绝对不会选择放弃治疗。你一定要理解我，并且一定要支持我，站在我的角度……我一生从来没有求过你什么，相信你不会给你嫂子和映光带去任何心理上的负担。从现在起，所有的痛苦，你和我共同承受吧……"

满脑子都是林仲虎离别时候的话语，以致于在李香水家吃了些什么菜，说了些什么话，做了些什么事都毫无印象。

一片空白。

半夜十二点醒来，一身酒味，去洗手间洗了个澡，直到穿好睡衣才又记起了林仲虎的病情。不由悲从中来，泪水在眼眶里打转。

"怎么办？"

"该怎么办？"

是啊，该怎么办才好？不可能自己就真的眼睁睁等着林仲虎倒在扶贫一线！

果真如此，不管是对林仲虎，还是他的家人、朋友，乃至映格沟村民，得有多残忍！

在医院治疗，就算治不好，也可减少很多折磨和痛苦。癌症病晚期患者大都疼痛得要命，吃不好睡不好，在医院可以打"杜冷丁"，可以打"吗啡"，可以输生理盐水，然而在映格沟……林仲虎即便有极强的意志和毅力，也无法在每天还坚持工作的情况下与剧烈疼痛抗衡……

那种痛苦，那种惨状，刘新发想都不敢往下想。

"怎么办？"

哀痛欲绝。

作为表弟，刘新发对于林仲虎的选择无能为力，无法劝阻，也给不了更好的建议。而如果换作是表嫂高晓丽呢？她绝对可以强行将林仲虎送到西南医院去。

然而高晓丽并不知情，自己又不敢告诉她……

"怎么办？"

越想心里越疼。

电话铃声响了。

居然是英树村妇联主席熊柳打来的。

熊柳极少与自己打电话，半夜十二点，她能找自己有什么事？

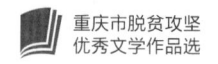

难道是李香水家山羊出现了什么情况？

赶紧接听。

没想到熊柳的第一句话就让刘新发感到丈二和尚摸不着头脑。

"刘总，酒醒了吗？你没事吧？"

她怎么知道自己喝酒了？

想到这个环节，才记起从沙发上醒来时的一身酒气。

苦思冥想，却没有任何印象是在哪里喝了酒，又是与哪些人一起喝的……

赶紧问："你这话是什么意思？我跟你一起喝的酒吗？"

"是呀，李香水家，你喝了很多酒，我俩劝也劝不住……"

刘新发"啊哟"一声，猛然记起自己跟林仲虎离别后径直去了英树村李香水家。

"对不起，对不起，喝失忆了，喝失忆了。"

熊柳说："你喝得酩酊大醉，是我让家属开车送你回家的。香水姐一直不放心，三更半夜非得要我给你打个电话问下平安。没有事就好，我等会过去告诉她。"

挂断电话，刘新发想起什么似的到处找钱袋。在床头上找到后，打开一看，里面有两千元不在了，这才拍拍胸脯放下心。

他去李香水家吃饭是假，给她送去三个孩子的报名费才是真。他担心喝醉了酒，将最重要的事给忘记就太不好意思了。

年前的承诺，他不可能失信于人！

正自庆幸没误事情，突然想起跟林仲虎谈购买山羊时，自己将准备给三个孩子的报名费从钱袋里取出放到了上衣袋里。心里一惊，急忙去洗手间翻找换洗下来的上衣。

坏了，二十张百元现钞一张不少还在自己的口袋里。

喝酒误事，喝酒误事……对于自己来说两千元纯属不叫事儿，但对于李香水一家来说，却可操办很多事。

赶紧回拨熊柳电话。

"熊主席，实在不好意思，我原本打算吃饭时将三个孩子的报名费给李香水，没想喝酒给喝忘了。请你立即转告她，明天一大早我一定送上门来……"

熊柳笑出了声。

"看来刘总真是喝醉了。还没喝酒时你就将两千元递给香水姐了的。她一直不肯收，当时你都快发脾气了她才收下。"

"可是，"刘新发拍拍脑袋，越来越糊涂，"这两千元还在我上衣口袋里啊。"

熊柳"哦"了一声，停止了笑，沉默好半天才说："我估计是香水姐趁你醉酒后悄悄将钱放到你口袋里了。"

不是自己忘记了，刘新发多少松了口气。

"孩子要上学啊，她怎么可以这样？"

"刘总，香水姐虽然从小残疾，但从来不当自己是残疾人看。正常人能做的事她认为自己都能够做到。她想靠自己的双手带着孩子们走出贫困。在村里，我跟她关系算最要好的了，平日里送给她一些吃的穿的她会坦然接受，如果送她钱或别的贵重物品，她都坚决不会收，实在是遇上急用她收下了，也会尽快想办法还我。她经常爱说一句话，'亲兄弟，明算账'。关系再好，送是送，借是借，她分得一清二楚。时间长了，我也理解了她的心情。的确也是，不管有多困难，如果长期依靠别人的施舍，最容易让人瞧不起。也正是因为香水姐这般的人生态度，才让我一直以来对她又是爱怜又是敬佩。"

停顿了两秒钟，熊柳继续说："而刘总，你在她最困难的时候，素不相识却送上了八只山羊，对她来说，你的恩情已经大过了天，目前她无以为报，就算今后她山羊养殖取得了成功也无以为报——因为你什么都不缺——但我相信她总会想着法子报答你。就像她执意要送给你自己一针针编织出来的十二双棉拖鞋一样，不管你有用

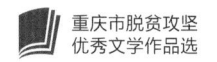

无用，不管你喜不喜欢，她都会以自己的方式来给予回报。"

棉拖鞋？

挂断电话，刘新发赶紧起身去找，果真在客厅一侧看见了用塑料口袋装得整整齐齐的十二双棉拖鞋，大大小小都有，一看就知是给自己一家人准备的。他不懂拖鞋的样式及外观是不是好看，也不知这十二双拖鞋的编织会花费李香水多少时日，但他知道它的价值肯定不高，有一千元在市场上可以买几十双，然而他却感动得一塌糊涂，瞬间认识到自己"扶贫济困"的真正价值和意义。

这就是回报，是李香水对他一家人的最高尊重！

赶紧找了一双合适自己尺码的穿在了脚上，在客厅里走过来走过去。

近年来，刘新发扶持过太多太多的残疾贫困家庭，不管是生活态度还是人生价值观念，像李香水这样的人，极少遇上。

他感动得一塌糊涂。

"除了几只山羊，她家没有任何经济收入。孩子们明天要上学了，报名费怎么解决？"

每月两三百元的低保补贴就能送三个孩子读书？

刘新发思考了半夜，他决定明天去一趟孩子们就读的小学，请求学校校长和老师帮他圆一个谎……

由校方出面给予她三个孩子免除一切学杂费，李香水总能接受吧？

李香水的事情解决了，林仲虎的问题重新涌上心头。悲凉间，忍不住伏在床上伤心落泪。

一夜噩梦。要么就是林仲虎在百姓家一边干活一边吐血；要么就是高晓丽指着自己鼻梁破口大骂……

辗转反侧，痛不欲生。

即便是十年前自己脊柱粉碎性骨折，也没有如此痛苦过。

第十四章

欧阳旬旬赶到映格沟村委会时，林仲虎早已站在大门口等候多时了。

见林仲虎脸色极差，欧阳旬旬不由皱眉说道："林书记，感冒了呀？看你气色不太好。"

林仲虎咳了两声，不好意思地说："最近忽冷忽热，有些伤了风寒。"

"那，你……"

欧阳旬旬突然担心林仲虎没精力陪自己去爬半坡组的山了。

两天前已经说好，林仲虎今天将陪同欧阳旬旬去一趟太阳山村的半坡组，进一步了解那里六户人家最近的思想和贫困状况。半坡组剩下的六户人家户口虽然还在太阳山村，但作为两河湾的现任支部书记，她却有责任关心和处理半坡组几年前的搬迁遗留问题。

原本这六户人家应该属两河湾村民，但多年来因各种问题被"搁置"在了那儿……而现在，这个问题不处理好，就相当于自己这个支部书记当得并不称职，所做的扶贫工作也没有完全到位。

前些天欧阳旬旬找石堤镇政府反映情况，得到的答复是石堤镇和钟灵镇目前正在县委政府的指导下，统筹解决这个问题。

现在最主要的难题是半坡组六户人家与以前一样，用各种理由、各种要求来阻挠搬迁扫尾工程的推进。说来说去，他们就是不愿意搬离半坡组，更不愿意去相隔几十公里的相对陌生的两河湾。最终，石堤镇和钟灵镇责成太阳山村与两河湾村协同解决此事，并承诺，只要六户村民同意签字，两个镇随时可以出面合理安排搬迁事宜。

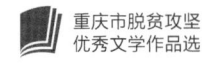

怎么才能更好地解决这个棘手难题？欧阳旬旬感到十分头疼。

主要是两河湾与半坡组相隔太远，所谓远水救不了近火，欧阳旬旬再有能耐，平时想照顾也根本照顾不过来。

思来想去，最后她采纳了林仲虎的建议，先到半坡组去实地探访一下，了解了解当地村民的真实想法和现实处境，然后再与太阳山村委会一起协商解决这个问题。

不管这六户人家搬迁去哪里，终究得想办法搬迁。这个问题不尽快解决，真要是半坡组遇上滑坡或出现其他突发情况，到时追究起责任，还真说不清楚谁的责任更大。

毕竟两河湾与映格沟两个村已经达成了抱团发展的协议，映格沟离半坡组又非常近，所以在这件事情上，欧阳旬旬希望林仲虎能多给她出一些主意。

然而看见林仲虎的第一眼，欧阳旬旬便觉得他的气色非常不好，心里一惊，真担心林仲虎因身体原因而不能陪自己去半坡组了。

从上个月与林仲虎开始打交道起，她便觉得林仲虎各方面的能力都特别强，人也热心，而自己资历尚浅，所以她希望林仲虎能经常给予自己帮助。

她毕竟是一个小女生，心理上需要有一个依靠，特别是在钟灵这个比较陌生的环境里。

哪知林仲虎却轻松地笑了起来。

"别小瞧我。即使感冒了，我每天也要走两万步路以上。半坡那点山算什么？前段时间因为硬化公路的问题，来来回回我不知走过多少趟了……"

欧阳旬旬这才放下心来。

没有车，两人只能步行。

两个人顺着河道朝半坡组方向走去。走了几步，欧阳旬旬突然问:"林书记,你们这有个地名叫对门董是吗?"

林仲虎笑着回答:"有呀,对门董,我们的一个组。那里姓石的人家比较多。"说着指了指河对面的小山坡:"有几棵古树那儿就是。"

欧阳旬旬抬头朝河对面看了看,眼里流露出不好意思的笑容。然后轻声说:"原来是那个地方啊。绿水青山。真好。"

林仲虎有些纳闷:"那儿有你认识的人?"

欧阳旬旬也不说有,也不说无,只是不好意思地微微一笑,头一低,抬腿顺着河道便向山沟里走。

林仲虎心想:这小女孩也真是,说话没有个前因后果……

欧阳旬旬"准"老公石诚的家便在对门董。

由于工作太忙以及没找到更适合的时机,她还一次没去过。

不过在秀山县城里她早就与石诚父母见过面了。

一条小溪流自太阳山上缓缓流入主河道。

顺着小溪流盘山而上,快要到达半坡组时,溪流变为山涧,山涧变为水沟,最终消失在一片乱石之下。

严格意义上,这才是梅江河的源头。

林仲虎有些气喘,停下脚步,蹲在乱石旁稍作休息。

欧阳旬旬也累了。她擦拭着汗水,抬头看前面不远处的一片古树林,轻声问:"林书记,如果我猜得不错的话,那些古树林下面应该就是半坡组了。"

林仲虎一边喘气一边说:"对,对。以前那里很热闹,差不多三十户人家在一个寨子里。现在冷清了。房子也拆得差不多了。"

欧阳旬旬嘀咕着说:"两河湾怎么也比这里的条件要好吧,而且我们对搬迁去的二十来户人家都有特殊政策照顾。剩下这六户也是奇怪啊,又有政府补贴,为什么就不愿意搬迁呢?"

林仲虎说:"任何事情都不会无缘无故。总会有特别原因的。

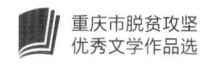

等下我们耐心地问问。"

到达半坡组时,太阳山村的村主任已经将六户人家都集中在了一起。

六户人家的确贫穷,每一家的房屋都十分破旧。从每个人的穿着上看,也是多年都没有购买过新衣服了,其中有一个叫顾笑水的中年人还穿着补疤衣、补疤裤。秀山的其他村寨也有十分贫穷的地方,但那里的村民绝不可能穷得连吃饭、穿衣都成问题。而半坡组六户人家,家家都没有多余的粮食,更没有多余的衣物……其生活水平完全还停留在上世纪六七十年代。

这地方之所以特别贫穷,就好像连接多省市的"三不管"地带,地理位置及区域管辖十分特殊,他管不过来,你管不过来,我管不过来,仿佛是被遗忘的角落。

林仲虎之前不知与六户人家打过多少次交道,与他们都熟悉了。大家看见林仲虎到来,也感到特别的亲切。他们都知道,映格沟村那条公路硬化后,当地村民不允许半坡组的人运输甚至不允许他们的人路过,全靠林仲虎以一人之力,不厌其烦地一村一寨、一家一户讲道理、求人情,最后好不容易才将这块硬骨头给啃下来。

六户人家对林仲虎的感激之情无以言表。

顾笑水不知从哪里端出了三杯热水,分别递给了太阳山村的村主任和欧阳旬旬,最后一杯递给林仲虎。他对林仲虎充满了感激之情,同时,他始终觉得自己很久以前似乎跟林仲虎有过交往……只是怎么也想不起来了。

经过耐心地问询六户人家的户主,欧阳旬旬终于知道了他们这些年不同意搬迁到两河湾去的具体原因。

他们是半坡组最贫穷的六户人家,无依无靠,不光没有存款,还因为各种事情外欠了一定的债务。搬迁去两河湾,虽然政府会有一定的补贴,但对于他们六户来说,光有补贴是远远不够的。即便是现在，他们连一百元一张的现钞都拿不出来，何况八年前……毕竟修房盖屋的造价不会是一个小数目。

他们虽然贫穷，但人前人后却难以启齿。所以不管政府哪个时候来做工作，他们都会找出其他的各种理由，死活不愿意搬迁，就算有一天太阳山真的会滑坡，他们也只能认命。

"如果脱贫致富了，有了多余的钱，你们愿意搬迁吗？"欧阳旬旬试探性地问。

"哪会不愿意？"顾笑水憨厚地赔着笑，"我们真不是别人眼中的钉子户。哪个愿意在这个穷山坡上待几辈子？离哪个地方都远。条件稍好一点的都搬走了，我们剩下的几户人家，要么病要么残要么老要么小，是真没钱啊。平时除了种点田地喂点猪羊，各家各户几乎无经济收入。要想脱贫，难哦。"

欧阳旬旬心里越来越难受，她真的想象不到秀山还会有这么贫穷的地方，还会有这么贫穷的人家。

要让他们搬迁，最起码得让他们筹助到足够搬迁的资金。而这六家人，借是没地方借的，如何让他们尽快脱离贫困赚到更多的钱才是解决搬迁问题的唯一办法。

回映格沟村的路上，欧阳旬旬皱着眉头说："林书记，我还真没想到会有这么大的困难摆在面前。这六户人家的困难这么具体……毕竟这里跟我们有着千丝万缕的联系，我想帮他们，但两河湾离这里实在是太远了，照管不过来啊。"

欧阳旬旬自担任两河湾支部书记以来，一直顺风顺水，干什么事都没遇上过大的坎坷。哪知原本以为八竿子都打不着的半坡组搬迁遗留问题却让她感受到了空前的压力。

她是真想不出比较好的解决方法来了。

林仲虎也很为难。

半坡组虽然跟映格沟是一条沟相连，但毕竟不是他的管辖之

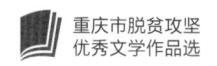

地，按道理他没有责任和义务去关心或过问当地村民生产生活上的事情。然而六户人家中的顾笑水小时候却跟他颇有渊源，加上映格沟与两河湾刚刚达成抱团发展协议……所以，半坡组的事他不可能不管。

他决定帮助半坡组。当然，也算是帮助欧阳旬旬。

其实这个问题很久以前他都考虑过，只不过那段时期映格沟的问题也比较多，一时半会分不了身去具体落实。

林仲虎认为，半坡组搬迁的问题可以暂时放到一边，目前，得让这六户人家摆脱贫困。

他决定将帮扶映格沟村的脱贫模式运用到半坡组的六户人家身上。

"欧阳支书，刚才我与太阳山村的村主任也商量了，我想让半坡组的六户人家都种上核桃树和新品辣椒，种苗由我们村提供，然后再为他们提供一些收益快的其他经济作物……另外，我们村的映光合作社需要一定数量的工人，待正式投产后，六户人家中每一户至少可以招一人进厂……我相信收入增加了，不出两年他们就可以顺利搬迁……"

欧阳旬旬十分感激地说："林书记，由衷地感谢你的支持。今后在半坡组扶贫和搬迁的事情上，还请你多费点心。"

林仲虎有些疲惫地摇手说："我们都在一条梅江河上，所以不管属于哪个村哪个镇，都应该互帮互助。我相信，今后映格沟村有需要你们帮忙的地方，欧阳支书或太阳山村，一样会尽全力帮助我们的。"

"肯定的，肯定的。共饮梅江水，我们都是秀山人！"

又谈了一会儿半坡组的事，欧阳旬旬突然话题一转，笑着说："哦，林书记，上次你建议我们两河湾集中打造长岭坡土家特色村寨的事情，前两天我已经形成文字提交给了石堤镇政府。的确，我们县内保存得比较完整的土家山寨已经很少了，相信上级领导一定会采纳我们的建设意见。"

上次林仲虎与村主任彭强去两河湾考察，当走到长岭坡的时候，满山的竹林和非常独特的民居吸引了林仲虎的注意。当听说寨子里的人家全是姓彭而且都是土家族人时，林仲虎毕竟是旅游局的副局长，灵光一闪，当即建议欧阳旬旬抓住机遇，向上级争取特色村寨打造，学习梅江镇的民族村，在乡村旅游上下一番硬功夫。

欧阳旬旬一直将注意力放在两河湾的农业产业发展上，根本就忘记了可以在乡村旅游上大做文章。听林仲虎提醒，有些担心地问："长岭坡只是两河湾的一个组，不知可不可以单独申请民族特色村寨打造？""当然可以，"林仲虎说，"不管是村还是组，只要规模达到五十栋房屋以上就可申请。"

春节期间，欧阳旬旬派出黄毛狗跟随县里的考察团去外地学习考察乡村旅游建设，正是受到了林仲虎的启发后采取的第一个行动。

林仲虎笑着说："特殊的地理环境，特殊的民族村落，有乡村旅游作保障，我相信两河湾很快就会脱贫。"

欧阳旬旬紧紧握住林仲虎的手，严肃地说："但愿我们两个村都能在全县脱贫工作总结会议上受到嘉奖！到那时我们再握手相庆……"

林仲虎苦苦一笑。他真不知道自己的身体还能不能够熬到全县脱贫总结会议的那一天。

第十五章

春天来了,到处鸟语花香。

秀山城在缕缕春光的照耀之下,一片生机勃勃的景象。

欧阳旬旬最近总感觉恶心、呕吐。例假也有一个月没来了。石诚一度认为她是怀孕了,紧张得不得了。

石诚老家在钟灵镇映格沟村,经济条件不好。读大学时家里欠下一屁股债,直到去年年底才分期还清。欧阳旬旬家里也在农村,给予不了支持,所以两人尽管都工作了几年,仍旧在城里买不起房子。

两人结婚登记都整整三年了,至今还没能办婚礼。

过年之后,石诚好不容易申请到一套五十来平方米的公租房,基本估计简单装修和购买家用电器,至少也得花费四万元。

两人手里不足三万,一直打算待攒够了四万元后再装修。

两个人都老大不小了,双方家长也经常催促,好说歹说双方父母答应等他们存够钱将公租房装修好后再办婚礼,哪知欧阳旬旬居然在这个节骨眼上怀孕……

这绝对是石诚的无法承受之重。

如果欧阳旬旬意外怀孕的话,不说办婚礼所需的开支庞大,光是装修公租房这笔钱也够两人去凑一阵子。

"要不,延缓办婚礼,去医院'拿'下来?"

犹豫了好多天,石诚终于鼓起勇气将这句话说了出来。

这句话其实也正是这些天欧阳旬旬想对石诚说的,顾及石诚的感受才一直没敢开口。石诚家里穷,还没恋爱时她就一清二楚,可她从来都没有过嫌弃之心,凡事都站在石诚一方考虑。之所以能放弃高薪从外地考到秀山来工作，也正是爱情的魅力所致。石诚要不说"拿"下来，她也会主动提出。她可不愿石诚背上沉重的包袱。

这天是周末，医院客流量不大，两人早早地来到妇幼保健院，正待步入大门，却见向左满面春风地挽着妻子宫吕从里面出来。

石诚和欧阳旬旬都认识向左，同时上前寒暄。

向左笑逐颜开，一见面就开起了石诚的玩笑。

"怎么？看样子是准备办婚礼啦？"

虽说向左是第一次看见欧阳旬旬跟石诚一起，但既然两人同时出现在妇幼保健院，说明两人关系非同一般。所以这句玩笑不假思索就脱口而出。

石诚在县政府干的是办公室工作，平日里少不得要跟媒体打交道，跟向左自然是熟悉得不能再熟悉。也不向他隐瞒，坦白了欧阳旬旬可能怀孕，但由于各种原因，打算来保健院做"人流"手术。

"做人流？是哪个作出了这样草率的决定？"

宫吕不认识石诚两人，但听到"人流"二字，着急得不得了。三年来，她想怀孕都想疯了，居然有人在她面前提"人流"！

"简直是岂有此理！简直是乱作主张！"

她才不管认不认识对方，第一反应就是强烈抗议和谴责。

石诚不好意思地低了低头，只好如实交代了经济上存在困难，目前还无能力要孩子的苦衷。

"都不行啊，困难谁没有？只能是积极地想办法克服而不应该动不动就以这种'简单粗暴'的方式减压。那可是一条活鲜鲜的生命呢。特别是做妈妈的，于心何忍？"宫吕是真生气啊，说着说着居然将矛头指向了欧阳旬旬。

欧阳旬旬被说得动了恻隐之心，不由与石诚交流了一下眼神。

石诚讪讪一笑，不知该如何接话。

向左拉了拉石诚的衣袖，小声说："真要是怀起了的话，能生

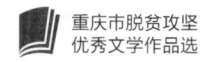

还是尽量生下来吧。以前面对怀孕生育这个问题，我总是左推右拖，认为早一年迟一年无关紧要。后来才醒悟，人生不就是这么回事么？恋爱、结婚、生子。没有孩子的家庭便算不完整的家庭。能够早一年为什么要拖到迟一年？反正都要经历，何不顺其自然，既来之，则安之？这不，戒烟都快一个月了，我和宫吕专门来做孕前检查。报告单出来，各方面优良，可以计划怀孕。你们从我面容上也可看出，我心里绝对是出奇地喜悦。以前不知道，现在想来，潜意识里我还是多想有自己孩子的。你们也一样，既然有都有了，也不用去考虑经济上的困难，车到山前必有路，不行就先贷款，结婚生子后再慢慢还……"

向左第一次站在宫吕的立场上说话，这样的意识首先得"归功"于高晓丽在火车站广场上的那一次的"严厉教导"。

石诚和欧阳旬旬都二十七八岁了，两人倒是不怎么在意几时举办婚礼，但双方父母却十分担忧。毕竟两人的家不在同一个省市，真要是闹个矛盾或者欧阳旬旬回到湖北工作，有可能出现分开的状况。

这是双方父母都不愿意见到的结果。

所以，只有尽早举办婚礼，有了孩子才能让双方父母安下心来。

听了向左和宫吕的劝导，欧阳旬旬也觉得十分在理。大不了找朋友借助或者找银行贷款，先将婚礼办了孩子生了再说。

欧阳旬旬再次跟石诚交流了一下眼神。

"既然这样，我们就听二位的劝告。的确是我俩考虑得不够成熟，幸好遇上了你们。"

主意打定，也就没有必要再进保健院大门了，石诚和欧阳旬旬正准备回转，宫吕却说："来都来了，何不进去检查一下胎儿是否正常？"

自从向左答应准备计划怀孕开始，宫吕一整天都在幻想会生一个男孩或是一个女孩或者是像高晓丽家一样的双胞胎，可以说现在她一切行动都在为怀孕作准备——看如何优质怀孕的书籍；看怎样科学保胎的教材；观摩别人是怎样坐月子的；掌握幼儿护理常识等等，几近入魔。

所以，及时建议欧阳旬旬检查胎儿是否正常当然是她义不容辞的责任。

其实，具体怀没怀孕，欧阳旬旬和石诚两人都还没有十足把握，完全靠的是猜测和推论。听宫吕建议，一想也是，既然来了，不如就去检查一下。怀与没怀得个明了。

宫吕担心两人临场变卦，万一心血来潮又来个"人流"咋办？于是多了一个心眼，跟向左商量，反正也是周末，没其他事做，不如就陪同他们再进一次保健院，顺便还可以给欧阳旬旬灌输一些自己所掌握的婴儿护理知识。

检查结果却让人哭笑不得。

欧阳旬旬的子宫里，别说一个月大的胎儿，便是血影子都没见到一丝。

四个人面面相觑。特别是欧阳旬旬和石诚，更是不明所以。凭着两人所掌握的知识，欧阳旬旬的所有特征都符合怀孕的特点——恶心、呕吐，例假一个月没来。

宫吕那个失望啊，两眼无神，瞬间像被霜打的茄子……似乎检查的人不是欧阳旬旬而是她自己。

这个结果让她难以接受。

石诚却慌了神。

对于石诚来说，现在不只是来之前的矛盾和紧张了，而是演变为了担忧和害怕。如果这现象不是怀孕的话，那么欧阳旬旬就极有可能患上了别的病症。

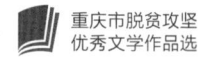

妇科病？

肿瘤？

如果真是那样，其经济压力和精神压力不知比面对结婚生子要高出多少倍。

在保健院医生的建议下，两人辞别向左夫妇，急匆匆地赶到了县医院。

检查出的结果令石诚大惊失色：长期服用精神抑制类药物所致。

病不是大病，停止服用该类药物再稍加调理，短时间即可恢复。让石诚想不通的只有一点，到秀山两年，欧阳旬旬就连伤风感冒也没有发生过，精神正常，什么失眠、心悸、气喘等病症与她靠都靠不上边，从哪儿来的精神抑制类药物？而且还是长期服用！

面对石诚的质疑，欧阳旬旬也彻底蒙了。

她可以肯定自己近半年来没服用过任何药物。去两河湾任职后，习惯于不吃早饭，但在起床时必须要喝一瓶酸奶。

如果说问题出在"长期服用"四个字上，除非酸奶中含有精神抑制类药物。

酸奶是正宗厂家出品，喝的人成千上万，这样一种大众化饮品，内含精神抑制类药物的可能性几乎为零。

思来想去，欧阳旬旬将两个月内吃的喝的甚至于密切接触的人群都筛了个遍，直待联系到两河湾的黄毛狗身上，才让她找到了问题出在哪里。

"啊哟，啊哟，啊哟啊哟……"

欧阳旬旬张大嘴，连连惊呼。

两河湾的柑橘、脐橙销售取得极大成功；通到家家户户的自来水工程已经得到解决；通村公路已经硬化；竹编工艺厂房已经完工；半坡组六户村民在农业产业发展上有了起色；集中改造长岭坡土家民居也正在积极规划……而这期间,两河湾第一书记、驻村干部、村支两委班子分派到个人名下的"精准扶贫"工作任务也在同步进行。

黄毛狗和覃酉梅便是欧阳旬旬重点负责的"精准扶贫"联系户。

第一次走进黄毛狗的家,给欧阳旬旬的印象只有三个字:"脏!乱!差!"

一幢长三间旧木房,院子里稀稀拉拉栽有几棵老梨树,梨树下堆着一些乱七八糟的木柴和茅草,周围还有很多垃圾没有清扫。

走进堂屋,墙角堆放着几包玉米,一架古老的木制筛谷机随意摆放,两个旧木柜上散落着几件脏衣服。

左面房间应该是平常的卧室,一架窄小的黑木床,床上的旧棉被、旧衣物堆积如山,隐隐透出一股含有农药一样的霉味。

右面房间有一台十四英寸旧式黑白电视机,应该是早就不能通电的了。一张破沙发,一架小木桌,之间堆放着一些书本和小孩衣衫,看样子这间房应该是供两个侄子居住。

三间正房后还搭有一间偏屋,一看就知是平日的厨房。自建的土灶里正冒着浓烟,锅未刷碗没洗,垃圾遍地,一派狼藉。

欧阳旬旬唏嘘不已,不管从哪方面看,这个家都具有典型的老单身汉家庭"风格"。

像黄毛狗这样的人物,扶贫得先扶志。

几番考量,欧阳旬旬决定先从黄毛狗的"精神"上着手扶贫。

"你一直没找过女朋友吗?"欧阳旬旬开门见山。

黄毛狗抿着嘴不太好意思地说:"前些年找过几次,嘿嘿,我长得还行,但人家到家里一看,转头就走了。都嫌我穷。"

对于自己的长相,黄毛狗从来都充满了信心,认为自己在两河湾的年轻人中不算"上等"也至少居于"中等"。所以一直以家穷

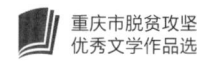

而没女性看得起来作为单身借口。

在欧阳旬旬看来,黄毛狗长得并不好看。如果非得要她公平公正对其外貌加以点评,她准会这样说:黄毛狗人如其名,长相应该属"下等偏中"位置,用形象一点的词语来形容的话,黄毛狗长得有点像东北那些演"二人转"的丑角,倾于"滑稽"之流。

欧阳旬旬嘴巴一扁。

"我看人家不是嫌你穷,而是嫌你家卫生太差吧。家再穷,只要屋里屋外收拾得干干净净,哪有找不着女朋友的道理?"

"前些年偶尔要收拾几次,自从两个侄子跟我一起住后,就懒得收拾了。一天又没外人上门来玩,收拾不收拾都一个样。"黄毛狗讪讪地说。

欧阳旬旬也听说过黄毛狗大哥家的事,觉得黄毛狗表面晃荡,本质并不坏,只是家里缺少一个当家的女人。当即说:"关两个侄子什么事?多了两个小孩子,更应该勤快一点才是。合适的女子到家里来看,觉得你义务承担起两个侄子的抚养任务,都会佩服你。家里又收拾得干净,哪有不愿意嫁给你呢?"

"不,不,收拾得再干净也不会有人嫁给我。"

"为什么?"

"有负担啊。两个侄子一天只知道吃喝,不会做事。"

"有多大了要会做事?"

"一个十二岁,一个十岁。"

"对呀,这么小的年龄你想要求他们做什么事?他们在哪所学校读书?"

"没读书。看牛去了。他们只会看牛。"

黄毛狗家原本什么牲畜都没有,一个人得一天过一天,后来是石堤镇政府送了一头小牛给他,但养着养着他不爱养了,就送给了覃酉梅。后来两个侄子跟自己住在了一起,家境越来越困难,覃酉梅就将这头牛还给了他。从此，两个侄子就承担起了养这头牛的义务。

如今这头牛已经成了大水牛，春耕时节黄毛狗就靠它给别人犁田而混点吃喝。

"为什么不让他们读书？是没钱送吗？"欧阳旬旬有些儿纳闷。

黄毛狗摇头说："彭老支书早就说了的，上学的学费问题不用我担心。只是他们俩读不得，两人精神上都有问题。"

欧阳旬旬也听说过黄毛狗的两个侄子有轻微的智力障碍，但却不知道他们没上学。

"有去医院看过吗？好不好治？"

"彭老支书为治他们的病也花费了不少心血，镇里面的，县里面的，都请医生来看过，说是好医治，开了很多药。"

医学上，两个侄子的病症为轻度精神发育迟滞，主要由代谢障碍与异常和营养不良引起，具体表现为言语能力差，缺乏抽象思考能力，无数字概念，有些时候精神异常，情绪不稳，常常容易做出躁狂、毁坏财物、伤害他人之事。

"结果呢？"

"有什么结果！家里堆放着若干种药物，他们一粒也没服过。怎么哄都不吃，就是打死他们也不吃。"

"要找到女朋友，就必须将他们的病治好，至少他们得有生活自理能力。"

黄毛狗摇手说："三十多了还找什么女朋友？五年前从决定抚养两个侄子起我就再没打算要找女朋友了。把两个侄子养大，老了那天他们能给我送终就送终，不能送终我就死在家里……"

黄毛狗的这一观念让欧阳旬旬感到不可思议。

三十多了？

城里人"三十多了"还在读博、还在为事业打拼，大多还没时

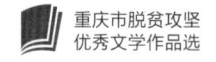

间找女朋友。然而在黄毛狗嘴里，似乎"三十多了"就已经"行将就木"，就与"嫁娶"两字再无缘分。

"这样吧，"欧阳旬旬笑着说，"如果我能够保证两年内给你找一个女朋友上门，你愿意不愿意？"

黄毛狗嘻嘻一笑，将信将疑地看着欧阳旬旬。从眼神中能够看出他对女朋友还是充满了渴望。

欧阳旬旬认真地说："你就说信得过我这个人不？"

"当然信得过。现在除了彭老支书，我就最服你。"

的确也如黄毛狗所言，欧阳旬旬到两河湾不过两三个月，带来的变化有目共睹。目前为止，不光黄毛狗最服欧阳旬旬，便是全村也找不出一个不服她的村民。

"只要你信我，那我就保证两年内给你找一个。"

"这个……这个……那我就等着你给我当媒人……"

黄毛狗一边说一边抿着嘴笑，左耳挠一下右耳挠一下，像猴子，模样滑稽之极。

"不过我有个条件你一定得答应。做不到就别怪我食言。"

"你讲。"

欧阳旬旬脸上不再带笑，严肃地说："致富的问题，我可以慢慢给你策划。治好侄子的病，也包在我身上。我所要你最先改变的一点是：彻底解决清洁卫生问题。从今天开始，你必须每天将屋里屋外打扫收拾一次，包括你及两个侄子的个人卫生。"

"每天啊？有点难。两个月一次差不多……"

欧阳旬旬转身就要走。

黄毛狗急忙改口："半个月一次……"

"没商量，一天一次！"

欧阳旬旬异常坚定。

对待像黄毛狗这样懒散个性的人，绝对不能让半步，也不能给他"慢慢适应"的过程,必须强硬。

"那我试试吧。"

"不是试一试。干不下来就别答应,答应了就得从今天开始执行。我随时会来检查,哪一天不过关我就取消承诺。"

"哎!"

黄毛狗一咬牙一跺脚,双手前后一甩,急匆匆就朝屋后走去。

见黄毛狗突然放弃,欧阳旬旬有些难堪,正要开口将条件略略放宽,却见黄毛狗拿着一把竹制扫帚从屋后转了出来。

"欧阳书记,你马上回村委会去,你在这儿我施展不开手脚。"黄毛狗一边打扫一边说,"明天你来检查。"

欧阳旬旬微微一笑,转身正要离开,远远看见两个十来岁的孩子牵着一头水牛过来了。

看两人的面部特征,立即猜出这两人就是黄毛狗的侄子。

两个孩子都有点胖,脑袋比正常人略大,两眼斜吊,走路深一脚浅一脚。

面容倒有些跟黄毛狗相似。

待两人将水牛关进牛栏,欧阳旬旬走过去跟他们打招呼。

两人笑嘻嘻地看着她不说话。

欧阳旬旬微笑着问:"小朋友,告诉我你们叫什么名字好不好?"

两人笑嘻嘻地看着她,都不回答。

黄毛狗一边扫地一边说:"大的叫大佬,小的叫二佬。大佬二佬,快叫长姑婆。"

两河湾方圆几公里内,长辈叫男孩子都习惯性称"佬佬",所以很多父母在为男孩子取名时都愿意将"佬"字作为名字。前面只加姓和排行。

欧阳旬旬看过沈从文《边城》,也知道里面有个"大佬""二

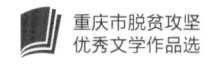

佬",懂得这个字的含意,也不觉得奇怪,但却没想到黄毛狗居然教两个侄子叫自己"长姑婆"。

她不明白"长姑婆"是什么辈分。

其实两河湾称谓中的"长姑婆",就相当于外地人嘴中的"姑奶奶",辈分极高。这个"长"字,不是长短的"长",而是长辈的"长"。

黄毛狗之所以让大佬二佬称欧阳旬旬为"长姑婆",自有他的一番逻辑。他是这样想的,彭老支书是他的长辈,欧阳旬旬代替了彭老支书一职,那么她也算是自己的长辈。这样一来,两个侄子自然就比她低了好几辈,按道理得叫"长姑婆"。

在两河湾一带,能够被尊称为"长姑婆"的人,至少要是辈分较高的本姓女子。黄毛狗让两个侄子这样叫欧阳旬旬,是为了表示极大的尊重。

欧阳旬旬不明白"长姑婆"是什么含义,也不反对他们这样叫自己。可惜黄毛狗教了好几次,两侄子只是嘻嘻笑着,"长姑婆"三字始终没叫出口。

欧阳旬旬走到黄毛狗身边,轻声问:"他们不肯服药是什么原因?"

"没什么原因,就是不吃。"

"家里还有药吗?"

"有。"

黄毛狗放下扫帚,去房间里抱了一个大纸箱出来,里面乱七八糟堆满了从未打开过的药瓶。

欧阳旬旬每一瓶都看了一遍,无非是一些如 γ-氨酪酸片、吡拉西坦片、盐酸吡硫醇片等人工合成"神经肽"类药物以及银杏叶片、维生素B_{12}、丹参、维生素E等辅助性药物。欧阳旬旬当即扔掉一些过期的,然后打电话问了一番在医院工作的同学后,将几瓶在有效期内密封完好的药瓶揣在包里,向着大佬二佬招手:"带你们到我那儿吃糖去。"

大佬二佬很少得过糖吃,听欧阳旬旬说起要带他们去吃糖,两人相互看着,嘻嘻哈哈半天,经不起诱惑,终究深一脚浅一脚地跟在欧阳旬旬身后朝村委会走去。

黄毛狗家离村委会并不远,绕两个弯,过一条小溪,几分钟即可到达。

欧阳旬旬从办公室里拿出两颗奶糖,各发一颗,让两人自行在院子里玩。不一会儿两人将糖吃完,跑回来围在欧阳旬旬身边打转。

欧阳旬旬知道他们心思,于是问:"糖好不好吃?"

两人嘻嘻笑着点头。

"还想不想要?"

两人摸着头傻笑。

欧阳旬旬将两颗奶糖拿在手里朝他们晃了两晃,然后取出早已经准备好的几粒药丸,微笑着说:"你们将这些小糖吃了我再给你们刚才的糖。"

大佬二佬嘻嘻嘻嘻地笑,眼睛望着奶糖,就是不伸手接药丸。

欧阳旬旬说:"吃了这些小糖再吃奶糖会更甜呢。"

两人虽然智力有障碍,但糖与药还是分得清。试用很多种方法,不肯就范,欧阳旬旬只好说:"真的好吃呢,不信长姑婆跟你们一起吃,好不好?我吃一粒你们吃一粒。"

两人嘻嘻哈哈地望着欧阳旬旬,不说好也不说不好,但眼光里却分明透露出认可的意思。

欧阳旬旬找来一张木桌,将药丸分为三等份,各倒了一杯热水,对两人说:"长姑婆先吃,你们跟着长姑婆的动作做。"

说完话,欧阳旬旬从木桌上拿起几粒药丸,慢慢放到嘴里,然

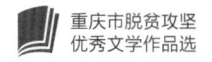

后端起杯子喝了一口热水，脖子后仰，将嘴里的药丸吞到肚里。

大佬二佬你看看我，我看看你，想要伸手去拿药丸又有些迟疑。

欧阳旬旬说："哪个先将小糖糖吞到肚里，我就多给一颗奶糖给谁。"

一听这话，两个小孩争先恐后去抢木桌上的药丸，不待欧阳旬旬教，就着热水"咕嘟咕嘟"几下就将桌上的药丸吃了下去。

欧阳旬旬给两人一人一个大拇指，微笑着说："大佬勇敢，二佬也勇敢。每人奖励三颗奶糖。"

两人得了奶糖，兴奋得手舞足蹈。欧阳旬旬从里屋拿出两个石诚大学时期给她买的小布娃娃，一人送一个，说："现在你们回家，明天放牛回来又到我这里，我们还是像现在这样围着木桌坐，先吃小糖，再吃大糖。"

大佬二佬兴奋得直拍手。

如此这般，为了哄大佬二佬服药，每一天欧阳旬旬都要亲自示范。

而这期间，在欧阳旬旬的监督和调教下，黄毛狗跟换了个人似的，不光家里家外打扫得干干净净，自个儿也精神了起来，不像以前那般自甘堕落，总是主动找欧阳旬旬为他介绍自主创业的门路。

春节期间，恰逢秀山旅游局组织考察团到外地考察乡村旅游建设，考虑到黄毛狗的具体情况，欧阳旬旬向镇里力荐黄毛狗为两河湾全村代表，心想长岭坡目前已经被政府批准为重点打造的土家特色村落，他大哥家那栋木屋又有阁楼又有大院，到时候将他家设为乡村旅游接待点，一定能帮助他摆脱贫穷……

正月初六向左在秀山火车站看到黄毛狗外表的变化，正是缘于欧阳旬旬的循循善诱。

时间一晃就过去了两个月，大佬二佬病症渐渐减轻，喜欢说话了，走路越来越利落，也愿意跟欧阳旬旬对话交流了。

去医院检查，说是大佬二佬的智力水平从原来的三四岁已恢复到了八九岁阶段，可以接受初级教育。

鉴于二人一天书也没读过，目前，欧阳旬旬正在与两河湾村小商量，让两兄弟到学校从一年级读起……

哪承想，欧阳旬旬却于不知觉间出现了身体的不适……她自以为这些"精神抑制"类药物少量服下不会出现太大的副作用，一时间哪会将恶心、呕吐等不适症状与此联系起来，还以为真是怀孕了，将石诚着实吓得够呛，最终还闹了一场去妇幼保健院欲做"人流"的笑话。

明白了事情的原委，石诚又爱又怜，一时不知该怎样表达心中的情感。最后只好叹息一声，说："扶贫工作我们肯定要做，而且要尽量做好，但我们的身体还是应该放在第一位置。比如示范服药，孩子嘛，你完全可以用一个假动作骗骗他们……"

欧阳旬旬莞尔一笑，深情地看着石诚，没有说话。

那时候正是傍晚，出租屋的格子窗口，天空很蓝很蓝，一轮明月如水一样清澈，从秀山城外的凤凰山顶缓缓升起。

春天正式来了，空气中充溢着花香的味道。

"只要老百姓能早日脱贫，个人的身体算得了什么？我们都还年轻，一切都是值得的。"欧阳旬旬心里想。她抬起头，透过窗户，十分坚定地将目光投向凤凰山巅。

第十六章

春风拂面,艳阳当空。

坝子里围满了人,有说有笑。

抵达村委会,向左刚好遇上刘新发从官庄山羊养殖基地为映格沟十三户特困户运来五十二只种羊。

广播里的歌声、车上山羊的叫声、坝子里人们的笑声……此起彼落,像乡镇赶集,场面极其热闹。

映格沟没有集市,很少遇上这样热闹、这样欢快的日子。

向左庆幸自己来对了时候。

不过他随手照了几张相片后,注意力便分散了,开始在人群中找寻林仲虎。他是性情中人,虽然有三个来月没跟林仲虎见面,但内心里一直挂念着他,希望他的身体不似自己想象中的那般糟糕。

坝子里却没有林仲虎身影。

张映光倒是站在一侧看热闹。

近几天张映光的两座厂房即将竣工,一千六百亩核桃树苗也已经栽种完毕。今天早上,他亲自开车从城里赶来映格沟,想要询问一下管理人员核桃加工厂竣工后投产的具体流程。

手下聘有两名得力的助理,映光合作社一切运作都用不着他操心。张映光隔三岔五地到映格沟来,他真正在乎的并不是他工厂建设的进展是否顺利,而是这一方纯净的山水。

心情再不好,只要进入映格沟地界,幽深的峡谷、清澈的河水、五颜六色的石子、两岸红红绿绿的植被、错落有致独具特色的民居……无一不让他心旷神怡,任何烦恼都烟消云散。

三个月不见,张映光似乎年轻了不少,向左远远地朝他打了声招呼，然后走过去向他打听林仲虎的去向。

张映光昨天才理的平头，发油打得有些多，看上去一根根头发又亮又直。此时他正在摆弄新买的LV钱包，见向左问起林仲虎，拍拍头，想了想才说："刚才还在坝子里安排哪家分到哪几只山羊，现在嘛……好像跟刘新发进了村委。对，应该是跟刘新发在一起。"

刘新发是五十二只山羊的卖方，山羊拉来了，自然要找林仲虎收取余款。向左不再着急，转回身将相机镜头对准牵着山羊、满脸笑意的特困户们……

只要掌握一定的技术，山羊养殖相对鸡鸭养殖来说要容易得多，少瘟疫，多利润。

刘新发出售的种羊属波尔山羊品种，要比本地山羊个头大，母山羊一年可产二胎，每胎产一至四崽，市场价格相对稳定，加之刘新发承诺保底收购，养殖户只要稍加用心，不出两年，特困户即可凭时下每户分得的四只山羊脱贫摘帽。

林仲虎早就给十三户特困户算过账，同时也一再嘱咐大家千万别鼠目寸光，不待生产小羔羊就将种羊给卖了。他将每一只山羊都编了号，而且宣布今后每一只种羊产了崽、产多少崽都得到村委会登记编号，没有村委会签字，谁也不准私自出售任何一只山羊。不然将取消该户当年的低保享受。

这实属无奈之举。

前车之鉴！

林仲虎害怕啊，不得不防患于未然。去年秀山扶贫办给十三户特困户发送的鸡呀鸭呀兔子呀什么的，原本希望可以依靠这些禽畜产蛋孵崽"发扬光大"，提高他们的收入，哪知道为解生活中的燃眉之急，这十三户特困户硬是将这些禽畜杀的杀卖的卖，现在家里一只不剩，根本就没达到扶贫增收的目的。

在发放山羊之前，林仲虎可不想再出现那样的状况，只好出此

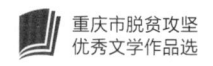

下策来约束大家。当然，真要是有谁触犯了这一规定，也不可能真就将他一年的低保给取消了，最多是吓唬吓唬，敲一敲警钟，让大家自觉地甩掉思想上的"陋习"：即使再困难，也不要光顾眼前，得着眼于未来。

不过部分贫困户并不理解林仲虎，有的更是阳奉阴违，当面一套背后一套。林仲虎万般无奈，不得不制定比较强硬的"特殊政策"。

他必须保证这十三户特困户通过养殖山羊脱贫。

向左明白林仲虎的苦衷，不过他还是比较反对这样用硬性的条款来约束贫困户，觉得林仲虎的担心有些多余，划定这样"独出心裁"的条条框框，真要是被贫困户们投诉到相关单位部门，说不准还会受到处罚。

在政府扶持的条件下，贫困户也应该有自己的市场选择权和资产处置权。即便是"第一书记"，也不应该强硬干涉。

好不容易等到刘新发从村委会走出来，向左与他有过一面之缘，原本想上前跟他打声招呼，哪知刘新发低着头只顾走路，压根儿就没朝他这边看。

"刘总，刘总……"

向左突然想起什么，快步追了上去。

刘新发回头一看，是向左，急忙收了脚步。

"向记者好。到映格沟采访啊？"

向左点了点头，然后说："一直想到官庄去找你做一个专访。今天遇上了，不如约一个时间怎样？"

向左早就从官庄镇政府那里听说了刘新发自愿帮扶英树村残疾贫困户李香水一事，有心想做一个专访，苦于一直没找到合适的机会。

"一般情况我都在我山羊养殖基地里，你随时可去。"刘新发礼貌地跟向左握了握手,"今天有事,得马上赶回去,失陪了。"转过身匆匆离开。

无意中向左瞧见刘新发两眼红肿。

"刘总昨天晚上可能熬夜了?"正自寻思,感觉有人在拍他的肩膀,回头一看,见林仲虎正笑眯眯地看着自己。

病入膏肓!

是的,病入膏肓!向左看见林仲虎的第一眼,这四个字就猛然从大脑里蹦了出来。

从面容上看,林仲虎脸色蜡黄,从精神状态上看,林仲虎憔悴不堪,这跟他魁梧的身材极不匹配。正常情况下,像他这般高大的个子,走路应该带"风声",说话应该带"钢音",然而现在的林仲虎却如一个"病西施",一眼就能看出他身体异常虚弱。

向左感觉自己的心都要跳了出来。

看来自己以前的判断没有错。

两三个月了,林仲虎身体每况愈下。这么长的时间,除了绝症,什么样的病都该好了。

不由脱口而出:"林书记,你身体……"

林仲虎笑着说:"没事,感冒一直不好。天气变暖或会好转。"

向左不无担心地说:"可是,两三个月了啊,从上次……"

林仲虎朝向左摇手,示意他不必说下去。

向左坚持说:"这两三个月,我一直在忙着其他乡镇的采访任务,没时间到映格沟。但我每次在电话里询问你的身体,你都说恢复得差不多了。可,可事实上……"

"我们换一个话题。好不好?"林仲虎摇手打断他的话,"既然你今天来到了映格沟,我想带你去一个地方走走。有时间吗?"

"专程到映格沟采访啊,当然有时间,不过我想说的是,你去医院拿过药没?还是身体要紧……"

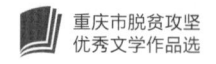

"别提我的身体，健康与否，我自己心里有数。"林仲虎再次打断向左的话，"我今天带你去十三户特困户当中的一家走走。我们村其他贫困户已经基本走上脱贫正轨，现在就担心这十三户无法在今年年底脱贫了，你是记者，得帮我出出主意。今天要去的这户比较特殊，扶不起的阿斗，我算是拿他没辙了。"

"你要我怎么做？"

"你们记者毕竟见多识广，思路要比我开阔，看怎样能够引导他一心扑到产业发展上来……"

"小问题。林书记你安排就是。"

向左原本还想跟他纠结一些关于身体上的事，但一提到身体林仲虎就会毫不客气地将他的话引开。不得已，只好不再提，不过心却是悬在半空无法落下。

有病不治，在现实中特别是现今社会，几乎不可能。即便算是贫困潦倒家庭，也会想尽一切办法治疗……

除非不可救药。

坝子里，村委会工作人员已经将五十二只山羊都分别发放到了特困户的手中，一些户主正牵着山羊往家里走，一些户主还围在旗杆下，向村主任彭强咨询相关问题，领取山羊养殖技术手册。

这些山羊养殖技术手册是林仲虎根据自己的养殖经验编写的，都是特别实用的技术。为了让文化程度普遍不高的群众能更快掌握其中最关键的技术，林仲虎花费了好几个夜晚，专门将养殖技术编成了又好记又实用的三十句"顺口溜"，通俗易懂，让村民们轻易就能掌握。

林仲虎要带向左去走访的那家特困户住在村委会的对面河岸，从杨浦岑农家乐"水源人家"过桥步行十分钟便到，地名对门董，户主名叫石四十，四十岁出头。

石四十的妻子是智障患者，至今仍说不清自己的老家在什么地方。她是几年前流浪到映格沟被好事者介绍给石四十做老婆的,能做一些简单的家务,能简单地与人沟通,但照顾孩子、管理钱财之类的事却做不来。

石四十喜欢打牌,家里的钱财都是由他掌管,遇上手气特差的时候,往往是输得一分不剩,导致家里经常性缺粮少盐揭不开锅。

石四十少有时间在家,平时林仲虎到对门董走访,往往是说半个小时的话他老婆也记不住一句,多次给她送去吃的穿的,到下次去的时候连林仲虎是谁还是不认识。每去一次林仲虎都不得不重新自我介绍一番。

前段时间县上组织检查团到对门董调查贫困户对"第一书记"的工作满意程度,问到石四十老婆时,她居然连续"哼哼"了好几声,嘴一扁,眼一斜,狠狠地说:"哪有什么第一书记?没得吃的、没得穿的。从来没有哪个干部到我家来看过。"

林仲虎顿时哭笑不得。

检查团"亲眼所见,亲耳所闻",任林仲虎几张嘴也辩解不清楚,只能默默地接受批评。

现在,林仲虎将向左带到石四十家,也是想让他从另一方面了解、报道一下扶贫干部在扶贫工作当中难免会遇见的苦楚和无奈。

原本以为山羊刚刚领回去,石四十肯定还在家里,哪知找遍了屋前屋后也不见他影子。

四只山羊倒是关在了猪圈里。

石四十老婆正在院坝里扯土墙上的干草。

林仲虎弯着腰问:"嫂子,你扯这些干草来做啥?"

石四十老婆头也不抬,自顾忙着她手里的活。林仲虎无可奈何地朝向左耸了耸肩,正准备再弯腰问话,却见旁边木屋里走出一个人来。

这人名叫石道来,几个月前在岔路口守过路栏,是欧阳旬旬

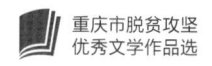

"准"老公石诚的父亲,也是石四十的亲大哥。向左见过他好几次,给自己的印象是忠厚老实,不多言多语。

石道来家境并不好,但却不是映格沟的贫困户,原因自然是大儿子石诚大学毕业找到了工作。虽然一家五口中石诚每月有两三千元工资,按照每人每年平均三千多元的基准经济收入,石道来家远远达到脱贫标准。

除了自己的正常开支,石诚仅能保证两个弟弟在学校的学杂费和生活费,对家里其他开支却难以照应。这样一来,石道来一家不是贫困户,却过着贫困户的日子。不过考虑到大儿子身份地位特殊,石道来从来不在人前叫苦,默默地做事,悄悄地创业,听到有什么经济作物值钱就去种什么,日夜操劳,尽量不拖映格沟脱贫后腿。

去年以来,秀山加大对全县贫困村的扶持力度,资助资金及扶贫项目种类繁多。为了避免村民们说闲话,石道来总是支持国家政策在前,享受国家政策在后。很多应该得到的福利都因儿子在政府工作而推掉了。就算是秀山扶贫办去年分发一批鸡苗鸭苗,原本映格沟每家每户都有,但他还是不愿增添国家负担,主动声明不要。后来听说村委会要求每家必须得有几十只鸡苗作家庭基本产业时,他硬是自己掏腰包从市场上买了三十只。现在这些鸡已经发展到了八十多只,春节时还让欧阳旬旬给湖北的亲家带去了三只土鸡、五十个土鸡蛋。

用石道来的话说,国家政策这么好,我们又不是帮国家致富,也不是帮"第一书记"致富,是为了自己生活得更富有,有什么理由不配合政府尽早地从贫困线上走出来?!

石四十的想法却跟他大哥完全相反,他认为自己穷,完全是政府的责任,国家有义务无条件扶助自己。哪一次政府有扶贫物资发放不到他的头上,他便会跑去村委会大吵大闹。

他常常以特困户自居，以映格沟他家最贫穷而引以为豪。隔三岔五就会跑去村委会打听新近有没有扶贫政策下来……

林仲虎记得清清楚楚，光是鸡呀鸭呀兔子呀都曾经破例发放给他几次，但每一次他前手领到，后手便低价转卖给了他人，换来的钱就用来打牌、喝酒。特别气愤的是春节前夕，林仲虎定下规定，映格沟每个贫困家庭必须种植五十棵以上的核桃树，他倒好，以为林仲虎是给自家出难题，核桃树是领了回去，却被他一股脑地丢进了自家土地旁边的山沟里。

不要树苗钱，不要肥料钱，问他为什么不种，他倒回答得理直气壮："种什么种！费力又费时，三年之后才能换成钱。你们脑子像进水了一样，为什么不开发一些来钱快的项目？！"

听了这话，林仲虎气得在床上睡了三天。原本不想再管他了，但三天之后，还是拖着病恹恹的身子去对门董做石四十工作。最后石四十虽然勉强答应了，但条件是林仲虎必须负责请人替他栽种，今后管理这片核桃林也得林仲虎找人代管。

林仲虎只能咬牙同意，并亲自上山去作技术指导。

春节前后是秀山各地最寒冷的时候，山风刺骨，等五十棵核桃树种下地，林仲虎却再次病倒，又在床上睡了几天。

石道来于心不忍，动员石四十去村委会找林仲虎赔一个不是。石四十将脸一虎，气汹汹地说："扶贫扶贫，他在映格沟扶了这么多年，帮别的村民都扶上了岸，我石四十还像以前一样穷，为什么我要去给他赔礼道歉？"

石四十将近三十六岁，才娶了流浪到映格沟的外地有智力障碍的女人，之前总是在外晃荡，昼伏夜出，吃百家饭，穿百家衣，养成懒惰无赖性格。石道来个性刚好与他相反，从来拿他没办法。几句话说不进油盐，只好自己买了水果去村委会看望林仲虎，并代替石四十说了一堆的好话。

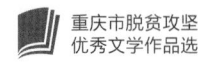

林仲虎并没怪罪石四十，自己病倒也与石四十无直接关系，反倒是好言好语恳求石道来，平常要多开导他弟弟，真要是全村都富裕了，只有他弟弟还在贫穷线上挣扎，苦的还是他自己。

不过林仲虎也相当了解石四十的为人，冥顽不化，很难从"等、靠、要"的思想中转变过来。这次邀请向左跟踪走访他家，就是要杜绝他之前的一些做法。四只山羊可不比几只鸡鸭那般不值钱，能不能在年底脱贫全指靠它们，要再让他牵去卖了换赌资的话，林仲虎真是想不出更好的法子对其帮扶了。

凭着向左的阅历，或会有方法从另外的角度对他进行开导。

若不从根本上解决思想问题，即便是一次性送石四十几千元现金直接脱贫，也会在两月之内被他挥霍一空，重新返贫。

石道来见是林仲虎和向左走上了门，急忙将石四十老婆从土墙边拉开，大声对她说："你天天都在这里扯草。快抬头看看，林书记又看你来了。"

石四十老婆上下打量着林仲虎，茫然地问："哪个林书记？"

石道来将她拉到房屋左侧，指着小门上方的"扶贫明白卡"中的照片："就是这个林书记，他经常给你家送东西来。不记得他了？"

"哪个记得哦，一天来来往往的全是人。"

石道来大声说："记不住人你就将这上面的照片记好，林书记对你家好得很，不能忘记他。"

石道来记得很清楚，前段时间就因为她一句"从来没哪个干部到我家来看过"，让林仲虎再次在全县的扶贫工作大会上被点名批评。

林仲虎却不觉得冤，也没在大会上申辩，他是这样想的，不管对方精神正不正常，只要她说出这样的话，就说明自己的工作还没做到位。真要是自己工作到位了，平常与老百姓打成一片，精神稍微不正常的人也会对自己有印象。

弯下腰正要跟石四十老婆讲话，突然感觉一侧的向左在用手肘示意自己。顺着向左目光朝远处看去，只见石四十提着一壶酒摇摇晃晃从外面回来了，身后跟着一个年青人。

林仲虎不认识这年青人。

走到院坝，石四十抬头就看见了林仲虎，吓得愣在了原地，提着的酒壶差点掉到了地上。

林仲虎并没发觉异常，笑呵呵地主动向石四十打招呼。

石四十猛然回过神来，转身对青年人说："你先回去，有事过后再说。"

青年人"咦"了一声："你不是急匆匆叫我来看山羊吗？才到地儿怎么就赶我走了？是不是反悔不卖了？"

石四十朝青年人挤眉弄眼："快走快走，过后再说。"

青年人犹豫着正要转身，向左却看出了端倪。朝着石四十冷冷一笑："山羊刚刚到手就找到买主了？"

"哪有……哪有……"

石四十还想狡辩，向左一把将青年人拉扯到院坝当中，大声喝问："说，是不是他叫来收买山羊的？"

青年人两眼一横："收买山羊怎么了？犯法吗？"

"不犯法。"向左挥一挥手，"你马上走，这山羊谁也不能买！"

青年人将向左横看一眼竖看一眼，然后转过身去，骂骂咧咧地走了。

林仲虎心中的那个气啊，原本蜡黄的脸气得苍白。马上从口袋里取出手机，拨通彭强电话。

"我现在在石四十家，这里出了点状况，你马上组织人员去其他十二户特困户家里，再三嘱咐，任何人不准贩卖一只山羊，否则按规定从重处罚。"

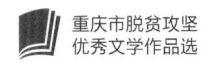

其他十二户当中是否有如石四十类似的想法的，林仲虎不得不防。

挂断电话，林仲虎将石四十盯了足足有半分钟，才一字一顿地说："你真打算将四只种羊给卖了？"

石四十偏了偏头："山羊分到了我家，就是我的了，喜欢卖喜欢杀是我家的事。"

"你就不想依靠它们发家致富？"

"哈哈，靠几只山羊就能发家致富？做春秋大梦去吧。"

石四十的态度就好像顽劣的小学生面对家长，认为家长逼自己读书完全是家长的一己私利，而对于自己却半点好处都无。

林仲虎气得说不出话来，摇摇晃晃站不稳脚跟。

向左去石道来家找来一条凳子，让林仲虎坐下，然后示意他不要说话：

"林书记，莫要气坏了身体，你就当没发生这件事。从现在起这里就交给我了。"

看来林仲虎之前对贫困户制定的一些约束政策并没有错，个别特困户的做法着实让人心冷。

向左气得牙痒痒，突然理解了林仲虎平日的苦衷。

林仲虎摇摇头："太不像话了，我必须亲自处理。"摇晃着站起身来，耐着性子对石四十说："你只要保证再也不卖掉这四只山羊，我可以既往不咎。"

石四十冷冷一笑。

"奇了怪了，我家的山羊，是你说了算还是我说了算？"

林仲虎还要讲理，向左担心石四十硬邦邦的话会让他身心受不了，上前将林仲虎拉到一侧，轻声说："林书记，请你相信我，像这种你不能解决的问题我分分钟搞定。我只有一个要求，你马上回村委会，就当没发生这件事情。身体要紧，知道吗？身体要紧。"

一边说一边示意石道来过来，对他说："麻烦你将林书记送回村委会。"

向左历来稳沉老练，林仲虎自然不用担心他的工作方式。加之此时肝区正剧烈疼痛，脑门上虚汗淋漓，急于打支"杜冷丁"止痛，也不跟向左客气，与石道来一起，跟跟跄跄返回村委会。

"杜冷丁"跟"吗啡"一样，属医院控制性药物，一般癌症病患者只能在医院里注射。即便与医生关系再好，也仅能凭借"癌症报告单"私下购买少量的这类药品。

前段时间林仲虎明显感觉到身体的疼痛在加剧，以正规渠道购买的"杜冷丁"远远不够他身体的需求。

刘新发得知林仲虎患的是肺癌之后，问他需要自己帮什么忙，林仲虎只提出一个要求：不管想什么方法，尽量多地为自己提供"杜冷丁"或"吗啡"。

为了方便，林仲虎已经掌握了自己注射的技巧。不过时下，他肝区及肺部疼痛感还未达到顶峰阶段，所以尽量避免使用比"杜冷丁"镇痛效果强十倍的"吗啡"，以免身体出现更多的副作用及依赖性。

刚刚刘新发在村委会掉泪，就是在交给林仲虎两盒"杜冷丁"的时候。"杜冷丁"或"吗啡"他可以满足林仲虎的需求，但是林仲虎疼痛的样子和越来越虚弱的身体，却让他感到无尽的伤感和绝望。

他当林仲虎为至亲，一定程度上可以算为救命恩人，可以毫不夸张地说，在任何情况下，他都愿意为林仲虎付出生命代价。

然而此时此刻，他能够为林仲虎做的，除了可以给他带几盒治标不治本的镇痛类药物外，就只能眼睁睁地等着他死期的到来……

这是何等的悲哀。何等的残酷。刘新发根本就无法控制住自己的眼泪，即使是在映格沟村委会。

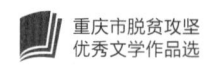

他觉得再也不能隐瞒下去了，他必须尽快将实情告诉表嫂高晓丽，或许只有她能够让林仲虎减轻痛苦……

待林仲虎离开，向左走到石四十跟前，咬牙切齿地说："林书记身体一直不好，却千方百计寻找让你们能脱贫致富的路子，你非但不知道感恩，反而跟他唱反调。是林书记上辈子欠你家的吗？为了你家能生活得更好，他求爹爹告奶奶，好不容易去官庄赊了一批山羊来扶持你们……"

石四十"哼"了一声："这些山羊是我们自家出的钱好不好？"

"你出的什么钱？"

"张老板发放的土地租金。"

"你家的租金是多少？"向左怒不可遏。

"具体我不知，起码也有好几百。"

"好几百！你还好意思说好几百。一只波尔种羊腿也得值好几百！你算算你家四只山羊到底值多少钱！"

石四十两眼一横。

"我才不管它值多少钱，反正我家出钱了的，没白要。再说我家这么穷，国家不应该送山羊吗？送了山羊不就是我的了吗？那么我今后卖和现在卖有什么区别！"

向左忍无可忍，拳头一挥："听你这些话，我怎么那么想揍你呢？"

向左想，怪不得林仲虎的身体越来越差，原来每天都是在跟这样的人打交道……就算没有病，气也要被气出病来。

"揍我？我就想哪个揍我。正愁这些天没米下锅了。"

石四十的意思向左当然明白，只要自己敢动手，他立即倒在地上，然后去医院躺个十天半月，又有人管吃又有人管住。

向左忍了又忍还是没忍住，挥起拳头就向石四十脸上击去。但随即想到，对方是政府重点扶持的特困户，眼看拳头快到他的脸上，一咬牙还是收了回来：

"我今天也不打你，但四只山羊必须全部收回。"

向左说着就怒气冲冲地朝猪圈边走去。

石四十紧赶几步拦在了猪圈门边：

"除非打死我，想牵走山羊，门儿都没有。"

可怜之人必有可恨之处！向左气啊，看来不动真格是制不服石四十的。拿出电话就给张映光打：

"张老板，我在对门董，请你派几个工人来一下，刚才送出去的几只山羊我想代林书记收回。这个人太不像话了！"

张映光与向左的关系不过是萍水之交，但在林仲虎的地盘上，向左的事也就是林仲虎的事。当下也不问缘由，几分钟不到就带着两名工人赶到了石四十家。

听了向左的讲述，张映光顿时火冒三丈，脸色气得铁青，一脚将院坝内的凳子踢飞到土墙外。

"气死老子了。居然有这样不识好歹的东西，老子今天非要揍他一顿不可！"

扑上去就要开打。

向左慌忙劝阻。低声在张映光耳边说："给林书记留点余地。"

石四十见张映光来势汹汹，慌忙退到一边，不敢再拿话激他。两名工人不待张映光命令，径直去猪圈里将四只山羊牵了出来。

张映光暴跳如雷，大声喝道："马上牵回去送给别的贫困户，一只也不要给他留。"既而转向石四十，指着他的鼻子说："惹老子！你家的土地我也不租了，明天就派人将你那块地上的核桃树砍了退还给你。林仲虎我管不了他，今后他爱来扶你的贫他就来，但在我手里，你休想找到一分钱！"

石四十脸色骤变。

张映光可是映格沟的财神爷，得罪谁也不能得罪他。

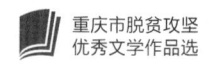

林仲虎原本在映光合作社争取到一个长期做工名额，只要张映光核桃厂一投产，石四十即可成为厂里的一名员工，每月两千元以上工资。真要是惹火了张映光，石四十进厂的机会就彻底泡汤。

映光合作社核桃种植基地虽然要三年后才到挂果采摘期，但核桃厂却可以随时运行，秀山及周边区县并不愁核桃资源，只要确定投产时间，即可大批量收购核桃进入加工环节。

这一下石四十就慌了神。

触及切身利益，痞子无赖嘴脸马上暴露无遗。变脸比翻书还快。

当即哭丧着脸，自己打了自己几大耳光，又是给张映光倒水又是连声赔罪：

"张老板，不是我有意要冲撞林书记，实在是最近手头紧，欠了别人的赌债，才不得不想出将山羊卖掉的昏招。我大错特错，你就饶我这次，再也不敢犯了！"

"你这样的人，值不得我饶你！如果不是看在你们林书记的面子上，老子今天非得好好收拾你一顿！"

张映光两手一挥，看也不看石四十一眼就自顾走了。

石四十真慌了，转身去求向左。

向左毕竟心软，叫两名工人将四只山羊牵了回来，然后说："这四只山羊暂且就寄存在这里，好生养着，今后但凡冲撞林书记一次，立即派人来牵回村委会。"

石四十点头哈腰：

"我知道林书记是为我家好，再也不会有下次了。"

"实话告诉你，你求我、求张老板都没用。"向左怒不可遏地说，"林书记才是映格沟的带头人，他要不松口，四只山羊随时都有可能被收回去。"

"知道，知道。"石四十点头哈腰。

"你马上去村委会找林书记求情,没有他出面,张老板的气就不会消。"

石四十吞吞地问:"我该怎样向他求情呢?"

"凡是你能想到的好话都说尽!而且必须向他书面保证三点:第一,全力支持林书记的扶贫工作;第二,从今天开始戒赌;第三,管理好自家的核桃树,养殖好自家的山羊。这一二三点一个都不能少!"

石四十点头哈腰。

"好,我一定照办,一定照办……"

第十七章

高晓丽几乎一夜白头。

红色奔驰小车急驰在渝湘高速重庆至秀山路段,好几次差点与前车追尾。

两个小时前,高晓丽跌跌撞撞从西南医院狂奔而出,扑伏在大门前的老槐树上,痛哭失声。这是她第一次在这么多人面前失态,号啕痛哭的声音似乎传遍整座医院。

西南医院人来人往,或许是见过太多类似的场景,极少有人驻足围观。

前天晚上,高晓丽接到宫吕电话。

宫吕以十二分谨慎的语气对她说:"晓丽姐,冒昧地问一句,林书记最近的身体怎么样?"

高晓丽感觉宫吕语气怪怪的,心想她怎么认识林仲虎,又怎么突然关心林仲虎起来。

爱理不理地回答:"他身体一直就是这样呀。不好也不坏。"

"你多久没见过他了?"

"年前见过一次。怎么回事?"

高晓丽原本就觉得宫吕平常话多,只是鉴于双胞胎儿女在她班上读书才耐着性子与她周旋。这次蹬鼻子上脸,居然管起了自家的事来,让她心里极为不爽。

"听我老公向左说,似乎林书记最近身体状况极差。"

近几年,高晓丽即便与林仲虎一起,也较少去关注他的身体状况。特别是最近这几个月,原本就少有与林仲虎见面的机会,对他的身体健康情况更是一无所知。见宫吕突然又将向左的名字亮了出来，不由心头一烦，没好声气地问："他怎么说？"

"向左说，三个月前他便发觉林书记身体异常了，这三个月间，向左电话问了他好几次，无奈林书记讳莫如深，始终不愿跟他谈身体健康的问题。今天早上，向左因采访再一次见到了林书记，感觉他的身体越来越差了，气色相当不正常。晚上回家后，他千嘱咐万叮咛，要我将这个情况告诉给你，希望你能够去映格沟看看，顺便问一问林书记到底是不是生了什么病。向左建议最好是你能够马上陪他去医院看看。真要是有什么病，别因为工作而耽误了治疗。"

高晓丽嘴角上扬，不以为意。

林仲虎的身体她心里是有数的，年轻时候咳嗽都很少，几乎也没服过药。即便是结婚后有了林小玲、林小珑，仍然壮得像一头水牛，一口气可以从凤凰山脚跑到凤凰山顶；扛两个装满液化气的钢气瓶从负一楼走上二十二层，不歇一次脚不喘一口气。就算真如向左所言最近林仲虎气色较差有些咳嗽，大多也是工作压力太大所致，对其身体而言，不会出现大的状况。

"晓丽姐，向左很关心林书记的身体，"宫吕不厌其烦地说，"今晚回到家就一直在埋怨自己应该更早地给你通报一声，你一定要去……"

"我说没问题就没问题，"高晓丽不想再听宫吕唠叨，迅速打断她欲要继续说下去的话，"我看你还是更多关心关心自己是否怀孕吧。"

宫吕胖乎乎的十分单纯，根本就听不出高晓丽话语中的轻重，还以为她是在关心自己怀孕的事情，马上兴奋地说："向左现在对我可好啦，烟也戒了，也去保健院作了孕前检查，现在我们也没采取措施了，不出意外的话，两三个月内就应该怀上……"

高晓丽哪爱听她这些小孩子过家家的话，装出一脸笑意："那就提前恭贺了。没其他事我就挂断电话了？"

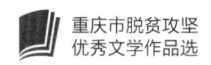

宫吕无比认真地说:"还想说一句,就是多谢晓丽姐对我和向左的教导。等我们有了孩子,一定第一个通知你。"

高晓丽轻蔑地眯了一下眼睛,挂断了电话。整个秀山城,要感谢她的人多不胜数,她可不愿将这些区区小事挂在心上。

不过宫吕既然专门打电话跟她谈论这件事情,而且是半夜,让她或多或少有些心虑,觉得很久没给林仲虎打电话了,毕竟是夫妻,林仲虎一直一个人在扶贫一线奋战,适当的慰问还是应该的。

想了又想,直接拨打林仲虎视频电话。

电话接通了,视频却相当模糊,似乎林仲虎房间里没有开灯。

"怎么看不清楚,睡了?"

"睡了,今天又去了一趟半坡组,走路时间长了,有些累,睡得比较早。"

"你们的工作我不懂。不过,不管再苦再累,身体还得自己照顾好了。"

"身体你就放心,再累也拖不垮。只是近段时间可能是天气时冷时热的原因吧,总是处于感冒状态。"

"村里有药房没?"

"有呢,感冒药买了一堆,不怎么见效。"

"哪天去镇上打一针。打针比服药好得快。"

"放心,放心,哪天得空一定去。"

高晓丽挂了电话。从林仲虎的语气里可以听出虽然有些瓮声瓮气,但中气十足,没什么异常。正待宽衣睡觉,手机铃声响起,是表弟刘新发的号码。

刘新发吞吞吐吐东说一句西扯一句,说了半天高晓丽也没听出他所要表达的具体主题。不由哈哈大笑:"刘总啊刘总,半夜三更你是来找嫂子我搞笑的吗?"

刘新发突然沉默不语。

在高晓丽面前，刘新发向来是有一是一，从来不开玩笑。见他突然不说话了，高晓丽不由吓了一跳，猜测他一定是有什么严肃的事情要给自己讲，当即收住笑声，轻声问："出了什么事吗？"

刘新发哽咽着说不下去。

"怎么了？"

高晓丽知道刘新发妻子身体单薄，疾病常年缠身，最近几年稍有好转，就一直在重庆陪女儿读书。一般情况下家里只有刘新发一人。刘新发这么半夜给自己打电话，而且语无伦次，说了半天还不知道什么是重点，心想坏了，一定是弟妹在重庆出现了状况。

"快告诉嫂子，是不是弟妹……"

刘新发说："不是弟妹。我不知该怎样给你说。"

这样一说，高晓丽心头更是忐忑。他既然回答的是"不是弟妹"这四个字，说明除了弟妹外一定还另有亲人发生了意外。

"你说呀，到底遇上了什么事情？"

"是，是表哥……"

"林仲虎？"高晓丽瞬间放下心来，"我刚刚才跟他通了电话。是他骂了你吗？"

既然刘新发提到的人是林仲虎，高晓丽马上就排除了亲人们发生意外的可能。所以，随即猜测应该是刘新发与林仲虎之间闹了什么不愉快。

"他是表哥，打你骂你都没有错。"

想象刘新发在电话那头委屈的模样，高晓丽不禁哈哈一乐。

"嫂子，"沉默半晌，刘新发才说，"你一直都蒙在鼓里，我考虑了很久，决定将实情告诉你，你一定要坚强，是关于表哥的事，非常严重。"

"非常严重？"

高晓丽心头一紧，习惯性地瞬间作出判断：莫非他林仲虎有外

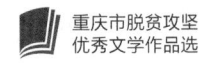

遇啦？怪不得这几个月长时间不归家。

高晓丽性格上虽与林仲虎不符，但两人感情却相当牢固，从来没有吵过架，双方也从来没有传出过任何绯闻。这么多年来，尽管两人相聚时间极少，彼此间却从来没有心生疑虑。

只不过两人的性格都是事业至上型，各为各的事业疲于奔命，以至于日常生活中常常忽略了对方的存在。

然而刘新发提到"非常严重"四字，除了林仲虎有了外遇能够达到这一程度，高晓丽想不出其他事由。

"是，非常严重。请嫂子千万做好心理准备。人一辈子不可能不受打击，既然我们遇上了，就一定得扛住，往宽处想。"

再刚性的人都有其柔软的一面，即便如高晓丽之流亦不过如此。自出生以来，高晓丽在学业、婚姻、家庭、事业等各方面都一帆风顺，从未处于逆境，致使她骨子里养成"居高临下""八面威风"的高调态势。

不过，正因为是这样性格的人，才往往更难承受猝不及防的打击。在她心中，自己千般优秀万般聪颖，同年龄女性之中几乎极难有谁能望其项背。假如林仲虎在感情上背叛了自己，她维系太久的颜面和优越感将在刹那间土崩瓦解，乃至荡然无存。

这是她无论如何也无法承受的重量，向来挺立的腰板陡然松软下来。

"他……怎么可以这样对我……"

这句话充满了委屈和幽怨，这般的语气平常在高晓丽词库里是永远不可能存在的。在她的观念中，这种语气仅属于弱者，强势的人永远不可能说出这样示弱的话。

她第一次感受到了自己内心世界居然还隐藏着柔弱的另一面。

她感到惊讶，但又控制不住情绪。

"我哪一点对不住他，怎么可以这样对我？"她越来越觉得自己就像一个怨妇，非常明显地感受到自己哽咽的声音里充满了颤抖。

"嫂子，可能你没听明白。"刘新发低声地说，"我是说表哥他的身体，最近出现了非常严重的问题。我不知该怎样告诉你，可能，可能……表哥他……"

"身体？"

高晓丽脑袋"嗡"的一下，感觉到整个心脏的血一齐在往喉咙口涌。刘新发一个电话让她云上云下沉沉浮浮了多次，晕晕乎乎，任她冰雪聪明一时也找不着北了。

不过有一点她很清醒，联系到宫吕的上一个电话，说明一定有什么重大变故发生在林仲虎身上。

她深深地连吸了好几口气，尽量让自己保持冷静，不再去瞎判断瞎推理瞎分析，静静地等待刘新发的下文。

"我考虑了很久很久，特别是今天早上去映格沟见到表哥后，觉得已经到了非告诉你不行的地步……"

"快，不要啰唆。快说是怎么回事……"

"表哥他，得病了，重病……"

高晓丽心头一愣："重病？什么病？"在她的脑海里，"重病"一词应该与林仲虎相隔十万八千里。

刘新发声音沙哑地说："他，他，得的是肺癌，没有几天日子了……"

晴天霹雳！

猝不及防！

还没等刘新发挂断电话，高晓丽触电一般，整个人已经瘫软在床上……

一夜无眠。

高晓丽坐在床沿上一动不动，头、眼、手、脚保持同一个姿势，天几时亮的也不知道。

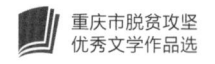

窗外似乎下起了雨,淅淅沥沥,淅淅沥沥,偶尔有春雷阵阵,滚滚而来又滚滚而去。

蛰伏了整整一个冬天的雨季终究来临。

天亮了。

二十年了,高晓丽第一次没有梳妆,没有挺直腰板,佝偻着身躯走出小区的刹那,仿佛每一滴雨点都淋湿了她的全世界。

一夜之间,两鬓斑白。

天真的亮了。高晓丽却觉得前方的路漆黑一团。

万箭穿心之下,高晓丽两天之内接连做了两件事情:一是去映格沟见林仲虎;二是到西南医院查看林仲虎去年的病历。

两件事得出的结论一件比一件令她揪心。两天之内,所有的侥幸心理全部被现实击打得粉碎……

在映格沟看见林仲虎的第一眼,她便知道刘新发所言非虚。林仲虎的病态已经从骨子里渗透到眉宇发间,只要眼不瞎,就一定能够看出他诸多地方"不同寻常"。

在心里,高晓丽已经责怪自己千百遍了。这么大一个活人,从健壮到病入膏肓,自己身为人妻居然一无所知。

作为妻子,她已经严重失职。

面对林仲虎,她不敢流露出一丝一毫的悲伤,装作什么也不知道,只简单地在映格沟村委会门口与林仲虎交流了几句就匆匆离开。

回到家里,紧闭门窗,放声痛哭。

人生的低谷,来得太过突然。

电话响起。

是宫吕。

高晓丽原本不想接听,但想起曾经给予宫吕的态度,深感愧疚,于是强忍心头的悲痛,小声说:"宫老师,我有点事,有话请明天再讲。"

宫吕说:"我就在你的门外,请开门。"

高晓丽吓了一跳。

宫吕这个时候找上门来,无非只有一件事——家访。林小玲、林小珑跟爷爷奶奶住在秀山西街老城区,宫吕一定是去那里家访之后,带着林小玲、林小珑找到自己住的地方来了。

披头散发,面容惨淡,现在的模样绝对不能让儿女看见了。

"你跟谁在一起?"高晓丽小心翼翼地问。

"只我一个人。向左担心你,让我过来看看。"

突然间,高晓丽泪如泉涌。她曾经轻视过的人,居然在自己最伤心的时候第一时间出现在面前。这是她无论如何也想不到的。此时此刻,她太需要找一个人倾诉了,而宫吕恰恰是最适合的那个人。

门打开,宫吕突然鼻子发酸。

宫吕几乎不敢相信自己的眼睛。

不管是神情上还是面容上,眼前的高晓丽,与之前判若两人。以前那个高冷无比的高晓丽居然变成了弯腰驼背的半百老妪。

宫吕感情无比脆弱,二话不说,扑进屋抱着高晓丽就哭了起来。已经不用更多的问询了,从高晓丽的整个精神面貌上就可以推知林仲虎所患病症。

下午四时许,向左从乡镇采访回单位,在城区等待红绿灯的时候,看见一辆红色奔驰迎面驶来,并不理会红灯提示,直接闯关。

"谁这么霸道?"

出于职业敏感,向左特别留意了一下红色奔驰的车牌号和驾驶员。

没想到居然会是高晓丽。

看她神色憔悴,两眼无光,马上判断高晓丽此刻的心情一定与

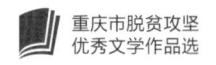

林仲虎的病情有关。

向左回到家里，怎么也放心不下，就让宫吕找上门去探一探情况。宫吕虽然没去过高晓丽的小区，但她是林小玲、林小珑的班主任，自然轻易就能问到高晓丽所住小区、楼层及门牌号。

在宫吕的心目中，高晓丽就像她的偶像，一言一行高贵优雅，接人待物十分得体，可以说没有高晓丽不知道的事，没有什么事是高晓丽不能办到的。正如偶像剧中的那些高级白领，高端、大气、上档次，其气质和魄力常常令宫吕倾慕不已。

然而女人毕竟是水做的，虚幻的外象遇火即化。高晓丽突然以一个可怜兮兮的半老徐娘形象出现在自己面前，宫吕此时唯一能够做的，就是张开双臂将她拥入怀里，陪她哭喊，听她倾诉。

高晓丽也是凡人，她同样承受不了即将失去爱人的致命打击。

两人哭得跟泪人似的，直到傍晚降临房间内看不到光线。

"接下来，我不知该怎么办才好。"高晓丽渐渐冷静下来，她起身打开灯，给宫吕倒了杯热水。"既然他决定隐瞒病情不告诉任何人，说明他不愿意任何人替他担心。我该怎么办？是装作并不知道他的病情，还是跟他摊牌，强制性地将他送去医院？"

宫吕并不是一个经历丰富的女人，也不具备大智大勇可以力挽狂澜于危急的气魄，要是平时，在高晓丽面前她连小学生都算不上，但现在，高晓丽需要有一个人与她商量，有一个人能为她出主意，即便出不了主意，至少可以倾听一下她的心声。

宫吕猛然感觉自己长大了。她拭去眼角的泪水，像一个成熟女人一样思虑了一番，然后才说："按道理，不管林书记患的是什么病，都必须将他送去医院治疗。扶贫工作那么辛苦，何况一个生病的人呢？"

"可是，他患的是治疗不好的病……"

"那也应该治疗啊。"宫吕忍不住眼里又涌出泪水。"再说，现在医学那么发达，什么病都能够治好……"

高晓丽摇头："我表弟说了，仲虎他曾经亲口承认自己患的是肺癌，并且癌细胞已经转移，治是肯定治不好了的。"

"有没有可能出现误诊？"

"西南医院，误诊的概率小之又小。"高晓丽万分绝望。

宫吕想了很久，不知道该怎样为高晓丽出主意。她趁上厕所的机会打电话问询了向左。

从厕所出来，宫吕说："我考虑得不成熟，你可以参考一下。我是这样想的，林书记到底患的是什么病，我们先不去下结论，他生病了这是肯定的。我的意思是，当务之急我们得先了解这种病到底还有没有救？有一线生机，不管想什么办法也要将林书记送到医院去治疗。真要是治愈机会为零，何不成全他的理想，装作什么也不知道，让他继续奔波在映格沟的扶贫工作上。"宫吕俯下身，抚了抚高晓丽的肩头，"而晓丽姐，你要做的就是尽可能地在他身边，照顾他，陪伴他，让他在扶贫一线上走完余生，这对他来说，或许是无上的光荣，说句不太恰当的话，这也叫死而无憾吧。"

沉吟许久，高晓丽说："我知道该怎么做了……"

"怎么做？"

"去西南医院查他的病历。再拿着病历去问我认识的医生。"高晓丽幽幽一叹，"然后就可以确定我接下来到底该怎么做……"

那一夜，宫吕一直陪在高晓丽身边。两人说一会儿又哭一会儿，都觉得人一辈子，或想升官发财，或想名满天下，其实仔细想想，一切都是身外之物，除了生命什么都不重要。

"真希望林书记他什么病也没有啊。"

宫吕虔诚地祈祷。

第十八章

天塌了。

残酷的现实终于得到最后的证实。

从西南医院回来，高晓丽隐藏好所有的悲伤，借故这阵子旅行社生意不好，去映格沟陪林仲虎住了十天。林仲虎在村委会她也跟着在村委会，林仲虎去山坡上她也跟着去山坡上，林仲虎去百姓家她也跟着去百姓家……

也正是这十天，让高晓丽见识到了农村条件的艰苦与扶贫工作的艰辛，不由更加心疼起林仲虎来。

这十天高晓丽尽量露出微笑逗林仲虎开心，同时不给予他一丁点压力，只要发觉他有不适之感，立即找一个借口离开他的视线，让他有足够的时间处理疼痛。

到第十一天，高晓丽准备回家。当时天气晴朗，万里无云，高晓丽装作十分随意地对林仲虎说："今天是两个孩子的生日，不如你开车送我回去，在西街父母的老屋里吃一顿晚饭你再回来？"

林仲虎居然答应了。

从西南医院回来的那天傍晚，林仲虎将车停在秀山高速路出口很久，他内心里非常想马上回西街去看望家里的父母和孩子，但犹豫了一番后，他还是决定暂时不回家，他害怕正处于脆弱阶段的自己在父母面前突然崩溃……

而林仲虎最近的心情相当不错。这个时间段，映格沟的扶贫进程十分顺利，通过自查，全村八个组已经有五个组达到脱贫标准，同时张映光也邀请到了另外两家企业到映格沟投资白茶和香椿产业。

只要这两家企业正式投入运营，映格沟整体脱贫指日可待……

很久没有回家，看见父亲的时候，林仲虎好想流泪。父亲已经明显老了，腰弯了背驼了，两眼也变得浑浊不清，当年任乡镇干部时那股雷厉风行的劲头在他身上早已经见不着一丝痕迹。

那时的父亲，风华正茂。

直到现在，映格沟还不时有村民提到三十多年前那个将"穷过河"改名为"映格沟"的驻村干部，其实这个驻村干部不是别人，就是林仲虎的父亲林浩然。

林浩然是典型的"草帽""泥脚"干部，与老百姓同吃同住同劳动，没有半点官架子，在映格沟一带深得民心。

林仲虎不想凭借父亲的这一光环而获取当地村民的认可，所以自从调到钟灵镇工作起，从来就没有向任何人透露过两人的关系。

为什么要将"穷过河"改名为"映格沟"？具体原因林仲虎没问过父亲，但据当地村民讲，当时的穷过河实在是太穷了，吃不饱，穿不暖，每三户人家都有一个老单身汉，是当时全县有名的光棍村。穷过河，穷过河，顾名思义，就是穷到家了。当地村民认为可能是地名不吉利导致的，于是要求林仲虎父亲给改一个吉利的名字。那时的林浩然相当有魄力，毫不犹豫就说：改革开放了，相当于财神爷进村了，我们这里的地理环境又是一条小河沟，加上"映格"又是"财神"的意思，不如就叫映格沟村吧。

于是"映格沟"就沿用到了现在。

地名是改过来了，村民们也有了吃有了穿，但是真正的财神爷却一直未到，全村大多数人家都还在贫困线上挣扎，没有余粮，没有存款，属全县八十五个贫困村之一。

直到去年七月林仲虎任职"第一书记"后才有了明显的变化……

现在，映格沟即将甩掉"穷过河"的帽子，正待成为名副其实

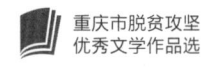

的"财神"沟。

母亲在厨房忙碌着晚饭，高晓丽正辅导两个孩子写作业。

为了掩饰自己的病态，林仲虎围了一条厚厚的围巾，遮挡住半张脸，极少说话。

父亲坐在沙发上，盯着林仲虎看了很久，突然沉沉地叹息："儿子，瘦了啊，是不是扶贫工作太辛苦？可要注意身体啊。"林浩然身为老驻村干部，理解儿子长时间不回家，但看见林仲虎身形明显瘦了很多，虽然看不清他的面容，心里还是颇为担忧。

林仲虎拉了拉遮住半张脸的围巾，低着头说："父亲，儿子身体好着呢，请你别担心。只是最近有些感冒。"答完话，他偷偷地瞄了一眼父亲苍老的面容，不自觉中，想到了三十年前的那个冬天。

那时候自己只有十岁，是一个相当顽劣的孩子。父亲为了教育锻炼他，在寒假的时候，将他从城里带到了遥远的映格沟，让他体验一个月农村的艰苦生活。

林仲虎那年刚上小学三年级。父母二人都是乡镇干部，给他的教育方式不可谓不科学、不严谨。然而不知是叛逆期提前还是生性顽劣，从八岁开始，林仲虎便与父母敌对起来，放学后说不回家就不回家，稍不顺心就大吵大闹。

想了无数的办法，甚至带他去各地看心理医生都无济于事。最后父亲给想出了一个招数，"不如让他去我驻村的地方锻炼一个月吧。让他接受接受农民伯伯的再教育。"

林浩然当时驻村的地方就是映格沟。

那时候映格沟还属于中溪乡，从钟灵到中溪有一条窄窄的毛坯公路，但却少有车辆，更无客车，全靠双脚走。一路上，父亲最担心的是林仲虎走不了多远便要求"打道回府"，哪知道林仲虎越走越有精神，特别是进入映格沟地界，顺着小溪流，每拐一道弯就要赤足下一次水，山溪水又凉，河底石子又滑又硌脚，原本父亲是要背着他走的，但是没想到林仲虎每次都要比父亲先过河到对岸。

"这个地方有山有水，真好玩。"当时的林仲虎兴奋之情溢于言表。

毕竟他从小没离开过城市，没见过这么蜿蜒的河流和这么雄伟的山峰。

进入村子后，林仲虎却傻了眼。每家每户的院子里都像水田一样积满了泥泞，鸡粪、猪粪、牛粪遍地都是，空气中弥漫着他从来不曾嗅过的刺鼻臭味。他突然觉得累极了，气喘吁吁地坐在路旁的一块石头上，不想再往前动一步，只想马上逃回城里。

那时，映格沟的村委会是在一个叫"社屋"的地方，全村人口最集中的地方，村委会办公场所虽然是用石头砌成的房子，但内外都用白石灰涂过，在全村的房屋中算是最有"档次"的一幢。屋前有一块宽敞的水泥地，这也是村子里唯一的一块水泥地，全村人夏天晒谷子、冬天摆酒席都会到这个地方来。

为了真正达到锻炼目的，林浩然安排林仲虎住在半山上的一户人家中，离映格沟"社屋"两公里山路。

无水、无电、无公路。

这户人家当时在映格沟属中等偏上收入家庭，户主名顾老蛋，三间木屋，两侧各配有一间吊脚楼。

上世纪70年代初，知识青年上山下乡，一个从成都来的女青年第一天来到寨子里，居然满寨子都找不到厕所。后来内急得实在不行，才找一村民问询。村民指了指屋前肮脏的猪圈说："每家每户都有猪圈呀。猪圈就是我们解手的地方呀。"

农村猪圈又矮又窄又脏又臭，常常有至少两头大小不等的黑毛猪在圈里乱叫乱窜，女青年顿时傻眼了，实在想不明白村民们为何会将厕所设在猪圈里。而且猪圈四壁大都是用木棍和竹板稀稀拉拉

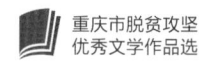

捆绑而成，如果有谁从猪圈前经过，随时就能透过木缝看见里面……

林仲虎去时，村子里仍然沿袭着这一习惯。

不过顾老蛋家的吊脚楼却让他十分感兴趣。

在城里长大的林仲虎木房子也很少见过，更不用说吊脚楼了，当即要求住到吊脚楼上。

土家吊脚楼历来是土家人给自家女儿建的绣花楼，小青瓦、花格窗，司檐悬空，绕楼曲廊，木栏扶手，走马转角……非常精美独特。顾老蛋的姐姐小时候曾经在吊脚楼上住过，一九七二至一九七八年这六年间，满寨子找厕所的那个成都女知青也在上面住过，之后就再也没有住人，整栋吊脚楼堆满了不常用的农具和柴火，楼道上、楼房里蛛网遍结，灰尘满地。

如果要住在楼上，一时半会儿很难收拾出来。

无奈之下，林仲虎只好跟顾老蛋的四个孩子住在一起。

顾老蛋的二儿子顾笑水与林仲虎同岁，二十岁时去太阳山村半坡组当了上门女婿，因为贫穷，至今仍生活在半坡组，是目前仅余的六户贫困户之一。

因为映格沟修路问题，林仲虎曾几次去过顾笑水家，用"家徒四壁"来形容他家一点也不为过。而顾笑水，四十岁的人，谢顶，满面皱纹，看上去就像六十岁一样。

顾笑水已经不认识林仲虎了，林仲虎则是凭他稀有的姓氏猜测他就是顾老蛋的二儿子。不过林仲虎一次也没有与他提及过往事，原因很简单，他不想沾父亲在映格沟苦心经营多年的光。但他心里已经千百遍地下定了决心：一定要在有限的生命里想办法帮助顾笑水及另外几户人家走出贫困。

上次陪欧阳旬旬到半坡组去考察，回村后第一时间他便开始着手考虑解决顾笑水和其他几个村民到映光合作社做工的问题。目前，那几户人家已经在他的帮助下种植起了黄精、新品辣椒、白茶等多种中药材和经济作物，有三四种短期见效的作物再过一两个月就可获得丰收。

往事不堪回首。

那次，直到晚上入睡的时候，林仲虎才知道山村人家的条件有多艰苦。

卧室一团漆黑，没有窗户。整个房间除了两个装玉米、谷子的黑柜子外就只有一张床了，床也是黑色的。晚上睡觉，五个人挤在一张床上，大冬天睡的是凉席，被子三年未洗，又硬又臭，似乎还有跳蚤在咬。特别是床头一角落还放有一只臭气熏天的尿桶，令林仲虎一晚上也没睡着觉。

第二天晚饭后，林仲虎觉得身上痒得有些难受，便想洗个澡、换一下衣服。院里院外到处找也没有找着洗澡的地方，就问顾老蛋："叔叔，我洗澡在哪洗呀？"

顾老蛋半天没回过神来，似乎这个问题问得太唐突太不可思议，愣愣地将林仲虎看了良久，才说："洗澡？大冬天的洗什么澡！"

在那时候的农村人眼里，冬天洗澡相当于天方夜谭一般神奇。整个冬天根本就不可能有谁会想到"洗澡"这个词语去。别说小屁孩，便是天天在地里干农活的大人，晚上最多也只是用湿毛巾擦拭一下。

担水要到两公里以外，谁家劳力有多余得会浪费那么多的水用来洗澡？即便是夏季秋季，要洗澡也只能来回走两小时山路去山脚下"社屋"旁的梅江河里洗。

半个月后，林仲虎再也待不下去了，强烈要求父亲带他回城，并保证今后一定好好读书，再也不调皮了。不过也正是那半个月的经历，让林仲虎与映格沟结下了不解之缘，也充分认识到了山村群

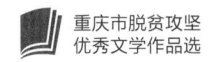

众生活的不容易。现如今,林仲虎拼死拼活地在映格沟扶贫,一半缘于政府委派职责,另一半则缘于内心情感迸发。

他从小都希望映格沟今后一个贫困人口也不要有。

父母及孩子都不知道林仲虎身患重疾,见他好不容易回来一次,像见到稀客一般,都表现出高兴的神色。

晚饭的时候,高晓丽对两个老人说:"你俩的年龄越来越大,要不,等扶贫工作忙过之后,我和仲虎就搬过来与你们住在一起吧?"

林仲虎心想这辈子已经很难实现这个承诺,不禁鼻子一酸,急忙低头。

母亲什么话也没有说。

只是父亲在林仲虎准备返村时,才有意无意地说了一句:"工作固然重要,但家也要常回啊。"

极有可能这是林仲虎最后一次回家了……

高晓丽偏头望向窗外,强忍着没有流泪。

第十九章

雨过天晴。

四辆十九座中巴车停在两河湾村委会旗杆下，五十余户贫困家庭代表以及十多名在外打工想要回乡创业的青年喜气洋洋坐在车内等待欧阳旬旬发号施令。

欧阳旬旬一身正装，彭老支书及其他村民则都着土家民族服饰。

集中出游，这在两河湾史无前例。

清明前夕，春暖花开，适合于踏青、郊游。欧阳旬旬有意选定在这样的日子，将两河湾正在创业或正准备创业的贫困户及在外打工青年集中组织起来，去梅江镇兴隆坳和民族村观摩当地农户发展种植产业模式及苗绣的生产推销过程，学习创业成功先进经验。

欧阳旬旬坐一号车。

彭老支书坐二号车，覃西梅坐三号……每一辆车上都配了一名及以上的村委会干部。

一号车带的大都是之前在外打工的青年，有好几人几年未回家乡了。路过宋农镇时，欧阳旬旬指着半山坡一幢连着一幢的小木屋，介绍说："车窗左侧山坡，那么多的木栅栏，全是鸡舍。这是宋农'十里土鸡长廊'景观。土鸡养在山上，鸡蛋下在林中，乃真正的'土'鸡，现在的土鸡和土鸡蛋远销全国各地。响当当的秀山土鸡品牌，大多来自于官庄、龙池、宋农这一带。很多农户都是靠养殖土鸡起家，然后转向其他产业发展，谋求更大的财富……两河湾喂养土鸡的人家不在少数，但成规模的却没有一家。今后我们村支两委也可以借鉴经验打造属于两河湾的'十里土鸡长廊'。"

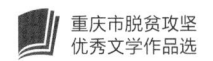

官庄、龙池、宋农、石堤一衣带水，都是秀山县城至两河湾的必经之地，也是梅江河的中下游地带。而今天的目的地梅江镇，则属于梅江河上游。由于梅江镇是秀山县城二十万人口饮用水源保护区，工业发展受到限制，想要在经济上有所斩获，就只能从农业产业上寻求突破口。

兴隆坳离秀山县城较近，区位优势明显，近几年，村支两委先后引进了经营木业、园林、花卉、水产的大小企业十多家，仅是常年在这些企业务工的村民就达到了千余人，除了土地分红和租金，光是村民们的务工收入就可达到千万元以上。兴隆坳村经济发展水平在全县所有村中名列前茅。

"他们的优势在于提前发展了几年……"

进入兴隆坳地界，欧阳旬旬一边介绍，一边鼓动，一边领着大家穿梭于兴隆坳各企业产业基地。

"不过，我们两河湾，有心要追、赶、超的话，现在入手也还不晚。"

一行人热情高涨，特别是以前在外打工的青年们，更是深受启发，都觉得在外打工不如回乡创业。

春节前夕，在外打工青年都从外地赶回来过年，欧阳旬旬趁这个机会，每家每户都去走访了一遍，向他们宣传政府的优惠政策，鼓励他们回乡创业。

两河湾目前的发展状况主要受制于缺少致富带头人，青壮年大多在外务工，留在村里的都是些老弱病残及妇女。外出务工人员回乡创业，一来可以照顾家里的老人和孩子，二来可以带动村里的其他村民共同致富。

一部分人致富并不难，难的在于像梅江兴隆坳一样整村致富。为了保证更多的贫困户有事情做，欧阳旬旬想了一个妙招，她通过征求第一书记、驻村干部意见，并和彭老支书商量，决定先从动员在外务工人员返乡创业着手，尽量去相关单位争取优惠政策，推荐一些实用可行的创业项目，让他们安心在家乡投资建厂。

一共有九名青年被欧阳旬旬说动了心，这段时间他们都在寻找投资小、发展快、收益高的产业进行投资。这九名青年在外务工多年，也算小有成就，只要加上自己的存储再贷一定的款，即可在两河湾建立中小型企业。

这次欧阳旬旬选准兴隆坳作为考察学习的地方之一，很大程度上就是要将两河湾在外打工青年从外地拉回来，只有很好地运用这一部分有志青年，才能更好地让两河湾的贫困面貌得到根本的改善。

详细了解了兴隆坳的发展模式，对两河湾未来的建设与打造，欧阳旬旬越来越有信心。

"兴隆坳之所以发展得这么快，就是村民们都很团结，十分信任村支两委，总是无条件听从村里的统一安排部署。"彭老支书有意识地大声跟欧阳旬旬讲话，让在场的几十个人都能听见，"我们村实际上也有这样的潜力，只要村民能致富，村委会怎样指挥，村民便怎样执行。就看我们的总体决策了。"

实话实说，两河湾村民在彭老支书的长期调教下，民风村情还如上世纪初，淳朴热情，凡事顾全大局，不计较个人得失。就拿近期规划修建打伞岩产业路来讲，占用谁家土地都是无条件支持，没有一分钱补贴。而不管规划到了哪里，没有哪一户村民因被占地或被占地多少需要村干部上门做工作，一律自觉到村委会办理相关手续。

这样的自觉性在其他村是很难见到的。

涉及占地户，不光土地被占，柑橘树苗也会被砍掉很多。欧阳旬旬实在过意不去，建议先将这些账目记下来，今后村委会经济实力上去了再按比例进行补偿。哪知没有一家占地户拥护她这一建

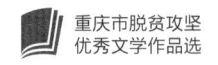

议，都说为了全村的利益，个人吃点小亏不应该让村委会来承担。

欧阳旬旬被这些村民一次又一次感动，觉得为了大家的幸福，自己再苦再累都非常值得。由此也更觉得责任重大，两年之内若是还有一两户人家无法脱贫，她将感到无比内疚。她必须保证均衡发展，所有的产业或扶贫举措都要辐射到每家每户。

考察了兴隆坳的农业产业发展，下一站是到民族村学习借鉴苗绣的生产营销及乡村旅游发展模式。

两河湾的乡村旅游接待点主要设置在长岭坡。

长岭坡地处两河湾较高地带，前可俯瞰梅江河和酉水河，后可亲临群山环抱的层层梯土，自然风光旖旎。五十多幢木屋虽然有些陈旧，却保存得较为完整，依山而建，层层叠叠，错落有致，每家每户都掩隐在青青的翠竹之下。

整个寨子全是青石岩铺路，非常适合游客来这里避暑纳凉，也是摄影爱好者拍摄日出、云海的最佳场所。

时下，长岭坡正在进行修旧如旧的"特色村寨"改造。

包括黄毛狗在内的六户长岭坡乡村旅游接待点户主全部参加了这次出行，他们的主要任务是到梅江镇民族村学习苗绣制作及考察乡村旅游。

在乡村旅游开发利用上，比起大溪乡的酉水湖、钟灵镇的钟灵湖、孝溪乡的孝溪湖，民族村稍有落后，毕竟没有那么好的水资源作为旅游保障，但就其民族特色和文化底蕴来说，以上三大区域则不如民族村。欧阳旬旬正是看准了民族村与长岭坡自然条件及文化底蕴相类似，才没有选择其他地方进行考察，而是将大家带到了更具魅力的民族村。

当然，这也是林仲虎极力向欧阳旬旬推荐的一条适合两河湾乡村旅游发展的考察线路。

民族村是重庆市唯一完整保留苗语的村寨，极具特色，村民们日常生活中都说苗语，村内的学校实行的是双语教育，在全市也独此一家。

大学时期，欧阳旬旬曾经跟石诚一起到民族村研究过苗族古村落与语言的传承，同时也学会了少量简单的苗语词汇，比如：唱歌——奥山；吃饭——农丽；你好——梦鲁；打豆子——咆嘚；劈柴——蹒捯；月亮——垓啦；公鸡——叭拘咁……她的发音并不标准，但每当回老家湖北时都禁不住要在父老乡亲面前卖弄几句，逗得全村老少哈哈大笑。

民族村离兴隆坳不是很远，都属梅江镇。刚刚下车，民族村的拦门酒、四面鼓、苗语歌瞬间将一行人包围。黄毛狗自以为酒量惊人，走在队伍的最前面，遇一道门槛经不住苗妹子们的劝诱，便喝一大碗苗酒，还没步入村委会大院，早已是醉眼醺醺。

"这苗酒后劲足，后劲足……"

彭老支书也喝了不少，笑着对黄毛狗说："可以少喝点，表示表示就是……"

"少喝点？"黄毛狗十分认真地说，"那么多漂亮的苗妹子拦着你，哪忍心拒绝……"

欧阳旬旬抿着嘴笑，也不管他，任由他尽情体验苗家人的热情好客。

面对苗家人的苗歌，彭老支书自然不甘示弱，趁着酒兴，将头一昂，唱起了土家族歌曲。

一人唱，众声和。

一时间，土家、苗族大碰撞，欢乐氛围空前。土家山歌《太阳出来照白岩》《高高山上一条河》……苗族歌曲《雨点落在芯蕊间》《苗家要数黛雅娇》……此起彼落，交相辉映。

就连平时不爱说话、五音不全的覃酉梅也唱了一首《摆手来》：

摆手来，

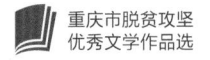

> 摆手来，
>
> 太阳去了月亮来；
>
> 摆手来，
>
> 摆手来，
>
> 圈对圈来排对排……

两边队伍都穿着民族服饰，跳的跳唱的唱，这种阵势，十年难遇。惹得从公路上过路的大小车辆都停了下来，车上乘客纷纷下车驻足围观。

秀山是土家族苗族自治县，土家族集会和苗族集会多不胜数，但土家、苗族在一起集会的日子却是不多，所以今天这种场景极其罕见，机会尤其难得。

向左在微信朋友圈看见不少网友在分享相关图片和视频，捶胸顿足，暗地里埋怨：这么一场神奇的少数民族盛会，欧阳旬旬居然事前没通知秀山报社！

走进村委会，一幅"凤穿牡丹"双面绣博人眼球。这件苗绣作品传说是民国时期民族村的一位巧女，走了六六三十六个寨子，乞得百家线，在彩虹出现时起针，在彩虹消失时停针，花了七七四十九年才制作完成。整幅作品灵气十足，堪称民族村的镇寨之宝。

曾经有许多客商慕名而来，纷纷要求高价收买。

正是借助于这一"品牌"效应，苗绣产业已成民族村脱贫致富的"金字招牌"。村里成立了苗绣工艺品合作社，吸纳当地留守妇女、残疾人士等上百人入社。同时，苗绣的"招牌"还为民族村的乡村旅游提升了名气，目前为止，一共有十多户苗寨村民在自家建起了农家乐，政府指定的乡村旅游接待点也多达六家。

阵阵苗鼓震耳欲聋，苗歌、苗舞、苗酒、苗绣……欧阳旬旬似乎从中领悟到了什么。联想到两河湾的土家特色，感觉长岭坡的旅游前景无限光明。

乡村旅游，特色元素如何体现必须放在第一位考虑，策划、打造、推广缺一不可，不管是山水、民居，还是民俗、风情，都要有自身特色，才能吸引更多的游客，创造更大的财富。

梅江河水微波荡漾，春风吹拂，两岸的油菜花香扑面而来。恍惚间，欧阳旬旬有些醉了，微微闭目，感受无限春光带来的惬意。

是啊，有民族村的成功实践作为借鉴，长岭坡的明天将会更美好！

第二十章

林仲虎突然失踪了。

晚上十点还没有返回村委会，打电话也没人接听。

同样住在村委会的村主任彭强着急起来，四处打电话问询，都称没有见到林仲虎。

正自着急，却在村委会外遇上从岔路口边赶回家的石道来。

石道来听说林仲虎不见了踪影，一拍大腿，大声说："哎呀不好，晚饭后我碰见林书记一个人上后山去了，问他干什么去，他说去看看石四十家核桃树的长势……"

石四十家核桃树是林仲虎亲自指导栽种的，近段时间来，林仲虎一有空就会去后山观察核桃树的生长情况。

其实他并不是担心核桃树的生长问题，主要是害怕石四十在遇上心情不好或赌运不佳时可能会将核桃树苗给拔掉……

石四十好吃懒做惯了，他的脾气谁说得清楚？

"这么晚了没理由不回来。后山弯路多，又比较陡，又是晚上，我猜林书记他肯定是迷路了。"石道来心惊肉跳，拔腿就朝家里跑，"我马上回去叫几人，这就去后山找他去……"

彭强朝石道来挥手："快，多叫一些村民。我也去喊人……"

彭强知道林仲虎不可能迷路，后山的路虽然陡峻弯多，但林仲虎天天都在上面转，闭着眼也能走回来。

最让彭强担心的，是林仲虎最近身体不好，有可能晕倒在了山上……

前两天林仲虎已经在村委会附近晕倒过两次。

如果晕倒在山上，得不到及时救治，后果不堪设想。

彭强越来越着急。

他首先给映格沟村的村医打电话，然后将林仲虎失踪的情况向村支部书记作了汇报。

十点三十分，包括村医和村支部书记、石道来、石四十、杨浦岑、彭强在内的三十多人打着火把、拿着手电筒十分着急地自村委会门前朝后山搜寻而去。

"林书记，你在哪儿……"

"林书记，你在哪儿……"

一时间，后山上满山都是火把的亮光，到处都是"林书记，你在哪儿……"的呼喊声。

石四十和石道来走在队伍的最前面。

石四十听说有人失踪了，他幸灾乐祸地笑着说："这年头还有走失踪的？莫不是脑袋进水了，连回家的路都不认识了，该，谁爱去找谁……"

石道来告诉他失踪的人是林仲虎。

这一下石四十不笑了，赶紧追问是怎么回事。石道来简单地说了经过，石四十举手说："我报名，我要去后山找他。"

林仲虎曾经不止一次地帮助过他。这段时间，他一直在反思。而林仲虎的这次失踪，也是因为去他家的核桃树林查看……

石四十一边走一边喊。

心里想：林书记可千万别出事啊，不然我如何对得起你……

一路上都没发现林仲虎。

三十多人来到石四十家的核桃树林旁，彭强大声喊："大家散开来，形成一个圆圈，保证每一棵核桃树下都要检查到。"

石四十家的核桃树林里长满了杂草，杂草间还有很多一人来高的青石岩。青石岩像竹笋一样到处都是，很难发现下面有没有人躺着。

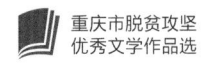

三十多人手持火把，非常仔细地在核桃树林的杂草和青石岩间搜寻……随着时间的推移，大家越来越担忧。最后彭强将手一挥，指导大家将搜寻范围从石四十家的核桃林扩展到整个村的核桃基地。

石四十悄悄问石道来："可不可能林书记没到山坡上来？"

"不，我敢肯定。吃晚饭后我遇上了他，而且还专门问他去哪儿。"

"那有没有可能他早就下山去了？"

"下山去了也应该在村委会呀……"

石四十双手合十朝西边作揖："但愿林书记好好的什么事也没……"

"咦，你以前不是恨他吗？"石道来有些惊讶，没想到林书记在石四十的心中还会有一席之地。

"没有，我从来没恨过他……我知道他一直都是为我好……"

凌晨一点三十分，大家找遍了山坡上核桃树林，也没有找到林仲虎的踪影。

众人从担忧变为害怕，从害怕变为绝望。

从某种程度上来说，林仲虎迷路和晕倒都不是大事，大家最害怕的是林仲虎惨死在了某地或掉下了悬崖……

虽然后山上到处都是悬崖，但悬崖处没有核桃基地，也没有其他中药材基地，林仲虎去悬崖边的可能性微乎其微。不过为了保险，彭强还是安排了部分村民去有悬崖的地方仔细搜寻。

石道来对石四十说："我们俩还是回你家的核桃树林去再找一次吧。我感觉林书记应该就在你家的核桃林里，刚才人多，杂草又深，很可能搜漏了……"

"有道理。"

兄弟俩打着火把重新来到石四十家的核桃林，两人分两路，一个从东边找，一个从西边找。

来到一棵核桃树旁，石四十突然听到不远处传来呻吟声。

这呻吟声很轻微，但能够听清一定是人发出来的。石四十心里又惊又喜，慌忙拿着火把将周围照了一番，大声喊："林书记，是你吗？"

喊了几声，呻吟声突然消失了。

石四十赶紧朝远处挥动火把，高声喊："大哥，大哥，快过来，林书记可能在这儿。"

待石道来赶到石四十身边时，石四十已经找到了林仲虎。林仲虎倒在一块青石岩下面的凹地里，厚厚的杂草将他整个身子都掩盖住了。

林仲虎脸色苍白，喘着粗气，一声接着一声地呻吟，神志不是很清醒。

两人将林仲虎抬到一块比较平坦的岩石上。石四十忙着给林仲虎喂水，石道来则慌忙给彭强打电话。

不一会儿，三十多个村民从山坡周围赶了过来。

村医给林仲虎打了一针。

三五分钟之后，林仲虎"啊呀"一声，能够自己使劲从地上坐起来了。

大家一直提着的心随着林仲虎的清醒而变得踏实。在他们的心中，林仲虎已经逃过一劫，不会再有性命之忧。

晚饭后，林仲虎感觉肝区不太舒服，胃里也饱胀难受，为了分散一下注意力，也为了促进消化，于是一个人顺着山道往后山走去。

后山的核桃树成活率非常高，长势越来越喜人，近段时间林仲虎只要有空，都会上山去看一看。

当来到石四十家核桃树林时，他突然感觉两眼发黑，头晕心

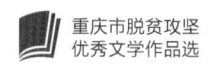

慌，整个人几乎站不直了。这是他检查出肺癌以来第三次出现这样的状况。紧急中，他想找一块石头坐下休息一会儿，哪知还没等他转身，只觉头颅内一热，整个身子往后一仰，一下子就栽倒进了杂草丛里。

然后他就失去了知觉。

大家第一次拿着火把从他身边走过时，他还处于昏迷状态。后来石四十两兄弟重新返回核桃林的时候，林仲虎刚刚从昏迷中醒来，感觉全身上下到处都不舒服，不由自主地发出了呻吟声，这才让石四十给发现了。

休息了半个多小时，林仲虎基本恢复了神志。他又喝了几杯村民递上的热水，活动了几下筋骨，最后挥了挥手，准备跟着大伙一起下山。

石四十突然走到他面前，背转身蹲下，大声说："林书记，你身体还没完全恢复，我背你下山。"

林仲虎颇为意外。

石四十主动要求背他，一时间让他莫名感动。突然间精神一振，感觉身上所有的毛病都没有了。

石四十以前的脾气他太清楚了，简直是厕所里的石头又臭又硬。而此时，石四十居然主动要求背他，这只能说明一点，自己在他心中的位置大有提升。

这叫他如何不欣慰……

"谢谢你，谢谢大家。"林仲虎朝石四十和大家挥手，大声说，"我已经无大碍了，我能自己下山。"

凭着林仲虎的个性，只要还能动，他是不可能要谁背的。

在彭强的携扶下，林仲虎高一脚矮一脚，慢慢朝山下走去。

三十多人紧紧跟在两人的身后。

真是虚惊一场啊。

大家并不知道林仲虎身患癌症，只以为他是不小心摔跤导致了昏迷，都暗自庆幸林仲虎福大命大。

其实林仲虎肺癌已到了晚期，一旦昏迷，随时都有可能醒不来了。

第二十一章

全县第二批"第一书记"下派名单中,向左的名字赫然在列。

他将代替林仲虎入驻映格沟村。

严格意义上讲,向左不能算是秀山的第二批"第一书记",真正意义上的第二批"第一书记"已经于年前走马上任。

算起来,向左应该是第二批最后一名被临时委派的"第一书记"。原因很简单,林仲虎已经无法正常开展扶贫工作,三天两头病倒。

这天早上,工作交接刚刚完成,就从太阳山村传来消息:半坡组燃起了熊熊大火,一夜之间,顾笑水的家被烧得一根木棍也不剩。

林仲虎非常着急。

从村组概念上讲,半坡组与映格沟没有直接关系,但林仲虎听说是顾笑水家"失火",就静不下心了,非得要马上去看看。三十年前,虽然林仲虎前前后后与顾笑水一同玩耍只有十多天,但童年的记忆永远在他心中挥之不去。

最近一段时期,顾笑水及另外几户村民正在林仲虎的引导下步入脱贫致富正轨,六户人家整体搬迁的事宜也被纳入到政府的议事日程,一切都在向好发展。也正因为如此,林仲虎才放心将手里的一切工作交给向左。

哪知顾笑水的家却在这时候被大火烧了个精光。

这很可能会让林仲虎用在顾笑水身上的努力全部都付诸东流。

"我们一定得帮帮他。"林仲虎虚弱地握住向左的手说。

"怎样帮?"

"先去半坡组查看一下灾情。"林仲虎咳嗽几声，拉着向左就要往屋外走。

向左并不清楚林仲虎与顾笑水之间的关系，担心他的身体吃不消，哪愿意再让他操心操劳？故意笑着朝高晓丽看了一眼，然后说："林书记，从现在起你已经不是第一书记了，别说半坡组属太阳山村，就算半坡组属于我们映格沟，也还轮不到你去亲自视察灾情。你现在也请了病假，那么理论上你只属于嫂子一人，我们征求她的意见吧，她让你去你就去。"

半坡组山脚下虽然通了公路，但从山脚到半坡却还有直线距离近两公里的山路需要步行，山高路险，林仲虎目前已病入膏肓，高晓丽当然不会答应。

"记得我们的约定。工作交接结束后马上停止一切关于工作上的事情。"高晓丽比较严肃地对林仲虎说。

"这是突发事件啊。"林仲虎非常着急。

"突发事件？有向左你还不放心吗？"

林仲虎没有再说话。

最近，林仲虎觉得话说多了也很费劲，有时还会引发钻心的疼痛，所以平常尽量少说话或不说话。

向左说："林书记你就放心，我去与你去一个样，查看了灾情一定第一时间向你汇报，你说怎样帮助我便怎样帮助，如何？"随即给彭强打电话，请他马上到村委会，与自己一起去半坡组协助太阳山村委处理顾笑水家火灾善后事宜。

林仲虎这才不再坚持。

林仲虎已经与高晓丽达成协议，只要将村里的工作转交给向左，马上就从映格沟出发，沿梅江河左岸徒步穿越，经梅江、平凯、乌杨、官庄、妙泉、宋农、石堤等流域，至两河湾上岸，像彭老支书、向左十年前一样，跟整条梅江河来一次亲密接触。

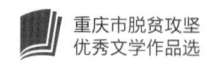

这是林仲虎患病后为自己制定的终结计划。

记得读高中时，老师以《我心中的梅江河》为题，要求写一篇一千字以上的记叙文。因为对梅江河一无所知，结果林仲虎交了白卷。工作后偶然遇上当时的老师，谈及此事，愧疚难当，于是生出徒步走一次梅江河全境的念头。

一晃十多年了，终究没能抽出时间完成这一夙愿。十年前向左在网上征集网友"寻找梅江河源头"一事他也知道，当时也想报名，可手上的工作却怎么也放不下。

而现在请了长假，时间有了，生命却快要走到尽头，要再不兑现徒步一次梅江河，恐怕这辈子将再无机会。

虽然身体状况不允许，但他下定了决心，即使爬，也要爬完全程。

秀山的母亲河，林仲虎将在自己最后的时光里用脚步一寸寸地丈量，利用十五天甚至一个月的时间慢慢回味自己短暂的生命历程。

高晓丽没有异议。

按时下林仲虎的身体状况来讲，要徒步走完梅江河全程，几乎是不可能完成的任务，但高晓丽没有露出半点疑虑就同意了。别说徒步梅江河，就算林仲虎要求去"爬雪山过草地"重走长征路她也会同意。结婚十多年，由于自己太强势，她没有给予林仲虎小鸟依人一般的温柔，那么从现在起，她愿意"痛改前非"，柔情似水每时每刻。

早在五天前，高晓丽便采购了如背包、帐篷、照明工具、雨靴等"驴行"必需品，食物却准备得不多，因为沿线多数地方都有人家居住，随时可以找地方补充。

直到现在，林仲虎还没向高晓丽坦白自己的病情，高晓丽也从来不问，两人相互隐瞒，表面上，日子过得跟平常一样，波澜不惊，平淡无奇。

不再担任映格沟"第一书记"是林仲虎主动向县委县政府提出来的，向左的继任也是他给的推荐。他再也累不动了，就算现在去离村委会最近的寨子里走访也会感觉到相当吃力。

不过还好，他已经完成了自己的历史使命，映格沟的扶贫工作已全面铺开，脱贫致富不过是水到渠成的事情。

他请了长达半年的病假。

剩下的日子，他决定为自己而活。他相信向左的能力，能够在自己建立的工作基础之上更进一步，再不用自己为映格沟操心操劳。

万事俱备，他可以安心地与映格沟说再见了。

离开村委会前，高晓丽建议林仲虎关闭至少十五天的手机。

林仲虎爽快地答应了。

他的确愿意让自己彻底放松下来。

自从去年七月秀山的脱贫攻坚开始，他没有好好睡上一觉，没有好好休息一天，特别是检查出肺癌之后，工作的压力、思想上的包袱更是压得他喘不过气。

关掉手机就代表与外界隔绝，就代表不再理会除来自于自身的任何烦心事。

如果说之前他只属于国家，只属于钟灵镇，只属于映格沟，那么，剩下的日子，他要为自己活一次！

他要抛弃一切繁务，在生前，做一次自己最喜欢做的事情。

一人一个背包，高晓丽尽量多地将物品放入自己的背包里，林仲虎也佯装没有发现。

他知道自己的病情将一天一天地加重，总有一天会纸包不住火，所以他愿意做出一些让高晓丽觉得怀疑的事情。他不想高晓丽看到自己某一天倒下时，觉得太过突然，必须让她慢慢适应自己身

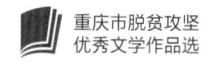

体虚弱的事实。

抱着随遇而安的心态，两人一边欣赏风景，一边了解当地民俗风情，在钟灵地界上住了两晚，第三天才走到梅江镇。

这天是清明节，梅江河两岸清风拂柳。抬眼望，除了醉人的桃花、李花、油菜花外，还有田地间插于坟茔上的白色清明纸，星星点点，随风飘舞，给美丽的景致增添一抹祭奠的氛围。

清明期间到祖先坟头"挂青"是秀山民间传统习俗，相当于其他地区的清明扫墓。每年的这个时候，林仲虎总会带着两个孩子去老家给自己的爷爷奶奶"挂青"，顺便在山野外采摘一些"野葱"、"野菜"之类的纯天然食材回家做"社饭"。今年是没时间去了，听母亲说前两天已经委托老家的亲属代挂清明纸。

来到梅江万寿桥下，虽然当时还是正午时分，林仲虎仍然决定不继续往前走了，就在桥畔"安营扎寨"。

万寿桥是一座人行古桥，全岩石建筑，距今有至少六百年历史。由于时下距离不远的上下游都建设有新桥，这座古桥已经基本废弃，平时鲜有人走。

桥两头各有数十级踏道，由低往高，桥栏两侧的岩石上爬满青青的植物。

这座桥对于林仲虎和高晓丽来说，有着太多的回忆。桥上的一草一木、一石一阶他俩再熟悉不过。可以说，这座桥见证了他们的爱情。

二十一岁时，因救火有功，林仲虎从一名民办教师转为政府工作人员，第一站便被分配到了梅江镇。而当时高晓丽的家就在万寿桥附近，她经常在万寿桥下洗衣、担水。

林仲虎一早一晚都会去万寿桥上锻炼身体，一来二去两人就认识了。

六个月后两人确定了恋爱关系。

如今,高晓丽父母已经移居去了重庆市区,以前的木屋也不见了,乡邻在原有地基上建起了高楼。

"要不要过桥去看看?"林仲虎问。

高晓丽摇头说:"算了,以前老家所有的痕迹都没有了。如果见到乡亲,反倒不会让我们安静地住在帐篷里。"

说来也是,两人原本就是想徒步梅江河全程,如果遇到熟人让去家里住上一夜,就失去了徒步的意义。

林仲虎点头表示认可。

从林仲虎的面容上看出这两天休息得不错,气色比前些天好多了,这让高晓丽多少有些宽慰。她最担心的是行程中林仲虎病情恶化。

万寿桥离梅江集镇仅一步之遥,高晓丽想到背包里的食物需要补充了,于是征求林仲虎的意见:"仲虎,今晚要去集镇上改善一下生活吗?"

吃了两天的干粮,高晓丽害怕林仲虎身体吃不消。

最近,林仲虎饮食越来越差,大鱼大肉根本就吃不下去,但考虑到高晓丽身体的需要,林仲虎笑着说:"都两天没吃熟食了,梅江是我们这次行程中遇到的第二个集镇,必须去大吃一顿补充能量。"

为了避免遇上熟人,两人挑了一家比较偏僻的饮食店。这家饮食店的对面有一门面,经营着"龙凤花烛"生意,高晓丽一时兴起,晚饭后买了一对必须是土家苗族青年结婚才会点燃的"龙凤花烛"。

在秀山的土家族、苗族传统婚嫁习俗中,点花烛是必不可少的一个程序。而梅江"龙凤花烛"无论在制作工艺还是在艺术设计上,都要比其他乡镇如溶溪、清溪的"花烛"更精良、更大气、更具传统,两支花烛一支缠龙,一支缠凤,龙凤呈祥,栩栩如生。

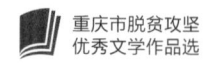

林仲虎与高晓丽结婚时响应国家号召，新事新办，别说点"龙凤花烛"，即便是婚纱也没有披过……

　　他自然明白高晓丽购买"龙凤花烛"的意思。

　　傍晚时分，问询高晓丽为何不将"花烛"取出来点燃，高晓丽笑着说："这里离集镇太近，难免会惊扰他人。等我们顺着梅江河走到一个方圆一公里没有人烟的地方，再来享受这一幸福时刻。"

　　林仲虎微笑不语。

　　女人终归是女人，她们的心思男人根本不懂。对于男人来说，结婚时点不点花烛，新娘披不披婚纱，绝对会无所谓，一笑置之。但女人就不一样，如果错过了其中一个环节，这一辈子都会耿耿于怀。

　　即便到了六七十岁时也还想找机会补上……

　　快要入睡时，林仲虎突然想到了半坡组顾笑水家的火灾。急于了解最新情况，就向高晓丽申请将手机开机。

　　高晓丽笑着开玩笑："还没过三天，就放不下以前的工作了？"

　　林仲虎叹息一声："映格沟的工作有向左做，我绝对放心。不过，映格沟以外有一件事，却让我放心不下。"

　　"什么事？"

　　"半坡组的顾笑水。我必须在电话里嘱咐好向左，要想尽一切办法帮助他灾后重建，也可以趁现在这个节点，完成他家的搬迁事宜。"

　　"我真的感到奇怪。"高晓丽笑着埋怨，"俗话说狗拿耗子多管闲事，你都请假了，再重要的工作都应该放下才对。何况，半坡组不在映格沟管辖范围之内。"

　　"我将原因一说，你就会支持我了。"

　　林仲虎长长一叹，将他与顾笑水的关系对高晓丽说了。

　　林仲虎感慨地说道："顾笑水是顾老蛋家的老二，年龄跟我差不多，所以跟我的关系也最好，特别是去猪圈里上厕所，我害怕圈里的猪，每一次他都会陪我去。我离开他家的时候，他又是哭又是闹，拉着我的手不让走……后来是父亲表态，今后一定每一年都带我去他家一次……可是这么多年了，我再也没去过他家，实际上我已经将他忘记了，根本就想不起他小时候的样子……"

沉默半响，林仲虎又说："我感到万分的内疚。自从第一次去半坡组动员筹款修路的事时，我就猜出顾笑水是我儿时的伙伴了，但我没有相认，我怕映格沟村民说闲话，认为在筹款问题上我有所偏心。我不知道他还认不认识我。但不管怎样，小时候的情谊我是一刻也不会忘记。前些天我已经与映光商量好了，过阵子就让顾笑水到他的合作社去做工，也可以增加一些收入。他家最具体，半坡组其他几名村民可以晚一些安排到映光合作社或其他两个新增的合作社。的确，他家实在是太贫困了，我必须看到他富起来，心里才会踏实。哪知，屋漏还逢连夜雨，他家又遇上了火灾，你说，于情于理，我该不该帮？这份心我还该不该操？"

"该。当然该。"高晓丽笑着说，"不过这事我也不能旁观，待走完梅江河，我就托向左给他带一些平时不穿的衣物过去。"

"衣物不大适合吧？"

高晓丽每一件衣物即使不穿了也还十分时尚，送给一个贫困家庭，人家根本就穿不出去。

"那就挑一些棉被、毛毯之类的。"

"然后呢？"林仲虎偏头问。

"什么然后？"

林仲虎不说话了。

高晓丽哈哈大笑："逗你玩呢，然后自然会送几千元现金。我就是你肚子里的蛔虫，用不着你然后然后的，肯定比你想得还周到。"

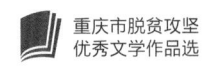

高晓丽从包内取出手机，开机后递给林仲虎。

"来，手机给你。"

林仲虎接过手机，先不拨号，轻声对高晓丽说："晓丽，这些天，我感觉心情特别好，感冒也像好了许多。"

"继续保持，直至恢复以前的生龙活虎。"高晓丽举起手，在窄小的帐篷内做一个加油的动作。

"肯定会的。"林仲虎说，"我请这么长的假，就是专门用来恢复身体的。以前一直以为自己身体棒棒的，谁知道再好的身体也经不住长期的劳累过度……晓丽，我打好了主意，同时也向你保证，今后一定要善待自己的身体……"

他善待过自己的身体吗？

他真能够做到不为工作拼命？

高晓丽不敢回话，阵阵心酸。泪水在眼眶里打转，脸上却露出信以为真的表情。

夜幕下的万寿桥，悄无声息。

沿河两岸，清风明月间，白色的清明纸星星点点，随风飘舞。

第二十二章

都半夜了，向左一直睡不着觉。

在向左眼里，短短的几个月，映格沟的确改变了模样。基础设施建设，农业产业发展，各大企业入驻……热火朝天，一派生机。瞧这势头，映格沟没有"财神"的日子即将一去不返。

不可否认，这些都是"前任第一书记"林仲虎的功劳。

住在林仲虎曾经住过的寝室，躺在林仲虎曾经躺过的床上，向左心情非常复杂，满脑都是林仲虎病恹恹的影子。

他无法想象林仲虎患病后每日每夜所要面对的痛苦煎熬。

"休假之后，不再像以前那样风里雨里的辛苦，但愿林书记身体能够就此好起来……"

映格沟扶贫的前期工作林仲虎已经完成得差不多了，接下来的任务不过是顺理成章，按照林仲虎的工作思路跟着往下走就是。可以说，就目前来看，全县的扶贫"第一书记"，向左是最轻松的一个。

不过由此也让向左的心里充满了矛盾。作为"第一书记"，特别是"新官"上任，他不可能在这一时期"坐守老营"，只吃林仲虎的"老本"，连一把"火"都不烧。

不管林仲虎多优秀，前期工作做得多踏实，自己都应该找准时机，让村民们觉得"向书记"跟林书记同样棒，都是人民的好书记……

他急于想做些事来证明自己。

可以这样讲，包括石四十，现在所有的映格沟村民都已经进入林仲虎规划好了的发展线路，该种植的种植，该养殖的养殖，该进

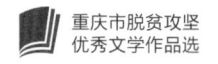

企业务工的去企业务工了，一切都在朝顺利脱贫的方向迈进。

苦闷啊，向左的第一把"火"居然不知道该往哪里"烧"！

"唉……"

正自唉声叹气，电话突然响起，侧头一看，屏幕上显示的居然是林仲虎的名字。

三天来，向左有很多疑惑想找林仲虎倾诉，电话却一直打不通。没想到半夜三更，他居然主动找上门了。

赶紧接通。

"林书记，你们走到了哪里？身体怎样？"

向左知道林仲虎与高晓丽的梅江河徒步旅行计划，所以电话一接通就开门见山，先询问他的身体状况。

"已经到达梅江镇。有你嫂子陪着，身体你就不用担心了。"林仲虎玩笑一句，然后正色说，"怎么样？对映格沟目前的情况都了解了吧？"

向左叹息一声。

"怎么？不尽如人意？"

"唉，不是不尽如人意，而是林书记你做得太好了，向左一时竟不知该从何处下手啊。"

林仲虎哈哈大笑：

"老弟啊，说句不该说的话，我之所以能够放心地将映格沟交给你，自然是前期工作做得比较踏实了。你目前的任务就是不时地去各组、各家督促、检查，特别是十三户特困户，不能掉以轻心，要让他们持之以恒，将手中的产业发展壮大……"

向左皱着眉头说："林书记，你也知道县上对第一书记的高要求。我来映格沟的主要目的不只是督促和检查吧？总得做几件让老百姓看得见的实事来证明我的存在……"

林仲虎再次大笑："督促和检查不是实事吗？你难道不了解像

石四十那样的特困户？他们的思想观念始终还未完全转变过来。一个不小心，石四十将现有的山羊拿出去卖了，将后山上的核桃树砍了……脱不了贫，你能说不是你督促和检查工作没做到位造成的？所以说，这个担子也艰巨啊。"

听林仲虎这样安慰自己，向左这才稍稍宽心：

"请林书记放心。我知道石四十的工作是我们映格沟最难做的，所以才上任我就将他列入自己的重点帮扶对象当中了。这两天，我去对门董找过他三次，每次都在山坡上找到他，跟他的四只山羊待在一起。这一变化倒是很出乎我的意料，看来他现在已经慢慢地开窍了。不过听邻居们反映，他好像还没改掉赌博的习惯……"

"石四十这人，你要讲究方式方法。说实话，在这方面，以前我就没你和映光做得好。赌博恶习你可以容许他一步步慢慢戒，但在发展农业产业上，必须以强硬的手段对待他。这个家伙吃硬不吃软。"

林仲虎说完，想到石四十上次在后山上主动要求背自己下山，心里一暖，又是一通笑。

向左心头一宽。看来林仲虎此时的心情特别好。

能够从电话里听见高晓丽在一旁提醒林仲虎说话声音尽量放低点，别大声笑。

向左笑着说："嫂子在旁边教训你？"

"她担心我身体呢。不管她，我们说我们的。兄弟啊，石四十这人近段时间虽然有所改变，但你也不能掉以轻心。我以前算是领教过多次，好几回都被他气倒在床上……"

"林书记放心，对付石四十这样的人我还是有一套的，他是白骨精我就是孙悟空，他是孙悟空我就是如来佛，将他交给我了，要是他拖了映格沟脱贫的后腿，拿我是问。"

"实话实说，有老弟你来继任，我是大放心小放心。再加上有

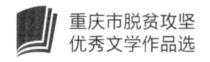

映光的大力支持，不出意外，映格沟年底脱贫应该不成问题。只是，"林仲虎收住笑，比较严肃地说，"现在，有一件当紧的事，也算是私人情感吧，想求你帮忙。"

"半坡组的顾笑水？"

"嗯，"林仲虎叹息一声，"顾笑水一家在整个钟灵镇都算得上是最贫穷的一家，烧了房屋，等于整个天都已经倾覆，虽然他不属于映格沟的人，但我们也算同一条沟吧，以我们力所能及的方式帮助他，说小一点是救他一家老小的命，说大一点也可进一步增进映格沟与太阳山村的友谊。而且，还可以增进与两河湾的友谊……"

向左低了低头，长叹一声，如实地说："林书记，顾笑水家失火的当天我和村主任也去现场看了，也了解到顾笑水原本就是我们映格沟村民，当时我和村主任都感到，除了以私人的名义给顾笑水捐点款以外，还真不知道该以什么形式可以给他家更大的帮助。始终是杯水车薪啊，不能解决具体困难。"

"确实，凭你我捐的那点款，他同样难以重建家园。我的打算是趁这个节点，将他的新家搬离半坡组。不过，这些我们先放到一边，我现在主要是想问问，他家的灾情怎么样？"

向左唉声叹气："灾情啊？屋子里烧得什么也不剩。而且顾笑水的女儿也烧伤了。"

"顾因因吗？她只八岁呀。烧得严重吗？"林仲虎急得差点跳了起来。

"倒不是很严重。脸上起了很多水泡。听说是为了救她的哥哥。"

"伤不重也应该送去医院医治，万一感染就不好了，脸上有可能会留下伤疤。"

林仲虎越来越急。他知道顾因因这个小女孩，小小的年龄很懂事儿。

"我也这样建议顾笑水,可他拿不出钱啊。而且他说女儿的伤是小伤,用锅烟灰化冷水擦几次就会好。"

"必须送她去医院。"林仲虎提高了声音。听得出他着急的程度,感觉整个人喘气都有些困难了。

能够从电话中听见高晓丽在一旁劝说林仲虎莫要激动,应小声点儿说话。

过不多久,林仲虎缓了缓口气,又问:"他们家里人的情绪如何?"

向左苦笑:"都很低落。特别是顾笑水,像丢了魂一样,站也不是坐也不是,似乎拿不起什么主意了。"

"顾笑水的精神可不能垮啊,全家五口人吃饭只靠他一人……"

林仲虎沉默了足足一分钟后,突然左手拍一下大腿,大声说:"不行,向左,我明天必须亲自去一趟半坡组。"

"那哪行呢林书记。"向左实在没想到林仲虎会突然为顾笑水的事改变行程,"你已经请假了,而且已经沿梅江河走了几天,不应该再插手工作上的事情,现在你的主要任务是休息,保养好身体……"

"顾笑水一家多灾多难,眼看最近各方面有了点起色,却又遭受火灾。我不亲自去半坡组看看,你认为我能安心在梅江河沿岸看风景吗?向左兄弟,其他的不多说了,麻烦你明天早上安排一辆车来梅江镇接我。"

"这,这……要不要征求嫂子的意见?"向左犹豫不决。

"嫂子那我会说服她的。你只管明天早上派车来接我就是!"

第二十三章

林仲虎非常吃力,被向左远远地抛在了身后。

山路沿山溪水盘山而行,快接近半坡组村庄前第一棵古树时,山溪消失在一片乱石之中。

波澜壮阔、浩浩荡荡一百三十多公里的秀山母亲河,居然起始于此!

大自然的伟大,当真是不可思议之极。

站于乱石之上,注视着山下的涓涓细流,向左感慨良多。

半坡组名为半坡,当真是坐落于太阳山半坡之上。太阳山的最高峰椅子山海拔居于秀山第二,山高林茂,无路可寻,一般人很难登上山顶。

半坡组三面悬崖,村落的四周有二三十棵需两人合抱的枫香古树围绕。顾笑水家单家独户居于整座寨子的最高处。

以前寨子里住着三十来户人家,白天黑夜鸡飞狗叫好不热闹,现在仅有六户人家稀稀落落居住于各个角落,即或是大中午也冷冷清清,除了风声,几乎听不见有人说话。

林仲虎与向左赶到半坡组的时候,顾笑水一家正愁眉苦脸地在烧焦的地基上清理半截木材和没有完全摔碎的砖瓦,远远可以看到地基的一侧搭有一个用塑料薄膜支撑起的"帐篷",想来这些天一家五口就挤在那狭窄的空间里生活。

半坡组每一户人家的门前都乱七八糟的,木柴呀、箩筐呀、风车呀,随地堆放。寨子里仅有的几幢木房都是破破烂烂的,砖瓦散落一地,像几十年没有维修过。

两人刚刚步入寨子,穿着补疤衣裤的顾笑水就丢下手中的活迎了上去。

顾笑水一家共五口人，岳父八十多岁，老年痴呆，需要有人长期照顾；妻子年轻时候受过刺激，整天恍恍惚惚、神神叨叨干不了什么活；大儿子已经成年却没读过一天书，十岁时上山砍柴不幸摔到十多米深的山洞里，导致双腿骨折，现在只能凭借一条木凳当作步行工具，完全丧失劳动能力；还有一个小女儿，名叫顾因因，今年八岁，本到了入学年龄却因为家境困难没有入校。

顾因因从四岁开始就担当起了整个家庭的主劳力，又要在家做饭又要上山砍柴还要下地干活。用顾笑水的话说，全家人除了自己就小女儿最苦。

房屋被烧的那天早上，顾笑水恰好去山上干活。为救困在火海中难以出逃的哥哥，顾因因几次冲进家里。由于身板太嫩，面对失去双腿的哥哥，拉也拉不动，背也背不起，眼看精疲力竭，要不是顾笑水及时赶回，顾因因差点就陪哥哥一起葬身火海了。

火灾当天，顾笑水痛心疾首，逢人就说："小女儿这么懂事，我不能再亏待她，今年秋天，就算砸锅卖铁我也要送她读书。"

贫困家庭，特别是农村，子女完全可以九岁或十岁再上小学，拖一年少一年支出。由此可见顾笑水这个承诺的分量该有多重。原本就家徒四壁，一把火却将所有的一切都烧得精光。如果按现有的家底，要想供女儿读书，想"砸锅卖铁"都不可能了。

林仲虎向顾笑水简单了解了火灾情况，说了些鼓励他一定要坚强地面对困难的话。

做通了顾笑水的思想工作，然后就朝正在屋基里躬身清理残余木材的顾因因走去。

焦黄的头发，满脸的水泡，黝黑的肌肤，粗糙的手指，破旧的衣物，忧虑的眼神以及矮小瘦弱的身材，让人一看见就会心生怜悯之情。

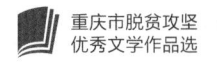

顾因因怕生，也不搭理两个突然来访的陌生人，低着头只顾忙着手上的活儿。

趁林仲虎弯腰查看顾因因脸上的伤情时，向左用随身带去的相机给顾因因照了几张颇有视觉冲击力的特写。

顾因因满脸都是水泡，局部有些感染了。林仲虎猜测应该是她冲进火海里救哥哥时被火焰灼伤的，于是小心地蹲到她面前，轻声问："小妹妹，你叫什么名字呀？"

林仲虎以前知道她的名字，但从来没机会跟她对过话。

顾因因害羞地将头几乎低到了瓦砾遍布的地上，一声不吭。

顾笑水在一侧赔着笑，说："林书记，她认生呢。她叫顾因因，今年八岁。"

林仲虎点点头，担心顾因因认生，起身朝一侧退了几步，与她保持一定距离，又问："能不能给我说说，火那么大，你小小年龄，哪来的勇气冲进屋去救你哥哥呀？"

顾因因还是一声不吭，将头垂得更低了。

林仲虎无奈，站起身来，将向左拉到一侧，说："我们必须帮助他们一家重建家园。"

向左拍拍相机，说："林书记，怎样帮？我一定按照你的指示办理。"

林仲虎环顾一下四周，轻声说："来的路上我就在考虑。目前我们必须先解决两个问题。一个是顾因因的伤势，由我出钱去医院治疗，等下就让她父亲带她下山去医院。我也观察了，的确是小伤，只要不感染，应该不会留下伤疤。第二个问题对于你来说也比较简单。我想请你写一篇报道，注意，侧重点要放在顾因因几次冲进火海救哥哥的这件事情上，然后通过互联网，呼吁全县人民给顾笑水一家众筹赈灾。我希望这次赈灾，能够帮助顾笑水将房屋修建到两河湾或其他非高山地区去。"

向左"啊哟"一声，拍着脑袋说："林书记，这几天我怎么就没想到用这个法子帮助顾笑水呢？的确，你支持一点，我支持一点，或者让政府、村委会支持一点，这些都毕竟有限，无法从根本上解决顾笑水家的实际困难。我知道该怎么做了。"

农村的贫困人口不在少数，发生火灾的人家也不胜枚举，贫穷都是这么贫穷，困难都是这么困难，如果按正常角度去报道，激起同情心的程度将会大大降低。

而顾因因，这么小的年龄，这么懂事的女孩，要想打动人心，这篇报道的切入点就必须放在她的身上！

林仲虎一句话震醒梦中人。

向左兴奋地说："现在网络这么发达，我来选好角度，写一篇报道，然后发到秀山网微信公众平台或其他平台上去，让更多的人加入到资助队伍里来。人多力量大，小溪汇成河，我很有信心为他筹集到足够新建房屋的款项……"

"兄弟，现在我身体实在是太差了，力不从心，一切只能靠你了。"

"放心吧林书记，我一定会按你的建议处理好顾笑水一家的灾后重建工作，并且，半坡组另外几户人家的扶贫事宜，我也会跟你过去一样，随时关注。"

林仲虎拍了拍向左的肩："我相信你。"

"全靠林书记指点。"向左谦虚地笑了笑。

林仲虎语重心长地说："现在你是映格沟的第一书记，虽然顾笑水不属于映格沟，但处理好这事，功劳同样不小。所以说，作为第一书记，不要担心没事做，就看你怎样去努力……"

向左重重地点头，林仲虎无形中又给他上了一课。

昨晚他还在担心没有地方烧自己的第一把"火"，没想到这把火一下子就出现在了眼前。而且这把"火"还介于映格沟和太阳山

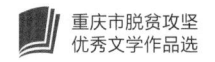

以及两河湾三村之间，意义深远，颇具典型。

向左心里乐开了花。

向左作为秀山报的首席记者，以他的文笔和才情，不愁那些看见报道的人不动情且心甘情愿伸出援助之手。众人拾柴火焰高，不说外省外县，仅是秀山数十万居民每人平均拿出几块钱，也足够顾笑水一家将烧毁的房屋重新修建起来。

为了将报道写得深入、感动，林仲虎留在火烧屋基上，想尽各种办法接近顾因因，而向左则随顾笑水一起钻入用塑料薄膜支撑起的"帐篷"里。

以下是向左对顾笑水的采访录音：

"听说二十岁左右你便到半坡组来当上门女婿了，当地风俗极少有人愿意'倒插门'，当时是什么情况？"

"我跟我妻子小学到高中都是同班同学，我俩关系比较好，我是一直比较喜欢她。那时的她长得有些姿色吧，读高三时被社会上的一帮混混盯上了，还被绑架到山洞里关了两天两夜。后来精神就有些失常，天天闹着要自杀。她父亲那时候已经老年痴呆，管不了事，为了照顾她，我跟父亲商量后，就搬到了半坡组，当了上门女婿。原本以为一年半载她的病就会好，哪知一年不如一年，现在几乎算是废人，整天都在一个人说话，也不知在说些什么。除了吃饭，什么事也不会做。"

"这么说来，你应该为当初的决定后悔了？"

"哪能说后悔？上天的安排吧。从进入高中我就非常喜欢她，她对我也中意，即使没有出意外，我们俩多半也会生活在一起。只是不会像现在这样苦。"

"你们家以前属映格沟。听说还比较富裕？"

"相对而言吧，'文革'前我们家是地主成分，改革开放后，父亲做起了木匠活，也算有一些经济收入，人前人后也有些地位。我记得十岁那年，有个驻村干部就将儿子带到我们家住了十多天。十多天，你想想，人家驻村干部家的儿子多宝贝，城里人，他能放心让儿子在我家住那么久，说明我家那时候各方面条件还算可以。不过后来因为父亲的病，家境就慢慢没落，越来越穷，驻村干部也再不愿意将儿子带去我家了。"

"有可能那驻村干部调离了钟灵，远了，来一趟不方便了……"

"嗯，可能吧。"

"能说说你的女儿吗？顾因因，这个名字取得好啊，谁取的？"

"她母亲取的。"

"她母亲？你的妻子？不是说她精神不正常吗？"

"是不正常啊。妻子为了生她，受尽了磨难，还差点难产死了。临产的那些天，妻子恰好病重，一天东跑西跑不知归家。记得是大年三十的晚上，左等右等不见她回来，我就邀上几个乡亲四处寻找，后来在一个山洞里发现了她。当时满地都是血，人也快昏迷了，却紧紧地抱住还未剪脐带的女儿不放，牙齿打着颤，嘴里不停'嘤嘤''嘤嘤'地叫唤。为了让儿女们记住母亲的苦难，后来我干脆就将女儿叫因因了。顾因因。"

"现在的小孩，别说八九岁，就是十八九岁都还会在父母的面前撒娇骗赖，但听人说，你们家因因格外懂事，家里家外干着成年人的活儿，做饭、洗衣、担水、砍柴。也可以说正是她，一个八九岁的小女孩，凭借一双单薄的臂膀，承担了你家的家务。作为亲生父亲，看见这样的情况，你心疼过吗？"

"也不能说是我们家因因格外懂事吧。有什么办法，不懂事就得饿死。至于心疼不疼，谁不疼自己的儿女？但出生在我们这样的家庭，有什么办法？她仅是做她应该做的事情。"

"应该做的事？"

"田里土里必须是我一人忙活，家里自然就顾不过来。一个老

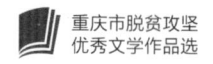

年痴呆，一个精神恍惚，一个没有双腿，家里只有小女儿四肢健全，一家三个人的饮食起居必须由她照管。我也想她像其他家庭中的孩子一样过着无忧无虑的生活啊，可是……她哪来那样好的命啊。既然生在了我家，不管多大，就得扛起家庭的责任。"

"可是她真还是个小孩子啊。"

"这就叫命。在穷人家里，她不算小了。如果是男孩，如果身板硬一点，她现在可以跟我去地里干重活了……"

"我在想，她的命运或许在今后会有改变。这么小的年龄，居然有这么大的勇气，几次冲进火场里救自己哥哥，又勇敢，又坚强，仅凭这两点，她今后的命运就不会受穷。"

"这也算勇敢吗？妹妹救哥哥天经地义啊。"

"天经地义？说起来轻巧。你没看见她脸上的水泡吗？当时的大火已经将整幢木屋包围，大人都受不住火焰的灼烤，但她才多大？冲进去抱不动哥哥，出来躲一会，淋点水，再冲进去……一般人哪做得到？何况一个孩子。"

"其实，她外公和她母亲，都是她从火海里救出来的。她第一个发现屋里起火……当时一家人还在睡觉，她早早起来准备砍猪草……"

"她外公和她母亲好办，好脚好手，主要是她哥哥不能走。几次冲进去救他，这才让她差点被大火烧死……"

"是啊，她从四岁开始就照顾起了哥哥，俩兄妹感情很好。她特别善良，肯定不愿意眼睁睁看着哥哥被大火烧死。"

"可惜的是她已经八岁多了，至今一天学也没上。听人说，火灾当天你好像发誓今年秋天一定会送她上学读书？"

"当我从火海里将她抱出来的时候，她已经奄奄一息，那一刻，我才突然醒悟，这辈子我亏欠她的实在是太多太多，原本打算过两年再送她上学，但现在不这样想了，不能再亏待她，再苦再困难，真就是砸锅卖铁我也会在今年送她读书。"

"这是正确的。说实话，现今社会，没上学的适龄儿童很难找到了。"

"是啊。去年村委会上门动员过我，说是可以免费让因因去读书。但我没同意，实在是家里离不开她呀。"

"那，真要是秋天她去学校读书了，家里怎么办？"

"读书归读书，她同样得做以前做的事。去学校前和从学校回来，该做饭还得做饭，该喂猪还得喂猪，该砍柴还得砍柴，该服侍哥哥还得服侍哥哥。"

"你们这小学校在哪儿？多远？"

"在太阳山村委会驻地。山路。像因因她们走的话，一个来回差不多要四个小时。"

"那她哪还有时间做家务呀？"

"起早贪黑吧，还能怎样！"

"真是具体啊，但目前也只能如此了。最后一个问题，因因知道今年秋天就能上学，高兴吗？"

"不高兴。"

"为什么？她不喜欢读书？"

"喜欢读书啊。常常去邻居学生那里找课本来看呢，现在都能认识几十个字了。"

"那她为何不高兴？"

"她不想增添我的负担。她知道家里穷，凭我家的经济条件，她不可能去读书……"

"……"

采访完毕的时候，太阳正从高高的太阳山顶往下落。顾因因还在烧焦的地基里有一趟无一趟地忙活清理残渣废砾，走过她的身边，向左能够清晰地听见她急促而沉闷的喘息声。

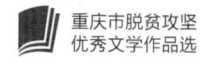

她还是一个孩子啊，她不应该承担这么重的家庭责任。

突然鼻子一酸想要掉泪。

夕阳西下。

一切安排就绪。

两个人从半坡走到山脚下。

看着涓涓而流的河水，林仲虎突然对向左说："映格沟以及半坡组的一切事务今后就交给你了，至于顾因因的报道，不用我问，我相信你的实力。"林仲虎握了握向左的手，"你嫂子还在梅江镇等我，我现在就坐车赶回去，今晚在万寿桥下再睡一晚上，明天一早重新向梅江河的终点进发。"

向左担心地说："林书记，你目前身体很不乐观，听我一声劝，别去走什么梅江河了，去医院里住一阵子吧。"

林仲虎看着涓涓而流的梅江河水发了半分钟，突然笑出了声，然后轻声问："向记者，十年前你们跨越梅江河，为的是什么？"

"像朝圣一样，用脚下的每一步，去丈量秀山母亲河的伟大。"

"对呀，在有生之年，我也要用脚步去丈量秀山母亲河的伟大。以前，我对母亲河充满了愧疚，而现在，我要像她的孩子，围绕在她身边，最后静静地，回归她的怀抱……"

"可是，梅江河山高水长，你……目前这种情况，走得动吗？"

林仲虎根本就不适合长途跋涉了。从刚刚爬半坡组的山的状态来看，他表现出来的神情相当吃力，完全靠的是心中的一股毅力和信念。

"走不动？请相信我，"林仲虎异常坚定地说，"我一定会凭着自己的双腿，顺着梅江河，站到两河湾的土地上。"

向左沉默。

他知道林仲虎的生命只能用"小时"来计算了，但却无法说服他去医院医治。他低下了头,默默地在心里为林仲虎难受。

他知道梅江河对于林仲虎的特殊意义。

他只能为林仲虎祈祷。

临别时,林仲虎紧握向左的手,无比严肃地说:"请替我照顾好映格沟和半坡组的村民,请牢记,脱贫致富的路上,一个也不能少!"

第二十四章

高晓丽没有再要求林仲虎将手机关机。

自梅江镇万寿桥下重新开始出发，一路上林仲虎的电话总是会不时响起，不是村委会打来的就是村民们打来的，不是反映药材种植问题就是反映山羊养殖问题。很多时候，林仲虎半夜时分也还在给欧阳旬旬和向左打电话，要他俩多想办法让半坡组的村民尽早脱贫尽早搬迁……

这样一来，很大程度上林仲虎脱离不了平常的工作状态，根本达不到休息的目的。

不过林仲虎却似乎乐此不疲，高晓丽管不了也懒得管了。

要让林仲虎停止工作，除非他躺在床上再也不能动弹。说是借徒步梅江河名义来休养生息，实则将以往的办公模式改为了移动办公。

操心操劳的人永远都会操心操劳，即便映格沟家家都奔了小康……

第七天进入中和街道及乌杨街道地界。这也是秀山城区。

来到西门桥时已是傍晚。

西门桥是典型的风雨桥，两旁设栏杆、长凳，桥顶盖瓦，形成长廊式走道。因行人过往能躲避风雨，故名风雨桥。近年来秀山政府重点打造西街老城区建设，修旧如旧，西门桥也重新换了一副模样，比之前更大气更有历史厚重感。

夜幕降临，桥上桥下灯火辉煌，一派祥和氛围。

父母与两个孩子就住在离西门桥不远的老城区内。今夜是继续住在河畔还是回家去看望父母倒成了难题。

"要不要回家去看看父母和孩子？"高晓丽望着林仲虎，轻声问。平心而论，她是想念两个孩子了。

从西门桥下去老城区不过三五分钟路程，就算背着背包也十分方便。

林仲虎沉默不语。

他也想回家去看看。可以说从现在起，与家人团聚的日子将越来越少，聚一天少一天。他还有很多话需要对儿女们说，还有许多事需要给父母交代。然而越是想见，越是怕见。上次儿女生日，他虽然随高晓丽回过一次家，当时却什么话也不敢说，甚至于连正脸也没敢暴露，用一条围巾紧紧地捂着面孔。他怕啊，怕自己稍不小心露出马脚，让家人发现自己的病情，陷他们于担惊受怕的可悲境地。

林仲虎沉默半晌，才问："你觉得呢？"

高晓丽佯装轻松。

"你是一家之主，主意还是你拿。"

林仲虎看了看时间。

"小玲和小珑应该早睡了，爸爸妈妈也有早睡的习惯。这么晚了，我们去干什么呢？"

"要不回咱们小区里？"

在帐篷里住了几个晚上，毕竟没有宽敞的床铺住起来舒适。高晓丽迫切地想回到家里洗一个热水澡再好好地休息一晚。

林仲虎沉默。

高晓丽不明白他意欲何为，轻轻一笑，说："回家住一晚是不是就破坏了你徒步梅江河的原意啦？不去啦，不去啦……就在西门桥下安营扎寨。"

连续在野外露营了六晚上，高晓丽早已经习惯了不洗澡，即便汗流浃背也能够入睡。

林仲虎突然哈哈大笑，笑得久了，牵动肺部，不由捂住胸口猛

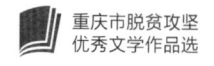

烈咳嗽起来。

高晓丽担心地伸手拍着他的背，嗔怪地说："看嘛，叫你平时少哈哈大笑就是不听，这下吃苦头了吧。你明说，你想在哪住就在哪里住。我不过是征求一下你的意见，最终定夺权还在你手中。别忘了你永远是我们的一家之主。"

林仲虎好不容易喘过气来，将背包横放到沙石上，一屁股坐了下去。静静地看着西门桥上不停闪烁的灯光。

高晓丽知道林仲虎不想回家的原因，轻声一叹，摇摇头，也将背包在沙石上摆正，坐在上面，身子紧紧地依偎着林仲虎。

西门桥上人来人往。一些游客倚于木栏朝外张望，也不知是在看桥下流水，还是在看岸边人家。

"想起了两句诗。"

林仲虎叹息。

高晓丽问："你站在桥上看风景，看风景的人在楼上看你。明月装饰了你的窗子，你装饰了别人的梦？"

"不是。"

"那还有什么诗？"

"也是现代诗。朦胧诗。"

"哪首？"

林仲虎轻声吟诵："在向你挥舞的各色花帕中，是谁的手突然收回，紧紧捂住了自己的眼睛……"

"嗯，是舒婷的《神女峰》吗？"

林仲虎伸了一下懒腰，站起身来，对着灯光闪烁的西门桥说："对。舒婷的《神女峰》。"

喜欢诗歌的人都知道，舒婷是中国当代女诗人，朦胧诗派的代表人物，其代表作有《神女峰》《惠安女子》等。舒婷的诗歌充盈着浪漫和理想主义的色彩，对祖国、对人生、对爱情、对土地的爱，既温馨平和又潜动着激情。朦胧而不晦涩。二十几岁的时候，林仲虎特别喜欢舒婷的诗，就是现在，书房里也还保存有十来本她的诗集。

"我也喜欢她的诗歌。"高晓丽跟着也站起了身。

林仲虎长长地叹息一声，然后将背包背到身上，再拾起高晓丽的背包，递给她，说："今夜就回家里去住吧。的确，好几天没洗澡了。我们明天再继续……"

"是真的吗？"

那一瞬间，高晓丽差点没忍住眼泪。

高晓丽知道，林仲虎这一决定不过是考虑到自己的感受，他在切身地为自己着想。凭着他的毅力和意志，不可能破坏之前定下的规矩。

心头一酸，当即想到《神女峰》的最后两句诗："与其在悬崖上展览千年，不如在爱人肩头痛哭一晚。"

西门桥上人来人往，倒映在梅江河中的灯火，星星点点，不停闪烁。

离开西门桥西岸很久，高晓丽的耳畔仍在回响着舒婷的《神女峰》中的几句：

  当人们四散离去,谁

  还站在船尾

  衣裙漫飞,如翻涌不息的云

  江涛

  高一声

  低一声

  美丽的梦留下美丽的忧伤

第二十五章

秀山网微信公众平台随着向左的深度报道《你家有女儿吗？她四岁时就承包了家里的所有家务；火灾发生，为救残疾哥哥她差点命葬火海》而备受瞩目，两天不到，单条微信点击数突破二十万，转发数达到空前的五千人次以上。

顾因因苦难的遭遇成了人们关注的焦点，人人都在为她的命运揪心。

怎样帮助她？怎样帮助她的家庭？一时间成了街头巷尾的热门话题。

欧阳旬旬是流着泪看完向左这篇报道的。她完全被顾因因的事迹给震撼到了。

这么小的年龄，居然承包了所有家务活？

特别是看到顾因因几次冲入火海救自己的哥哥，欧阳旬旬就心痛，就情不自禁地想流眼泪。改革开放这么多年了，农村生活早就发生了天翻地覆的变化，没想到居然还有这么穷的家庭，还有这么苦的孩子。

要是自己有这么一个女儿，疼她爱她还嫌不够，怎么忍心让她干那么多、那么重的粗活？

当真是如革命现代京剧《红灯记》中李玉和唱的"穷人的孩子早当家"啊。

半坡组剩下的包括顾笑水在内的六户人家，原本几年前就应该属于两河湾的村民，只是由于各种原因才造成了目前这种暂时被"搁置"的尴尬局面。

不过最近两个月，欧阳旬旬一直都在关注这六户人家的情况。

有林仲虎对半坡组的破格关照，欧阳旬旬完全放得下心。

如果半坡组的六户人家生活条件好了，最终同意搬迁到两河湾，欧阳旬旬肯定会无条件同意，并全力配合搬迁工作。

上次欧阳旬旬去半坡组，见到过顾笑水，但没见到顾因因。当时，顾笑水衣服裤子都补过疤给欧阳旬旬留下极深的印象。

欧阳旬旬一边流泪，一边转发朋友圈，一边照着文尾留下的账户捐款。

呆坐一会儿，突然觉得自己应该尽最大的努力帮助顾因因摆脱厄运。于是拿起电话，先将这件事情告诉石诚，让他在朋友同事之间呼吁一下，然后给石堤镇党委书记和妇联主席反映情况，告知顾笑水原本应该属于石堤镇两河湾人，请求他们在镇内学校及党政机关为顾因因家庭发起大众捐助活动。

想想还应该在两河湾村民中也发动发动，于是一个电话将黄毛狗找来，让他跟自己一起，去两河湾各组家庭条件较好的人家为顾因因募捐。

走了一圈，捐助名单拉得老长，但资助金额却不算理想。

欧阳旬旬还是比较高兴。她知道，两河湾并不富裕，所谓一方有难八方支援，一元两元都是心意，虽然捐款数额不多，但至少可以让顾笑水一家看到重建家园的希望。

而黄毛狗却是不太满意，他指着笔记本上的名单，歪着嘴说："我黄毛狗这样穷也捐助了二十元，那些家境好的，居然十元也舍不得出。"

欧阳旬旬微笑。

"老黄啊，你也不想想，我们村只有从半坡组搬来的少数人认识顾笑水，更没多少人真正清楚顾因因火海救哥哥的故事，作为外乡人，大家能够响应号召，伸出援助之手我已经很满意了，不要去计较别人捐多捐少。"

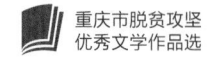

黄毛狗仍旧歪着嘴，满脸不高兴。

欧阳旬旬看看天，时过晌午，于是问："还有哪个组没有去？"

"彭大伯彭老支书那里，长岭坡。"

欧阳旬旬笑着说："老黄，不要说那里那里的，现在，也算是你们那儿了。长岭坡民居改造完成后，各旅游接待点就得开张迎客，届时，你就得长期坚守在那里，以那里为家了。"

黄毛狗不好意思地点头："对，对，长岭坡，是我们那里，是我们那里。真心感谢欧阳书记的扶持和信任！"

说完话，一个立正，学着军人模样朝欧阳旬旬敬了个礼。

欧阳旬旬抿嘴微笑，认真地盯着黄毛狗看了两眼，突然感觉现在的黄毛狗与之前大不一样，又精神又帅气。

的确，大半年来，在欧阳旬旬的不断教化下，黄毛狗整个人变得精神多了，特别是穿戴方面，一改往日的邋遢之风，又整齐又干净，仔细看，还真是越看越顺眼。

时下，长岭坡特色村寨改造工程已近尾声，几十户依山而建的人家房屋外观都按照统一规划改建完毕。

走过竹荫绕绕的青石板小道，一幢幢土家风情吊脚楼异常醒目，寨子里的男女老少都身着土家服饰，银佩叮当，或欢声笑语，或山歌对唱……村民们正按照欧阳旬旬的严格要求，打破平时的生活习惯，尽量快地恢复营造长岭坡几十年前的浓郁民族氛围。

自解放初期始，秀山大多数地区的土家族苗族文化都已经与汉族文化融合了，民俗习惯也逐渐与汉族相近。上世纪80年代秀山成立土家族苗族自治县后，少数民族文化再一次兴盛起来。尽管如此，在全县也很难找到除梅江镇民族村以外的第二个村落还在完全按照少数民族习性过日常生活。

由于土家族没有形成自己的文字，再加上几十年没有广泛使用土家语交流，导致寨子里的年轻人大多不会说土家语了，只会一些简单的发音，比如"土家族、苗族、汉族"的发音分别为：毕兹卡、白卡、葩卡；"走娘家去"发音为：捏卡保而；"唱山歌"发音为：嘎折果；"心里发愁"发音为：卡岔打；"发财了"发音为：叶谢……如果要整句连着说，却很少有人能够办到，除非是六十岁以上像彭老支书这样年纪的人。

这阵子，彭老支书家里经常有年轻人上门请教学习土家族口语。欧阳旬旬定下规矩，半年后，寨子里的村民与外来游客交流时必须使用普通话，而村民与村民之间必须以土家语进行交流。

除了土家语言的恢复，欧阳旬旬还让寨子里的村民演练极具土家特色的茅古斯、哭嫁、山歌对唱、土家祭祀等传统表演节目。同时还在寨子内修建了一个可容纳两百人观看的土家斗牛场，配套养殖了十多头斗牛，将常年为游客举行斗牛表演。

长岭坡村口新建了一座木制仿古寨门，上书"长岭坡特色村寨"七个大字。寨门前是一条掩映在竹林丛中的青石板路，寨门后是一块宽敞的土坝子，非常适合游客在这里举行篝火晚会和欣赏土家族人的山歌对唱表演。

两人刚刚出现在寨门口，就有十来个土家妹子端着茶盘蜂拥而上，有的堵在寨门前，有的围着两人一边唱一边跳，非得要欧阳旬旬喝三杯拦门酒。

欧阳旬旬笑着摇手："不喝，不喝。"

"要不，我替欧阳书记喝吧。"

黄毛狗嘴馋地伸手就要去茶盘里取酒杯，却被欧阳旬旬伸手一挡，说："不行，你也不能喝。"既而朝将自己团团围住的土家妹子们说："今天有正事要办，拦门酒就免了吧。"

土家妹子们正要散开，黄毛狗却嬉皮笑脸地说："说不喝就不喝？欧阳书记，这可是你定下的规矩呀，哪能破坏呢？"

自新年之后，虽然长岭坡旅游还未向外界推介，但欧阳旬旬为

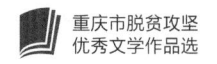

了让长岭坡村民更快转换角色,从而让长岭坡更具土家特色并迅速让外界知晓,于是定下规定,包括彭老支书在内的任何一个村民,必须时刻牢记自己的土家族身份,不管是出入寨门还是在山坡上劳作,一律都要穿戴土家族服饰,要说土家族语言,看见客人到来,即使是熟人,也要形成习惯唱迎客调、喝拦门酒。

目前,两河湾特别是长岭坡,在外界已经小有名气了。

上次的柑橘营销直播非常成功,不光让全国各地的人都知道了秀山有一个柑橘之乡,还让两河湾绝美的自然风光得到了展现。便是现在,也还常有外地不认识的人通过电话向欧阳旬旬咨询两河湾的具体位置及旅游接待能力。欧阳旬旬每一次都会将两河湾的自然风光及人文地理详细介绍给他们,同时很耐心地解释:两河湾正在极力打造乡村旅游,初步估计在今年的十一黄金周可以开门迎客,建议大家届时再来,以免接待不周。

乡村旅游要红火,基础设施、自然条件是一方面,民风民俗的保持和再现则要占更重的比例。

打造旅游,特别是乡村旅游,独具特色非常重要。

欧阳旬旬之所以要提前在长岭坡制定一系列规矩,主要是考虑到长岭坡旅游接待点即将成形,必须得让村民们随时作好开门接客的思想准备,以独有的土家特色,给每一位前来旅游的客人留下深刻印象。

秀山不大,却有无数的旅游集地和资源,如果缺少特色,就极难招揽"回头客"。所以欧阳旬旬在计划打造长岭坡特色村寨旅游时,首先遵循的是"绿色""特色""原生态"七字,至少要在秀山找不出第二个类似的寨子。

今天,欧阳旬旬确实还有重要的事情需要处理,本来不打算喝酒,却被黄毛狗这么一挤对,只好接连喝了三杯。欧阳旬旬平时滴酒不沾,所幸拦门酒是低度数的土家米酒,并不太醉人。

黄毛狗嘻嘻一笑，凑过身去，趁机也喝了三杯。

坝子里响起了土家妹子们高声清唱的《土家族敬酒歌》：

  土家山寨(嘛)风俗多呀，贵客(那个)来了请上坐，

  先敬一碗(嘛)包谷酒呀。再唱(那个)一曲(哎)敬酒歌。

  请您喝。请您喝。喝。

  一杯酒敬(个)一枝花呀。贵客(那个)好好把酒饮，

  虽是粗茶(嘛)和淡饭啦。杯杯(那个)薄酒(哎)表心意。

  请您喝。请您喝。喝。

  二杯酒敬(个)百花开呀。百花(那个)开放贵客来，

  客来山寨(嘛)也增辉呀。二杯(那个)苦酒(哎)表情怀。

  请您喝。请您喝。喝。

  三杯酒敬(个)情谊深呀，良辰(那个)美酒逢知己，

  酒逢知己(嘛)千杯少啊，再敬(那个)一杯(哎)增情义。

  请您喝。请您喝。喝……

借着微醺，欧阳旬旬跟着载歌载舞的土家妹子们手舞足蹈，并不时伸出大拇指，满意地朝大家喊话："好，好，好！看大家的表现越来越专业了，特别棒，大家继续练习。有时间我也要多找彭老支书学习土家山歌，下次来这里，一定找你们对唱……"

这些土家妹子是欧阳旬旬从两河湾各组精挑细选而来，个个身材姣好、嗓音清脆，年龄大多都是二十多岁。

她们中有一半以上的女子都来自以前的半坡组。似乎半坡组女性要比两河湾女性更有唱歌、跳舞天赋。

跳累了，欧阳旬旬闪过一旁休息。正喘着粗气，彭老支书拿着长烟杆，乐呵呵地出现在欧阳旬旬面前。

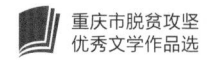

彭老支书家居于长岭坡几十户人家的最高点，占地面积比其他村民家要多两倍左右，前有院坝，后有围墙，三面环山，万竿修竹，特别是新建的六层塔式观景台距离他家仅有百米远近，非常适合外地旅客留宿。

刚开始制定乡村旅游接待点名单时，彭老支书高姿态非得要将名额让给其他村民。欧阳旬旬与陈明反复上门做工作，列举其"天时""地利""人和"诸多优势。在顾全长岭坡旅游大局的前提下，彭老支书最终还是同意将自己家纳入乡村旅游接待点名单，不过他提了一点要求：今后自家旅游接待点所获利润将无条件全部上缴村委会，以示公允。

"怎么样？来了就去我家里坐坐？"

彭老支书一边抽着旱烟一边高兴地对欧阳旬旬说："看见你们朝长岭坡而来，我是专门跑到寨门口来接你们的。"

欧阳旬旬给两河湾带来了很大的改观，这阵子，彭老支书一整天都高兴得不得了，见了谁都乐呵呵的，一个人在家也会情不自禁地唱几段山歌。特别是最近长岭坡土家民居改造已然成形，他是看在眼里乐在心里，有事无事都会爬到观景台上去，将整个寨子看了一遍又一遍，越看越觉得长岭坡风光美不胜收。

寨子上下，所有木房都经过重新装修，木料的颜色和房屋的外貌都是统一规格，工巧精美，家家户户焕然一新，以前那个年久失修的长岭坡山寨已然不见踪影。

彭老支书从心眼里感激欧阳旬旬。可以说，没有她的到来，就没有两河湾的今天。

六层塔式观景台建在长岭坡最高点，近可以看长岭坡全寨，远可以观酉水河与梅江河交汇以及打伞岩成片的柑橘林。彭老支书刚才正在观景台上看风景，发现有一男一女从两河湾村所在地朝长岭坡走来，看身材和走路姿势，一猜就知是欧阳旬旬和黄毛狗，于是拿着老烟杆就往寨门口赶。

在彭老支书记忆里，似乎自家的民居改造完成后，欧阳旬旬还没去做过客。于是一见面就说："欧阳书记，今天不管怎样都得上我家去坐坐。"

从长岭坡寨门口去往彭老支书家，要走数百级石阶，欧阳旬旬感动于彭老支书的热情，但觉得今天走的路实在太长了，有点累，于是笑着说："老支书，来日方长啊，今天还有别的事情，就不去你家坐了。"

"老支书家现在变样了呢，呵呵，比以前要宽敞要明亮多了。特别是你喜欢的那栋吊脚楼，现在装修得像新的一样。"

第一次去彭老支书家，欧阳旬旬望着彭老支书家的吊脚楼赞叹不已，还沿着木梯上楼在木廊里走了几个来回。当时兴奋地对彭老支书说：你家吊脚楼这么有格调，几时有空一定到上面住一晚。

"你不说我也知道。下次一定上门烦扰老支书。"欧阳旬旬说。

见彭老支书满头大汗，急忙招呼黄毛狗："老黄，去将你大哥家房门打开，让彭老支书去那里坐着休息一会儿。正好我想跟他说件事情。"

无事不登三宝殿，既然欧阳旬旬特意赶到长岭坡来，一定有要事与自己相商。彭老支书也不再客气，跟着黄毛狗就朝他大哥家走去。

黄毛狗大哥家住房居于长岭坡寨子的中部，一条小溪流自山顶而下，恰巧经过木屋一侧而形成一个天然水潭。潭底结构极为奇特：一大块纯绿色的整石，大致七八十个平方，无缝无隙，相当平整。

水潭不深但水很清澈，四周除了竹林，还有三棵古枫树和两棵老槐树。平日里寨子中大部分人家都来这里洗衣、洗菜、纳凉、闲聊。若说热闹和集中，整个寨子除此无二。

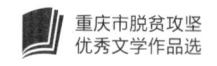

黄毛狗大哥已经去世多年，大嫂也不知所踪，两个侄子已经搬去了黄毛狗那儿，几间木屋早就空置。

长岭坡民居改造工程启动那天，欧阳旬旬定的第一家旅游接待点就是这里。

当初几间木屋及左右厢房均有不同程度破败，经过改造，焕然一新。圆石砌成的围墙，古色古香的院落，桐油漆的木门，有回廊的吊脚楼……加上有旁边的水潭、古树和竹林相映，当真令人赏心悦目，可谓一眼结缘，远离尘嚣。

接待点的牌子还未悬挂，但旅游局免费发放的相关设备比如床、被单什么的却已经安置妥当。家里共设有八个床位四个房间，其中两个厢房各设一间，另两间设于正房的南北朝向，而以前的中堂则布置成为客厅，里面的沙发、茶几和电视都是欧阳旬旬拿钱垫付的。

屋内一尘不染，井井有条，黄毛狗一辈子哪住过这么好的房间？其规格相当于上次去云南、贵州一带考察时所住的宾馆了。

房屋装修完毕，黄毛狗不时会打开房门从屋檐下远远欣赏房间里的布置，有时候需要进屋办事，他必定会去一旁的水潭里将身上衣服擦拭一番，再将手和脚都清洗一次，这才会小心翼翼进屋。客厅沙发都安置半个月了，他硬是一次也没舍得往上面坐。即便是此时，欧阳旬旬跟彭老支书再三邀请他坐下来摆谈，他都是不断摇手，远远地站在屋角，不让身子碰到客厅里的任何器具。

他就像一个第一次走进城里人家的乡下客人。

欧阳旬旬开门见山，向彭老支书说明了来意。

"钟灵镇半坡组啊，我们两个地方很有渊源啊。"

彭老支书毫不迟疑就拿出两百元递给欧阳旬旬。

"十年前，寻找梅江河源头，我第一次去半坡组，记得还在那住了一个晚上。我们两河湾，恰巧跟他们一个是梅江河的尾，一个是梅江河的头。有道是首尾呼应。八年前，那么远的距离，又各是一个乡镇，他们二十来户人家能响应号召搬迁到我们这，也算是一种难得的缘分。现在，剩下为数不多的几户，生活条件的确比我们这要艰苦，而且今后很可能也会搬迁到我们这，也称得上是自家人吧。这两百元算是我的一点心意。"彭老支书说，"另外，长岭坡村民不用你们去一家家地动员了，将上门的任务交给我，拿多拿少我不敢说，但却敢保证每家每户都会参与。"

欧阳旬旬不好意思地说："说实话啊老支书，现在的半坡组虽然与我们有千丝万缕的联系，但毕竟顾笑水还不属于我们两河湾的村民，我是对顾因因的苦难经历动了恻隐之心，以私人的意愿为她家做一点力所能及的事情，所以大家也没有义务非得要捐啊，而且长岭坡村民很多还处于贫困线上。我的意思是不用动员每家每户，只针对条件相对要好的家庭，完全取决于自愿……"

彭老支书"呵呵"一笑，拍着胸脯说："你放心吧，老支书我心里有数。你们去忙自己的事，明天一早，我准会将捐助名单和筹集到的善款送到村委会。"

彭老支书的一言一行总能让欧阳旬旬的心里充满温暖，一个老共产党员的修为在他的身上体现得淋漓尽致。可以这样讲，来两河湾任职半年，各项工作开展得如此顺利，有一大半功劳都得归于彭老支书。

为人师表，身先士卒，两河湾的"精神领袖"绝非浪得虚名。

刚刚吃过晚饭，欧阳旬旬拿出笔记本想要清算一下筹款总额，覃酉梅唬着个脸走进了村委会办公室。

覃酉梅是钟灵镇半坡组的搬迁户，就住村委会隔壁，性格内向，平常极少说话，但作为村委会文书，有时会到办公室走走。

覃酉梅的名字是根据秀山的两条河流取的，小时候他嫌名字取得有些"女里女气"，总是拉着父亲的手让给他重新取一个，就算

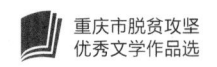

叫"覃梅酉"也好听一些。后来习惯了，倒觉得这个名字很有意境，内涵也丰富，也就不再找父亲闹腾。

覃酉梅读过高中，在两河湾算文化程度高的了，八年前刚从半坡组搬迁而来，彭老支书就将他培养成了村委会文书。

哪知道最近几年"家运"突变，生活的沉重压得他喘不过气来，导致他一天只知道田里土里干活，性格越来越"沉闷"，村委会的事情也很少管了。

自从欧阳旬旬上任之后，给予他家不少的帮助，在心理上也给予了不同程度的疏导。近两个月来，覃酉梅在生活上有了改观，整个人也越来越精神，同时，也开始主动揽起村委会的活儿干了。

见覃酉梅进来，欧阳旬旬朝他点了点头算打了招呼，低头自顾算账。

站了四五分钟，覃酉梅干咳一声，从衣兜里掏出皱巴巴的三张拾元面值人民币，放到办公桌上转身就走。

欧阳旬旬不明何意，急忙叫住他："什么意思你这是？"

"捐款啊。捐给顾因因。"

欧阳旬旬急忙起身。

"谁让你捐款了？家里的病人等着钱用呢，用不着你捐啊。"

覃酉梅妻子身患肾功能衰竭，每个月都要两千多元的透析费。近几年来，尽管覃酉梅起早贪黑将能找钱的事都做了，仍然还收不抵支，债台越筑越高。

欧阳旬旬上任后，考虑到覃酉梅家的实际困难，凡是县上来村里慰问的组织或是各地爱心人士到村里献爱心，欧阳旬旬必定会首先将他们带到覃酉梅家，尽量多地给他家以物质帮扶。

长岭坡即将开发乡村旅游，整个两河湾没有一家有特色的餐馆。在欧阳旬旬的建议和资助承诺下，最近，覃酉梅正准备筹建一家农家乐，主营石堤豆腐鱼。

石堤豆腐在秀山相当有名，以嫩、白、滑享誉全县，而覃酉梅平日以捕鱼为生，也学得一手做鱼的好厨艺。如果以梅江河、酉水河之鱼煮石堤豆腐，煮出游客在秀山县城无法享受到的特色美味，必定能够给长岭坡乡村旅游锦上添花，同时也会增加覃酉梅的家庭收入。

上周，欧阳旬旬已将所需资金交到覃酉梅手里。

覃酉梅知道欧阳旬旬并不富裕，他不善言辞，常将感激之情深藏肺腑，虽然从来没在欧阳旬旬面前表达过情感，但对她却相当恭敬，内心里早就将她当成是自己一家的恩人。

"怎么就不该捐呢？我也是从那里搬来的啊。那时候，顾笑水和我两家还是邻居……"

在欧阳旬旬面前，覃酉梅有些紧张，手脚不知该往哪里放。

"他的家庭遭遇跟我差不多，都是因病致贫。我家是没有小女儿，不然也会跟顾因因一样的命运。所以我很理解他。上有老下有小，一个人家里家外根本忙不过来，有个小女儿健健康康的，肯定得让她承担起相应的家务劳动。"

覃酉梅闲时不多言不多语，这时候居然一口气说出了与别人不太一样的一套理论，这让欧阳旬旬或多或少有些意外。的确，有一些不太理解顾笑水的网友在报道下留言，说顾笑水将一个未成年的女儿当成了苦役用，实在不配做父亲……有这样言论的网友一般是没在农村生活过，他们并不了解农村生活的艰苦，也并不知道，一个五口之家有三个残疾病人的无奈。

面对如此处境的家庭，作为有类似家庭境遇的覃酉梅最有发言权。

"现在，顾笑水遇到了困难，虽然说我也困难，但算来算去总比他家要好，所以这钱我必须得捐。三十元是我昨天卖鱼得的，不多，但也是我的一片心意。"

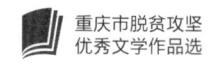

来两河湾半年，欧阳旬旬从来没听到从覃酉梅嘴里说出这么多话。这些话再平凡不过了，但听着听着，却让欧阳旬旬感动不已。

拿着"沉甸甸"的三十元，一时不知该说什么好，待得想代顾笑水说一声感激的话，才发现办公室早就没了覃酉梅身影。

这般质朴的村民，一分钱巴不得掰成几瓣用，却以一颗善良的心，悲天悯人，尽自己最大的限度去施舍救济他人……

正自感慨，手上的电话响了，长途，是自己湖北的高中同学武静打来的。

已经有好几年没武静的音讯了，虽然相互有电话和微信，但都因各自有各自的工作而疏于联络。

欧阳旬旬不属于交际中的活跃分子，不说高中同学，即便是大学毕业后，也少与大学同学来往，加之到了遥远偏僻的秀山，干的又是农村工作，每天起早贪黑，更是没主动联系过任何时期的同学和朋友。

然而近来却接到不少同学打来电话，多数是宣称近期大喜临门请吃"喜酒"的。武静在高中时期与自己关系不算太好，此时电话，多半不是叙旧，应该也是要出嫁请喝"喜酒"了。

寒暄一阵，见武静老是支支吾吾不说正题，只好主动探询："今天突然找我，是不是有什么喜事要告诉老同学？"

"哪来的喜事？没有喜事啊。"

这倒出乎意料。欧阳旬旬先入为主，见她如此回答，一时反不知该如何接话了。

武静叹息着说："实不相瞒，这几年我是什么都不顺。男朋友吹了两个不说，做什么生意还都赔。倒霉得很啊。"

欧阳旬旬安慰："我们还年轻，男朋友吹不吹倒无所谓。优秀的在后面等着呢。然而生意做赔了倒不是好事，做之前没好好地调查一下市场吗？"

"现在的市场，瞬息万变，往往不能跟前期调查成正比。"

"那么目前你做的是什么生意？"

"服装。做了两年。也许是门面没选在闹市区吧，生意从来也没好过，半死不活。"

在欧阳旬旬的印象中，武静一点也不"静"，倒是有些"武"，属于"女汉子"类型，说话做事雷厉风行，不轻易叫苦，也不轻易动摇既定目标。这样有个性的一个人，应该有什么话就说什么话，直来直去，不可能尽绕弯子。

不由暗想：通话几分钟了，她一直唠叨着这些琐事。难不成几年未通音讯，今天专程打电话来向自己诉苦？这可不像是她以前的性格啊……

感觉她一定有什么事相求。

"我真不是做生意的料，半年前便决定不做了，不再进货，想将现有的服装卖完之后找朋友介绍一份稳定的工作，虽然说工资不高，但旱涝保收，发不了财也饿不死。"武静继续在电话里唠叨。

听了半天，欧阳旬旬不知她到底想要向自己表达什么，只好耐心与她周旋。

"我也觉得既然生意做不走，就别想再在这上面发财，像我一样，找份稳定的工作，够吃够穿就满足了。"

"一直没找工作，就是骨子里不服管。想自由自在。现在来看，不服管不行了，欠了许多债，得慢慢偿还……"

"没欠多少吧？"

"还好，几万以内。"

"那还好，只要将门面让出，再将余货处理，应该欠不下多少，到时拿工资，每个月还一点，压力还算不大。"

"我今天打电话，就是要给你说说余货处理的事情。"

终于说到正题了？

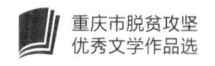

欧阳旬旬心中一惊,莫不是她想将余货打给自己?或者让自己在秀山给她找销路?当即羞涩地说:"静静啊,有什么困难我们可以一起想办法。不过我的能力你也知道……最多可以给你销几件我和男朋友能穿的衣物……"

武静哈哈大笑。

"我可不是想向你推销我的存货啊。是这样,这两天我正准备将所有存货减价处理掉,但看着痛心啊,这么好的货物,亏本卖出去,虽说能够找回几个本钱,但心有不甘。正自矛盾呢,昨天看了你转发的微信朋友圈,觉得顾因因一家太可怜了,就想将这批存货全部捐献给她家。"

欧阳旬旬喜出望外。

"你也看到那篇报道了?"

武静带着哭音,说:"是啊,我还为此痛哭了一场,多好的一个小女儿啊。我像她那么大的时候,还追着妈妈要抱呢。看人家,看人家……"

"可是,你还欠着债啊,要捐不是不可以,没必要将全部存货都捐出去呀。"

"反正都亏了,我也不靠这最后的一批货。"武静破涕为笑,"我有半年没进货了,所存服装其实也没多少,价值大概一万元左右吧,百十来件,如果在市场上处理,最多能捡回两三千块钱。这些服装,有老年人穿的,有中青年穿的,也有小孩子穿的,我不如全捐给顾因因一家,反正她家上上下下五口人什么东西都烧光了,捐给他们,让他们在几年内不用花钱买新衣服。"

这简直太夸张了!

一下子捐一百来件新衣,也只有像武静这样的"女汉子"才做得出来。

欧阳旬旬半张着嘴,又惊又喜又感动,一时回不过神来。

"还有，"武静沉默一会儿又说，"我想再捐五百元现金，但这五百元现金必须你亲手替我交到顾因因父亲手里。"

"为什么？"

"这五百元我是捐给顾因因读书的生活费，只有她确定上学后，才能交给她父亲。要是秋天之后她没能读上书，这五百元你得给我退回来！"

她果真是个"女汉子"，思维跟普通人不一样。不过欧阳旬旬的心里却突然感觉到十二分的温暖。

"好吧，这五百元现金我一定待顾因因上学后再交给她父亲。我也会随时关注顾因因的动态，真要是秋天过后顾因因没能上学，我发誓，绝对不会放过顾笑水……"

话说到这里，欧阳旬旬的心里却由此多了一层顾虑。要是顾笑水获得了捐款，仍不送顾因因去学校读书，自己作为外乡人，还真不知该怎样监督和指责他……

忧心忡忡，不由找出向左的电话号码。

现在向左已经代替林仲虎成为映格沟的"第一书记"，她必须马上将这一担忧告诉向左，提醒他今后在处理顾笑水的捐款和其他事宜时，一定要将顾因因上学的事情摆在第一位……

第二十六章

残阳如血,黄昏的颜色将两人彻底笼罩。

河流,村庄,树木,人,包括人的思想……似乎跟整座山脉融为了一体。

寂静之至。

高晓丽从来没有傍晚时分坐在荒山野岭的经历,此时此刻心里异常难受,特别是瞄一眼林仲虎隐于残阳深处的身影,落寞、伤感之情油然而生。空空的,凉凉的,整个人恍恍惚惚,不知道自己是谁,不知道这个世界到底是怎么回事。

似乎已经到了世界末日,全世界只剩下自己……心里那种空荡荡的感受,让她觉得以前的一切寂寥都抵不过此刻。

惆怅满怀。

突然间好想回家,好想世间的所有亲人。

真想流泪啊,又害怕林仲虎瞧见。

不禁缓缓起身,对林仲虎说:"我想一个人去远处走走。"

一条羊肠小道弯弯曲曲,直通后山。

远山深处,到处都是正待开花的桐子树,一坡连着一坡。

林仲虎一动不动,面朝夕阳,长长地叹息。

见林仲虎没有理睬自己,高晓丽强忍心头的悲苦,重新坐了下来。

天色越来越晚,夕阳越来越红。

死亡一般寂静。

"独自一人的时候,你晚上在山岭上坐过吗?"

高晓丽打破沉默。她实在难以忍受满山遍野的寂静。

"我一直想体验这种感受。听写诗的朋友说过,尤其是月圆的夜晚,独坐山岭,会有无限的怅惘涌上心头,诗的灵感来了,但写出来的句子,却会充满死亡的气息……"

高晓丽紧咬嘴唇。

日薄西山,晚风习习,她已经感受到浓浓的死亡味道。

她痛恨这样的感受。

心头的空旷,如同小时候身处异乡,半夜三更一觉醒来找不着父母。

高晓丽鼻子酸了又酸。

她再次缓缓起身。

"我想一个人去远处走走……"

眼泪在眼眶里打转,再不离开,她真的忍受不住心头的悲哀了。

林仲虎盯着即将落山的夕阳,没有回话。

高晓丽突然想到一篇关于"生命列车"的文章。

文章中有这样一段描写:

  人生一世,就好比是一次搭车旅行,要经历无数次上车、下车。

  降生人世,我们就坐上了生命的列车。

  坐同一班车的人当中,有的轻松旅行,有的却带着深深的悲哀……还有的,在列车上四处奔忙,随时准备帮助有需要的人……

  很多人下车后,其他旅客对他们的回忆历久弥新……

但是,也有一些人,当他们离开座位时,却没有人察觉……

一阵小跑,高晓丽沿着羊肠小道拐过两个弯,再也忍不住,抱住一棵桐子树痛哭。哭了几声,害怕远处的林仲虎听见,慌忙用双手捂住嘴。

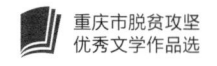

一个女人，心头的痛无法向他人倾诉，长期积蓄的委屈，或许眼泪能够缓解。然而对于高晓丽来说，近段时间，即便哭也是一件极其奢侈的事情。

没有谁给她机会给她时间让她哭泣。

面对林仲虎她得笑，面对父母她得笑，面对儿女她得笑，面对高小小她得笑，甚至于面对张映光她也得笑，方方面面不允许她哭泣。

万箭穿心，她感觉自己即将到达崩溃的边缘。

如此下去，她或许会疯。

这是她之前永远也料想不到的结果。她一向骄傲地认为，自己的人生，绝对不可能这般凄惨。

晚风吹得桐子树叶"呜呜呜呜"作响，更增添了她心头无限的迷惘和痛楚。她突然侧过身去跪倒在小道旁边，面朝东方，低声祈祷：

"老天爷啊，救一救我，救一救我，让仲虎他好起来吧……"

明明知道这一愿望永远也不会实现，但她仍旧一次一次地乞求，期待能有奇迹。

每一个夜晚，她都希望醒来后的第一眼能看见林仲虎健健康康地出现在自己面前，一切现实都是梦境，一切担忧都是虚幻。然而每一天醒来，都会活在真真切切的现实之中，时光一刻不停地朝前走着，而林仲虎的病却越来越重……

铁板钉钉，林仲虎已经不可能好起来了。

学业，事业，恋爱，婚姻，家庭，以前一帆风顺，她从来没想过这么残酷的现实居然会落到自己的身上。

所有的趾高气扬被击打得粉碎，随之而来的是失魂落魄和忧心如焚。短短的两个来月，无论是外貌、内心还是性格，与之前判若两人。

就连以前最热衷的事业也漠不关心了。

前两天，到达隶属中和街道的打渔港时，接到弟弟高小小的电话。

电话里，高小小十分激动。

"七月中旬，旅游局又有一次大的考察团出行计划，准备业务外包，听上级的意思，对你们旅行社上次的服务非常满意，这次仍旧想跟你合作。这两天你可以趁热打铁，去旅游局跑一趟……"

"算了，还是将机会留给其他旅行社吧。"

高晓丽毫不犹豫地回答。

高小小没听说过姐夫林仲虎患病的消息，也不知道姐姐高晓丽这些天以来的心路历程，见她居然对这笔大业务无动于衷，十分震惊：

"这么好的机会留给其他旅行社？"

以为自己听错了。

依着高晓丽以往的性格，哪有平白无故就将机会留给他人的？

"世事无常，挣那么多钱来干什么？"高晓丽异常平静地说，"一辈子拼死拼活，除了钱什么也没有，有意思吗？如果一家人能健健康康地生活在一起，没有疾病，没有死亡，我宁愿回到男耕女织的时代。"

高小小目瞪口呆。

这些话居然从自己的亲姐姐嘴里说出，打死他也不会相信！

事业真的重要吗？

幸福到底是什么？

钱，是什么东西？

有钱，能治好绝症吗？有钱，能让此时的心情舒畅？

人一辈子，到底图个什么？没有疾病，没有灾难……夫妻俩生儿育女，长相厮守，过着"你担水我浇园"的小日子，那才是真正

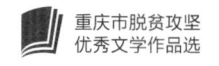

的幸福。

晚风吹拂，夜色浸染。

压抑，苦闷。

空气中弥漫着桐子花的怪味和悲痛欲绝的寒流。

心头得到了一定的释放，不敢逗留太久，高晓丽匆匆擦拭泪痕，理了理头发，慢慢沿小道往回走。

转过弯，透过几株蓓蕾初绽的桐子树，夜幕下林仲虎孤独的身影再次映入眼帘，感觉那么的遥远，那么的缥缈。

再一次悲从中来。

时光无情。现在看在眼里的一切都会在不久的将来烟消云散……

那一瞬，高晓丽真想不管不顾地冲上前去抱住林仲虎酣畅淋漓地痛哭一场，但转念间，还是不敢如此冒失。她不得不担心林仲虎看出自己知道他的病情啊……

人生怎么会是这样？

忍着强烈的悲痛转回身，高晓丽再次跑到刚才那棵桐子树下，蹲在地上低声抽泣。

电话响起。

是刘新发。

高晓丽哽咽着不知说什么好。

从映格沟出发的时候，高晓丽就跟刘新发打了电话，要求他最近一个月不要离开秀山境域。假如林仲虎在"穿越梅江河"的过程中不顺利，刘新发得随时出现在自己面前。

林仲虎身体好一天歹一天，谁也无法预料路途会发生什么……

"表哥最近的身体如何？"刘新发开口就问。

高晓丽哽咽着说："越来越差。这两天我们一天只能走几公里路。很多时候他都需要我搀扶着走……"

"昨天我替他在城西烧了个鸡蛋,算命的人说,烧了鸡蛋后表哥他或会好转……""烧鸡蛋"是流行于秀山乡村的一种迷信活动。近段时间,刘新发只要听别人说哪儿有八字先生会算命、改命,他准会第一时间找上门去,花重金祈福,也不管对表哥林仲虎的病管不管用。

"烧鸡蛋……"

高晓丽从来就没听说过"烧鸡蛋"可改变命运,继续哽咽,没有接着往下说。

"你们现在到哪里了?"刘新发问。

"到了官庄地境。英树村对面的山上。"

"英树村?那我马上赶过来陪你们。"

刘新发住在官庄街上,离英树村仅十来分钟车程。

"不用不用,你表哥他想在山上静静地住一晚。"高晓丽不无担心地说,"我是这样想的,事前他没给你说过会徒步穿越梅江河,现在你突然出现在他面前,肯定会引起他的疑心,认为你将他患病的事都告诉了我。最近两天他的状况很不好,说话走路都相当费劲,我们不能再增添他的思想负担。"

刘新发一想也是,也就没有再坚持。

"不知他身边还有'吗啡'没有?我又想办法给他开了两盒。"

一个月前,"杜冷丁"已经无法为林仲虎镇痛,全是用"吗啡",而且分量剧增,一针也只能管两三个小时了。

高晓丽鼻子一酸,突然放声痛哭。良久才说:"这些天我发现他疼痛的次数越来越密集,'吗啡'需求量增大。明天早上我们下山,你可以找一个机会到英树村来,像与他偶遇一般将'吗啡'交给他。有备无患。他的病我们无能为力,但是,我们不能让他忍受太多身体上的痛苦。"

"这样吧,"刘新发说,"为了不让表哥怀疑,明早下山后,你

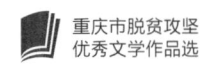

就说想参观一下英树村李香水养殖山羊的地方,将表哥带到她家来,我装作正在为李香水家山羊看病……这样应该天衣无缝了。"

"万一他不去呢?这两天他每走一步都很吃力……"

"贫困残疾人家的山羊养殖场,你只要说这几个字,表哥绝对会去。"

林仲虎极其关心挣扎在贫困线上的家庭,即或李香水不是映格沟村民,只要高晓丽提到想去"贫困残疾人家的山羊养殖场"看看,就算林仲虎当时的身体正在剧烈疼痛,他也会顺道去了解了解,给予自己应有的关心。

可以这样说,只要是贫困户,不管是不是映格沟村人,都会是林仲虎心中的牵挂!

何况年轻时他自己也曾养殖过山羊。

联想到林仲虎一心为民的工作态度,高晓丽再次抽泣。

"表嫂,你一定要坚强啊,一定要多注意自己的身体。"刘新发极为担心地劝慰。

高晓丽再也抑制不住心头的悲凉,越哭越大声,越哭越伤痛,害怕林仲虎听见,不由又朝远处跑了一段路。

来到一棵歪脖子桐子树旁。这棵桐子树上的花已经全开了。夜风吹拂,满树白色的小朵的花轻轻抖动,就像高晓丽此刻悲伤的起伏不定的心事。

再也不想忍受下去了,高晓丽一个踉跄扑倒在地,用近乎于嘶吼的声音对着电话喊:"表弟啊,嫂子我快要扛不住了。我该如何是好?如何是好……"

作为林仲虎的表亲,刘新发是第一个知道林仲虎病情的人,他深刻地理解高晓丽此时此刻的心情。那种想关心不能关心,想痛哭不能痛哭的滋味,那种让人透不过气来的压抑,非一般人能够承受。

刘新发待高晓丽哭一阵后，才拿话劝她。

劝慰了很久，好不容易才让高晓丽停止了哭泣。

"这样熬下去真不是办法啊。"刘新发轻声说，"实在不行，我马上赶到山坡上来，三个人面对面将他的病情公开了。这样一来，你就可以名正言顺地在他面前伤心落泪，也可以正大光明地关心照顾他了……"

"肯定不行啊，"高晓丽着急地说，"病情一旦公开，他除了要忍受自身的疼痛外，还要分出心来，担忧我能不能承受这份痛苦……我不想再增添他哪怕是一丁点儿的精神负担，宁愿自己多受些累。"

"只是苦了嫂子你……"

"不苦……与仲虎他比起来……"话音未落，高晓丽再次号啕。

回到露营处，双眼红肿得不敢直面林仲虎。

林仲虎正专注于空旷的远方，并未发现高晓丽的异样。

一轮明月从对面山头升起。

月光下，依稀可见山脚下的梅江河和平江河正静静流淌。鸳鸯嘴古码头旁的英树村灯火辉煌。

心，空到了极致。

感觉全世界都是虚拟的。

恍惚之间，高晓丽甚至有羽化为仙的感觉。

"是时候了，"林仲虎突然有气无力地开口，"将龙凤花烛拿出来点上吧。"

这些天林仲虎身体状况下降到最低点，每走一步都会气喘吁吁。背包就在林仲虎面前，他却懒得动一动。

高晓丽一时没回过神来。想了半天，才回忆起背包里还装着一对"龙凤花烛"。

这对龙凤花烛还是十天前路过梅江集镇时，一时心血来潮买下

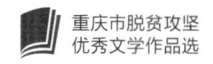

的。在秀山农村，龙凤花烛寓意深远，主要用于新婚燕尔增添喜庆。一般情况下，一对花烛可燃烧十多个小时。而现在一些家庭，为了追求更大的喜庆，还会定做可以燃烧三天三夜的超级大花烛。

为了便于携带，高晓丽在梅江集镇上购买的花烛属最小型的，只能燃烧几个小时。

经过多天的抖动，花烛上的龙凤鳞片受到了明显的损伤。

高晓丽并不在乎。

找了一块背风之地，十分虔诚地将两支花烛一一点燃，然后扶着林仲虎，对着花烛鞠了三躬。

跳动的烛光，将方圆十米内映得通红。

林仲虎轻轻搂住高晓丽，盯着她看了良久，十分费劲地低声说："结婚时没有仪式，也没点花烛，此时虽处荒郊野岭，仍算是补偿原本十多年前就该完成的婚礼程序。此情此景，对天对地，我只想对你说三个字：辛苦了。"

抬眼仰视林仲虎，四目相对，高晓丽哽咽不已。

"我不辛苦。倒是辛苦了你。"

想起林仲虎重病缠身，相互依偎的日子将越来越少，突然间情难自已，泪流满面。

林仲虎心头一痛，轻声说："别哭好吗，晓丽？"

"没哭，没哭。"高晓丽一边拭泪一边努力从脸上挤出微笑，"这么美好的情景，我怎会哭泣？只是，只是，好久没听你说这些贴心的话了，我是从内心深处被你感动，情不自禁。"

林仲虎突然侧身，紧紧将高晓丽抱住。

"晓丽，实在对不起。这么多年来，事业几乎占据了我全部精力，却将家庭的责任都抛给了你，甚至将爱情也遗弃到了一边，总以为老夫老妻不需要花前月下……现在想来，真是委屈了你。原本想从现在开始改变，又怕有些晚了……"

"不晚，不晚。"高晓丽知道，这么多年来，真正受委屈的不是自己，而是林仲虎。但此时却不愿跟他争论到底是谁委屈了谁，觉得他最后一句话有些不吉利，赶紧打断："一百岁也还不晚，我们还要相亲相爱几十年呢。"

"是，相亲相爱几十年……"

林仲虎眼泛泪光，透过高晓丽发际，望向远方。

夜阑人静，山下人家不时传出犬吠之声。

高晓丽紧紧依偎在林仲虎怀里，想哭，却不得不装出一副十分幸福的表情。

月光如水。

四处空空荡荡。

从山上往山下俯瞰，梅江河像一条巨蛇，蜿蜒在秀山的崇山峻岭间。如果以英树村鸳鸯嘴古码头为中心，则上可达钟灵镇映格沟，下可至石堤镇两河湾。月光之下，虽然看不到河流的源头和尽头，但弯曲的脉络却相当清晰，有如一条硕大的项链，串连着无数的珠宝，在夜幕下熠熠生辉。

高晓丽突然心驰神往，指向右侧秀山县城方向，轻声说："仲虎你看，这么多天，我们一步步走来，居然拐了那么多的弯，走了那么远……"

一路之上，跋山涉水，真有道不尽的曲折坎坷。

林仲虎顺着高晓丽的目光，望向九弯十八拐的梅江河上游，心潮澎湃，突然间想到了那些在映格沟为乡亲们早日脱贫而奋战不息的日日夜夜……

同时也想到了西南医院门前的那两棵老槐树。

那时候刚刚知道自己患了肺癌，一个人呆立槐树之下惊慌失措……

正值青春，壮志未酬，让他如何能够于刹那间接受命运的

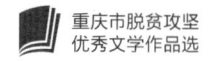

残酷！

长长地叹息。

梅江河上游就是他工作战斗过的地方，他多么希望能够亲眼看见映格沟村民彻底摆脱贫困的那一天……

病情在一天天加重，身体越来越虚弱，已经至少三天咽不下食物了。

丝丝寂寥，缕缕惊悸，以及一些难舍难离的情绪，浸透心魂。

"再看另一边，仲虎。"高晓丽紧紧地依偎着林仲虎，又指向左侧宋农、石堤方向，"而接下来的日子，我们还要继续走下去，还要拐那么多的弯，还要走那么远，那么远……"

未来，永远是一个未知数。正如两河湾梅江河的尽头处，对于目前的林仲虎来说，还真是那么远，那么远……

不知何时可以抵达！

月光下，龙凤花烛之火在夜风中飘摇，呜呜咽咽，像是在哭泣，又像在倾诉……

第二十七章

李香水心头热乎乎的,笑容堆满了她的脸颊。

一大早,熊柳就跑来告诉她,说刘新发今天将到英树村参观她的山羊养殖场。

时下,李香水的山羊养殖已经步入正轨,山羊数量也从之前的十三只发展到了二十二只。刘新发赠送她的八只成年种羊中,三只母羊已经下崽,另有两只也到了临产期。

一切顺利。

以前简易的羊圈也翻修一新。

现在的羊圈已经可以同时容纳六十只山羊,而且是按现代科学化管理设计,每一只成年山羊各归一栏,分饲养、料食、生产、观察等几大区域,比之前的规模提升了好几个档次。

这是在熊柳的帮助下,向官庄镇政府申请到的专项资助资金。

李香水心头暖乎乎的,眼里也湿乎乎的,她做梦也没有想到这辈子会遇上这么多的"贵人"。

原本以为自己命苦,有可能一辈子挣扎在贫困线上,没想到,仿佛一夜之间,幸运之神就降临到自己身上。

一切顺风顺水。

现在她想得最多的,是把羊养好脱贫致富,然后知恩图报,尽自己最大的能力回报社会,帮助更多需要帮助的人。

没有党和政府,没有像刘新发一样的好心人,再苦再累,她也不可能在短时间内达到像今天一样的良好效果,可以这样讲,即使现在还没有富裕,但她已经对未来生活充满了信心。

未来真美好啊。

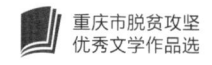

李香水总是时刻提醒自己，不管今后会过上什么样的好日子，她都要牢牢记住"感恩于人"这四个字。

原本她是一个有恩必报的女子，不过党和政府无需她去报答，而刘新发大富大贵，她想要报答也报答不了，唯一能够让她想到的报恩方式，只有回报社会，以自己现有的能力去帮助比她更困难的人。

前几天，听村里人说起钟灵镇太阳山村半坡组顾笑水家"失火"，使原本一贫如洗的家庭更是雪上加霜。李香水心头像丢失了什么似的，怎么也不踏实。

睡到半夜，着急忙慌地敲开熊柳家的门。

凡是遇上什么急事，李香水不论白天黑夜，都是第一时间找熊柳。她没有什么亲人，也没有什么朋友，只有熊柳，不是亲人胜似亲人。

熊柳见李香水半夜上门，又看她一脸的焦急模样，心头一惊，担心是她家的山羊出了状况，急忙拉着她的手，安慰着说："香水姐，不要慌，有什么事我们一起想办法。"

"不，不是我家的事。"

熊柳见不是李香水家的事，心头稍安。拉着她到客厅里坐下，然后问："说说看，什么事让你这么着急？"

"我听村里人说，钟灵镇太阳山村有一贫困户家'失火'了，是不是真的？"

"肯定是真的呀，这两天微信朋友圈都转疯了，'失火'那家有个八九岁大小的妹妹，叫顾因因，几次冲进火场里救她没有双腿的哥哥，两个人都差点被烧死了。"

李香水更着急起来。

"后来都没事吧？"

李香水的大女儿从小懂事，一直干着跟顾因因一样的家务活，所以对于李香水来说，顾因因冲进火海里救哥哥原本就是天经地义的事，并不会如其他人一样感动得一塌糊涂，倒是更多地担心他们受没受伤。

"我也不是很清楚。"熊柳拿过手机，翻出几天前的秀山网微信，点开后递给李香水，"我也是从这上面了解到的。好像没人受伤，只是家里的什么东西都烧光了。"

李香水认识不了多少字，但微信里配有很多的照片：被火烧过的废墟；简易的薄膜帐篷；顾因因粗糙的肌肤以及茫然的眼神；顾笑水凄怆的背影；顾笑水儿子、妻子、岳父三个人痴呆的表情……每一张都震撼人心。

"今后他们的日子可怎么过？"

李香水泪眼模糊。

贫困者最了解贫困者的困苦。

熊柳拍拍李香水的手背，笑着说："香水姐，国家现在这么强大，你大可不必为这件事操心，当地政府不可能不管。而且，据我所知，这些天秀山的很多人都在为他家募捐呢。就拿我们英树村来说吧，所有的班子成员都捐款了。"

"那……那我，柳妹子，我也想表示表示。"

熊柳爱怜地瞪了李香水一眼："哪有你的事儿？"

"可是我心头不安啊。我有困难，这么多人帮助我。现在别人有困难，我怎么能够无动于衷？他们多需要多一人帮助呀。"

"香水姐，我理解你的这份心情。"熊柳推心置腹地说，"但目前你还不适合去考虑帮助别人。过一两年之后，家境富实了，你爱怎么帮就怎么帮，我绝对不会拦你。"

"可是……"

"不用可是了，香水姐。从产业上算，有二十二只山羊作为参照依据，你家现在已经摆脱了贫困，但目前现金收入还一分未得，

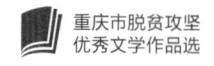

相反每月都要花费一定的饲养费用。仅凭你一家的低保，又还有几个学生的生活费，哪来的余钱？"

李香水苦苦一笑。

"这学期，学校减免了孩子们的学杂费及生活费，家庭压力小多了……所以，所以……"

熊柳抚一抚李香水肩头，打断她想说下去的话，继续苦口婆心，说："香水姐，其他我也不想多说，你就老老实实地回答我一句，现在你家里拿得出一张百元整钞吗？"

前些天因为购买山羊饲料，李香水还是到熊柳这借的五百元现金呢。

"可是……"

"你就不要可是可是了，这样，如果你实在觉得过意不去，妹子我替你捐款五十元。"

五十元捐款已经不算小数目了，英树村领导班子成员及部分村民的平均捐资还达不到这个数。

李香水着急地说："柳妹子，姐姐我哪用你来替我出钱？既然我想表示心意，那一定得是从我家里面拿出来的财物。我是这样想的，我现在的确没有多余的现金，但我有山羊啊，我想送一只怀了孕的山羊给顾笑水家……"

"天老爷……"

李香水脱口而出的这句话，对于熊柳来讲，绝不亚于八级地震。

大惊失色，张着嘴都不知该如何说话了。

李香水认真地说："你想想，送钱的话，他随时可能用掉，但送山羊不同啊，它可以……"

"别说了！"熊柳突然站起身来，气急败坏地挥动手臂，大声说，"香水姐，你还得靠这些山羊脱贫致富呢，现在才刚刚起步，就想拿山羊去救济别人了？刘总要是知道了，不知会有多伤心！"

李香水没想到熊柳会突然对着自己发脾气，急忙起身赔笑。

"柳妹子，我这不是专门上门来找你拿主意嘛，我只是有这份心，你不同意，我们另想办法好不好？"

熊柳鼻子一酸，眼泪大滴大滴地直往地上掉，吓得李香水手足无措，像犯了天大的错误，低着头一句话也不敢再说。

熊柳虽然比李香水大，但一直以来都是当她作姐姐看待，加上李香水家境贫寒，又有残疾，平日里真可谓是嘘寒问暖，无微不至，从来没给她过不好脸色，更没有当面发过任何脾气。

刚才心头一急，随口说了几句重话，一时间后悔得不得了。又觉得李香水心地如此善良，自身还在贫穷的情况下就想到了"报恩"帮扶别人，而且一出手就是一只"怀了孕的山羊"，不觉又是心疼又是心酸，万般滋味齐齐涌上心头。

情绪渐渐稳定，熊柳重新拉李香水入座。她将目前李香水一家的现状及发展前景作了一番客观上的分析，然后说："香水姐，你希望众多的穷困户都能尽快地摆脱贫困，走出困境，这没错。你想出手帮助别人，也没错。但我们一定得掌握一个度，量力而行。比如刘总，别说一次性赠送八只山羊给你，即便八十只，他也能够承受这样的付出。为什么？他家底大呀。八只山羊不过是他总资产的九牛一毛。而你则不同，就目前来讲，每一只山羊都是你的命，你必须扎扎实实地将这些山羊都饲养好。现在正是发展阶段啊，换作是明后年，即便你舍不得我也会上门动员你送给受灾户一两只山羊呢。但现在，别说一只怀了崽的母山羊，就是一只小羊羔，也绝对不能送人。"

李香水沉默不语。其实这些道理她都懂，她真心实意想要帮助比自己更不幸的人，只不过现在的家里，除了山羊，一无所有。

为了宽熊柳的心，李香水装出一副听懂了的表情："柳妹子，

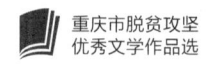

经你这么一说,我也想通了,也不再坚持我原来的想法。"

其实李香水决定捐赠给顾笑水一只母山羊,并不是一时心血来潮,而是反复思量了好几回。她不可能认识不到一只成年山羊对自己目前的养殖发展有多重要,主要考虑的是顾笑水一家,如果在最困难的时候能够有一只山羊饲养,那么必定会给一家人的未来生活带去希望的曙光。至少全家人有一个方向,有一个"奔头",像当初自己收到秀山扶贫办送来的山羊一样,不管能不能靠这只山羊脱贫致富,都会使人对未来充满憧憬。

"不过,柳妹子,"李香水突然用坚定的语气说,"我既然说出了口,就不能不了了之。两年之内,如果我圈里的山羊达到了六十只以上,我一定要亲自上门送他家两只种羊,就算那时候他已经致富,我也要送。"

熊柳破涕为笑。

"这是肯定的,到时候我还要帮着你将山羊送去太阳山村半坡组呢。"

李香水怅然若失,始终在心里留下一丝牵挂,一些无奈。

熊柳当然懂得她的心思,轻声说:"香水姐,这样可以吗?英树村班子成员每人为顾笑水家捐款两百元,而你作为一名普通村民,原本二十元、三十元都送得出手,但我还是建议你捐款五十元,我先给你垫上,几时有钱了你再还给我。"

李香水感激地望着熊柳:"好,就这么定了。不过我家里好像还能凑足五十元现金,我现在就回家给你取。"

熊柳摇手说:"家里的钱先留着,还是我给你垫付。放心吧香水姐,今后这五十元我肯定得问你要。"

李香水平时要钱急用都是找熊柳想办法,现在家里的确也仅有一百元左右的零散现金,还得留着应急用,听熊柳这样一说,也不再跟她客气。

当着李香水的面，熊柳从包里取出五十元放入捐款箱里，再在捐款记录本上添加上李香水的名字。

望着笔记本上的名字，李香水心里踏实多了。

"谢谢。"

在熊柳面前，她极少说"谢谢"二字，但今天却觉得非说不可。至于为什么，她也不知道。

或许应该是代替顾笑水说的吧？

李香水就是这样的一个人，她深知这时候的顾笑水急需社会的帮助。当看到熊柳的记录本上有那么多人给顾笑水捐款时，她从心眼里高兴，真心地感激大家，觉得世上的好人真多。

"谢谢。"

"谢谢。"

与其说这两个字她是对熊柳说的，不如说她针对的是全社会所有的好心人。

第二十八章

刘新发不知道高晓丽和林仲虎究竟几时下山,于是在早晨七点四十分就赶到了英树村。

到了鸳鸯嘴古码头,下车,站在古树下朝对面山看,果真看见半山的一座悬崖下,有一顶黄色的双人帐篷支撑在几棵桐子树间,孤独而冷清。

满山的桐子花含苞欲放。

山间没有人影,想必两人还在睡觉。

这是刘新发第一次站上鸳鸯嘴古码头。尽管他来过英树村多次,但从来没有在意这么一个地方。

古树上面,挂满了人们祈福的红绸。

梅江河与平江河在这里交汇,清明过后的清晨,水面上泛起一层层薄雾。

今天应该是一个晴朗的日子,但刘新发的心头,却怎么也晴朗不起来。

表哥林仲虎的病,是他心间永远的痛。

发了一会儿呆,刘新发缓缓从手提包里取出一条专门为林仲虎准备的红丝绸,合在手里,虔诚地对着神树连连鞠躬。

"神树保佑表哥,如果能让他多活两年,我刘新发一定来这里建一座神树庙,供奉你永生永世……"

刘新发并不迷信,然而,自从知道林仲虎患癌之后,他却变得迷信无比了,逢庙必拜,听说哪个算命先生会改命,必定驱车前往。几个月来,他已经请了十多个算命先生帮林仲虎改命了,并且对每一个算命先生都承诺,如果林仲虎能够多活两年,必当以重金相谢。

病重乱投医！他已经顾不得世间到底有没有神灵了。

有什么办法？就目前林仲虎的病情，也只能寄希望于神灵。反正也医不好了，为什么不可以寄希望于万一呢？就像此时站在鸳鸯嘴古码头这棵古树下，明知挂红绸不过是愚人愚己的精神寄托，于事无补，却仍然十分虔诚，宁愿相信这一行为能够给林仲虎的命运带来转机。

面对古树，刘新发深深鞠躬。

"求求神树保佑我表哥，让他好起来吧……"

抑制住心头的酸楚，挂好红绸，刘新发不敢再在古码头上逗留，转过身，上车，直奔李香水家。

李香水没想到刘新发会到得这样早，招呼他在家里坐下后，赶紧去隔壁将熊柳请过来。

李香水着实不会表达内心情感，每一次面对刘新发，都离不开熊柳的陪伴，不然她连自己的手脚都不知道该往哪放。

刘新发突然问熊柳："熊主席，你们这里的乡村旅游接待点设置好了吗？"

"早就设置好了，全村一共六家，其中有四家都设在了梅江河岸边。面朝河流，安静舒适。"

熊柳莫名其妙，不知刘新发为何会突然问起这个跟他八竿子也打不着的问题。

"最好的一家在哪儿？"

熊柳脸一红，不太好意思地说："嘿嘿，大家一致认为我家地理位置和家庭条件要好一些。"

英树村旅游接待点安置问题一直是熊柳在负责，在初期设定接待点名单时，为避嫌，熊柳未将自家纳入计划名单，但经过村委会班子成员讨论，一致认为熊柳家才是英树村最具接待优势的地点，

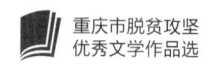

加之熊柳待人接物十分周到体贴，村里的六个旅游接待点肯定有一个要设在她家。

熊柳自己也认为家里最适合设置旅游接待点，要是生意好忙不过来，还可以请李香水帮忙打扫，顺便帮助她创造一项收入。这样一考虑，也就没有再推辞。

熊柳家修建的是一幢别墅型小洋楼，左右侧各有两间平房，坝前有围墙和院门，看上去与四合院近似。站在小洋楼上，远可看群山纵横，近可观两江交错，房前屋后绿树成荫，只要迈入院门，游客必定有宾至如归之感。

"那就选在你家了。"刘新发说。

"什么意思？"熊柳有些纳闷儿。无头无尾的，一时不知刘新发在说些什么。

"是这样，我有两个朋友，今天要来英树村。晚上或会住在这里。"

"哦哦，"熊柳恍然大悟，热情地说，"刘总的朋友啊，欢迎欢迎。时下不是旅游旺季，我这里随时都有空房间。"

刘新发苦苦一笑。

"不过，也有可能他们不在这里住宿。"

熊柳不明所以，又糊涂起来，抬着脸望着刘新发。

"我的意思是，他们有可能没时间住在这里。不过，不过……"

熊柳从来没听见过刘新发这样语无伦次地说话，感觉他或另有隐情，也就不再追问，仰着脸，静待他后面的解释。

"我的意思是，非常想让他们留下来，在这里住一夜，我也好陪他们一起聊聊家常。但我又不能出面挽留他们。所以，我有个不情之请，希望你能以各种理由，让他们在这里住上一晚。"

仿佛听懂了其中的奥妙，熊柳似笑非笑地说："这么个小事情哟，看刘总绕了这么多弯子。放心吧刘总，只要他们出现在英树村，我绝对保证让他们欢天喜地、心甘情愿地住下来。"

熊柳快人快语，刘新发相信她有这方面的能力。

"不过刘总，你也得答应我一个要求。"

"说吧。"

"既然是刘总的朋友，而且是来到我们英树村，就得让我熊柳做一回东，不管是吃的喝的用的，一切费用免谈。"

"好！"

刘新发知道熊柳为人豪爽，也不跟她客气。心想今后多的是机会回馈她的款待。

熊柳却有另一番心思："刘总为李香水一家解决了那么多困难，无以为报，现在有了这个机会，怎么也不能让他或他的朋友花一分钱。"

刘新发吃了一碗李香水下的酸菜面条，询问了李香水最近山羊的养殖情况，又去了一趟梅江河岸边的山羊养殖基地，时间来到十点半，仍旧没接到高晓丽下山的消息。

举目朝山上望去，黄色帐篷还在。

都十点半了，高晓丽不可能还没睡醒？

赶紧打她电话。

却无人接听。

刘新发心头掠过一丝不祥之感。

当即也顾不得让熊柳和李香水知道自己的真正来意，指着半山那座悬崖问："从这里到半山黄色帐篷那里，需要走多少分钟？"

"黄色帐篷？"

李香水顺着刘新发所指方向看去，果真看到桐子树林里有一顶帐篷。于是说："哦哦，那里叫高粱坪，以前我经常去那放羊，我走的话，两小时也走不到。"

李香水双腿残疾，人又矮小，自然不能以她的行走速度来作为

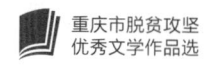

距离的参照。熊柳虽然没有干过农活，也没去对面山上砍过柴，但春天到来时却经常跟着朋友一起去踏青。她迟疑了一分钟，然后对刘新发说："从古码头旁边的吊桥过河，男人走的话，应该要不了半个小时。"

夏秋两季，到英树村河畔搭帐篷露营的人多不胜数，但到对面山上露营的却不常见。

对面山名叫高粱坪，上世纪70年代，土地未分放到每家每户之前，满山遍野都种高粱。后来高粱跌价就没有再种，变为了荒山。前些年林仲虎由钟灵镇借调到官庄镇搞"退耕还林"建设，看见这片荒山实在可惜，便建议村委会在山上栽植了成片的桐子树。可以说这一片桐子林同样浸润着自己的心血，所以这次徒步梅江河，路过英树村，林仲虎有意识地将宿营地搭建在这一片桐子树林中，也算是寻找一下以前的记忆吧。

近几年，桐油变得非常稀有，桐籽原料的价格也节节攀升。正是有这么一大片桐子树所带来的经济效益为基础，加上鸳鸯嘴乡村旅游的火热势头，才使得英树村在一年前就实现了脱贫摘帽。

现在的英树村，像李香水一样因残因病致贫的贫困户不过三五家。

"平时那山上有毒蛇猛兽吗？"刘新发忧心忡忡。

"猛兽肯定不会有，但毒蛇却说不定。"见刘新发急得满头大汗，熊柳小声问，"怎么？刘总，你刚才说的那两个朋友，就住在黄色帐篷里吗？"

"是啊，是啊，我表哥表嫂。"刘新发慌作一团，继续拨打高晓丽电话。

熊柳安慰着说："刘总，别着急，你表哥表嫂不会出什么事的，我嫁到英树村十来年了，从来没听说有哪个村民在对面山上被毒蛇咬过。"

李香水也说:"刘总,吉人天相,可能是他俩睡得比较沉呢。"

刘新发接连拨了五个电话也无人接听,越来越觉得心头不安,不敢再耽搁下去,顺着河堤就要下河。

这里离古码头吊桥还得走几分钟,而河堤下就是一个长长的河滩,河床较宽,河水不深,刘新发情急之下,就想下河赶近路上山。

李香水急忙伸手将他拉住。

"刘总,四月份的水还冷得很,你先别着急。这样吧,你先去我家坐坐,我和柳妹子去村里叫两个青年小伙到高粱坪去看看。真要出了什么事情你再上去。"

"我这就打电话,马上叫两个年青人。"熊柳也紧紧拉住刘新发不放。

刘新发心烦意乱哪里听得进去,挣脱两人的拉扯,鞋子也不脱,一下子就跳进了河里,一边朝对岸走,一边对熊柳说:"你赶紧打120电话,就说有一个肺癌病患者在半山上发病了……"

"肺癌病患者?"

熊柳和李香水惊讶之极,张大嘴呆呆地站在梅江河岸,越想越糊涂。

半晌,熊柳才回过神来,颤抖着手拿起手机拨打120电话。

刘新发着急忙慌地跨过梅江河,到达对岸时全身已经湿透。他回头大声地朝着熊柳喊:"叫上几个青年小伙,再找一副担架,要快……"

他几乎断定此刻的林仲虎身体已经出现了状况,不然,高晓丽没有理由不接自己电话。

通往高粱坪的路只有一条,弯弯曲曲大多是石梯路。为了赶时间,刘新发看准黄色帐篷方向,并不沿着石梯路走,哪里近就往哪里行,十分钟不到,裤管和袖口被山上的荆棘挂得破烂不堪,手臂

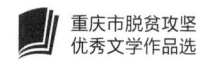

多处也挂出了血。

黄色帐篷就在不远处，刘新发的心提到了嗓门口。

"表哥，表哥，你一定要挺住啊……"

第二十九章

　　一觉醒来，居然快到十点钟了。高晓丽伸了一下懒腰，感觉昨夜一整晚都在做梦。

　　具体做了些什么梦她已经记不起来了，但总觉心头空空的做不了主。

　　最近老是噩梦连连。

　　从科学的角度上讲，做噩梦也是睡眠不好的缘故。

　　这些天尽管一直在山水间行走，又累又疲倦，但每当"安营扎寨"之后，却怎么也睡不着觉，整夜胡思乱想，快到天亮好不容易入睡，又全是些稀奇古怪的噩梦。第二天腰酸腿痛头晕，很难打起精神。

　　感觉自己有点"神经衰弱"。

　　这是非常可怕的病症。特别是对于爱美的女性来说。

　　高晓丽有一个高中时期的同学，以前比自己还要阳光，还要喜欢打扮，但自从与丈夫离婚后，就患上了"神经衰弱"病症。起初是几天几夜睡不着觉，后来演变为十天半月都睡不着觉，每天晕头转向，四肢无力。

　　不到两年，白发苍苍，面黄肌瘦。有一次高晓丽在大街上遇见她，几乎不敢相认，以为她是跳广场舞的大妈……

　　其实，一个月前高晓丽就不再注重自己的外表了，不再化妆，不再端着脸说话，也不再觉得自己有任何的优越感。她早就不在乎了，没有林仲虎健康的身体作保障，拿容貌来干什么？拿气质来干什么？这些外在的东西已经不再是她生活追求的目标。

　　她每天都生活在痛苦当中。

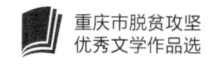

林仲虎的身体状况让她心力交瘁。

她一方面要担心林仲虎病情的恶化，一方面又会沉浸在深深的自责之中。她不知该用什么方法才能够救赎自己以前对林仲虎身体的忽略。

如果以前自己像现在一样，日夜陪在林仲虎身边，对他无微不至地照顾，即使林仲虎最终逃不出身患癌症的厄运，也至少可以早发现早治疗。

现在医学这么发达，除了晚期，没几种癌症是治不好的。

作为妻子，自己绝对没有尽到应尽的责任。

自从知道林仲虎患上肺癌以后，她每天都生活在后悔、纠结当中，失眠多梦在所难免。

阳光穿过桐子树叶，稀稀拉拉地洒在黄色帐篷上。

四周出奇地安静。

十点钟了。高晓丽伸了一下懒腰。

自从徒步穿越梅江河以来，不管是在钟灵境内、梅江境内、平凯境内还是在中和境内，还从未出现十点钟才起床的现象，一般都是早上八点左右就被林仲虎叫醒。

林仲虎一直都有早起的习惯。

今天早上却没听见林仲虎动静，甚至一夜没听见他打雷一般的呼噜。

悄悄起身，拉开帐篷正准备钻出去，无意中看见林仲虎脸色铁青，嘴角全是泡沫。吓得高晓丽全身筛糠般战栗。

该来的或许就要来了。

高晓丽赶紧扶着林仲虎的头，轻声喊："仲虎，仲虎……"

林仲虎紧闭双眼，气若游丝。

近段时间，在高晓丽的心中，这一刻不止千百遍地出现过。她想过无数种应对的方法，然而这一刻真正来临，她却慌作一团，什么应急方式也不知道做了，只是紧紧地抱着林仲虎的头，轻轻呼唤他的名字。

至少十分钟后，高晓丽才想起拨打120电话。到处摸索手机，好不容易将手机抓在手里，却怎么也摁不准"120"这三个按键。

正自惊慌失措，林仲虎却动了一下，缓缓睁开了双眼。

他的脸色由青变白，满头大汗。

"仲虎，仲虎……"

高晓丽看到了希望，不由提高了音调。

林仲虎迷迷糊糊，感觉这声音像来自天边，非常遥远。

"仲虎，我是晓丽啊，你是不是痛得很难受？需要打针吗？"

要是平时，只要发现林仲虎疼痛，高晓丽总会找一个借口避开，留下让林仲虎独自打针的时间，现在却顾不了那么多了。

近段时间，高晓丽随时都在模拟注射的步骤，掌握哪个时候应该注射、注射多少量等技术，以防万一。

她还通过偷偷观察，了解到了林仲虎的注射器是放在哪儿的，"杜冷丁"和"吗啡"是放在哪儿的……

"是不是很痛？我帮你注射啊。"高晓丽几乎哭出声来。

林仲虎微微摇头，似乎听懂了她的意思。

这时候的林仲虎已经感觉不到疼痛了，这种久违的感觉让他有如腾云驾雾般的舒适。剧烈疼痛已经折磨了他整整半年，这种不需要打"杜冷丁"和"吗啡"就没有疼痛感的滋味，陡然让他心静如水。

他的思维渐渐变得清晰。

"我的……电话呢？"他问。

"干吗？"

林仲虎断断续续地说："我想给……村里面打个电话，看还有哪家……没有脱贫……"

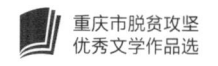

高晓丽估计林仲虎说的是胡话,于是哄着他说:"你放心吧,都脱贫了,映格沟没有人再贫困。"

"半坡组呢……"

"也脱贫了。听说大家正在准备搬迁……"

"哦……"

林仲虎像猛然觉得不对劲一样,抬头左右环顾,声音弱弱地问:"这是在……哪里?"

"山坡上,英树村的山坡上。我们住在帐篷里。到处都是桐子树。"

"到处都是桐子树?"林仲虎依稀记起,多年以前,为了让村民们更积极地栽种桐子树,自己还在这山坡上连续"督战"了半个月……

"嗯,到处都是桐子树。有的快开花了,有的已经开花了……"

"桐子树,快开花了……真好……"话未说完,林仲虎突然咳喘起来。

高晓丽着急地问:"仲虎,你感觉怎样?我带你去医院好吗?"

林仲虎喘着气说:"不用去……医院了。"

"为什么?你身体好像出了点状况,不去医院怎么行?"

"不用去……医院了,"林仲虎喘息一阵,突然偏头看向帐篷外,"这么多群众……来看我,我得让……让……他们送我一程……"

高晓丽吓得魂飞魄散,知道他这是回光返照,即将走向生命的尽头。

"是啊,你心头装有那么多群众,"高晓丽伸手擦拭着林仲虎嘴角边的泡沫,顺着他的话说,"他们当然会来送你,你对他们那么好,他们永远都不会忘记你。"

林仲虎苦苦一笑:"可惜。可惜……我却要忘记……他们了。"

高晓丽心头一凉。她知道林仲虎在说临终前的胡话。

"仲虎啊,你对他们够好了,带着病也要坚守在村里。他们都希望你快点好起来。"

"我也想快点……好起来啊……"林仲虎抬了抬头,想坐起却没有力气,"好起来了……就可以好好地……陪他们喝杯喜酒……"

高晓丽使劲将林仲虎扶起,让他的整个身躯都靠在自己怀里。

秀山有这样的风俗,一个即将死亡的人,在回光返照的时候,一定得有至亲在他的身后扶着,让他安心地咽下最后一口气……

"仲虎啊,听你口气,你是想喝酒了?想喝的话我这就帮你拿。好不好?映格沟终于脱贫了,你也应该高高兴兴喝杯喜酒。"

林仲虎好几天滴水不沾了,这时候如果想喝酒,高晓丽肯定会想尽一切办法满足他。

至于酒伤不伤身已经不重要了。

腾出手正要在行李中找酒,才想起这次出门根本就没带。她不想让林仲虎留下遗憾,凑到他耳朵边小声说:"仲虎,你想喝酒我马上打电话叫表弟送来。"

高晓丽知道,刘新发此刻应该正在英树村李香水家等待他们下山。

林仲虎长长一叹,摇头说:"等我……好起来了……再喝。现在,就是再……想喝,我……也不能……喝啊……"

从西南医院检查回映格沟的那天晚上,张映光在不知情的情况下,逼着林仲虎陪他喝酒。那一次,是林仲虎最后一次喝酒。

其实,那时候的林仲虎已经是绝对不能饮酒了,只是为了向张映光隐瞒病情而不得不喝。

高晓丽悲痛欲绝,紧紧地将林仲虎抱在怀里。都到弥留之际了,林仲虎居然还知道自己的身体不适宜饮酒……看来在他的内心世界里,还是希望出现奇迹,自己的病能早日好起来。

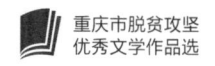

林仲虎摇晃着脑袋，继续说："毕竟……毕竟……身体要紧啊。没有身体……什么都将失去意义……真对不起他们啊……"

　　这是林仲虎的真心话吗？工作中，他真的做到了将自己的身体放在第一位了吗？

　　这句话触及了高晓丽的痛点，她真想号啕大哭。

　　"没有身体……什么都将失去意义……"

　　他为什么早不这样想？

　　他为什么早不这样想啊！

　　高晓丽正要答话，林仲虎突然间猛咳起来。

　　高晓丽连忙伸手帮他抚胸口。

　　直待林仲虎不再咳嗽，高晓丽才说："为什么要这样想呢？仲虎，他们脱贫了，你就宽心了。就算不能陪着他们喝上一杯高兴高兴，也不算对不起他们啊。村民们会理解你的。"

　　"嗯，村民们……村民们……真想念他们啊……"

　　林仲虎长长地出一口气，慢慢将双眼合上。

第三十章

熊柳带着四个青年小伙刚刚从鸳鸯嘴古码头过河，就看见不远处有两个陌生男人朝这边跑来。

"请问林书记是在这山上吗？"两个男人指着山顶问。

"林书记？"熊柳迷糊地摇头说，"不知道上面那人是不是你们说的林书记。刚刚听刘总说，好像是一个癌症病患者……"

"是他……是林书记……"

两个男人着急忙慌地从四个青年小伙手中夺过担架，飞一样迈步朝山顶跑去。一边跑一边喊："林书记，林书记，你走不动了，我们来抬你走……"

这两人都来自映格沟，一个是石道来，一个是石四十。

今天早上，他们无意当中听向左说起林仲虎六个月前就查出了癌症，两兄弟顿时捶胸顿足，一时间老泪纵横。特别是石四十，想起以前无故跟林仲虎作对，心里一阵一阵地痛。感觉自己太对不起他了。

林仲虎拖着癌症之躯也要坚持在映格沟扶贫，光是这一份精神就值得万众景仰。而石四十居然厚着脸皮处处让他为难。现在想来，石四十心里要有多难过就有多难过。

当听向左说林仲虎目前正在徒步穿越梅江河，而且昨晚已经到达了官庄镇的英树村地界，两兄弟心有灵犀，什么也没想，坐上车就往英树村赶。

他们拿不出什么物质来报答林仲虎，但他们有力气。

两兄弟知道林仲虎身体和精力都已过度消耗，到最后时刻了，决定追上他，轮流背着他走完梅江河全程。

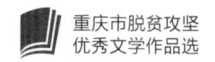

他们祖祖辈辈都是农民，不明白穿越梅江河的具体意义，但既然林仲虎拖着临死之躯也要完成梅江河的徒步旅行，那就用自己的背脊和肩膀送他最后一程吧。

两兄弟赶到高粱坪的时候，林仲虎已经说不出话了。他仰着头看着远方，睁着的眼看上去空洞无物。

高晓丽紧紧地抱着林仲虎，像呆了一样，也不哭也不说话。而刘新发则跪倒在林仲虎的身边，嘴里正不停地念叨着什么。

熊柳和四个青年小伙顺着桐子树林走了过来，一看这场景，都不敢作声，默默叹息站在一旁。

这时候，120急救医生也上了山，在查看林仲虎的脉搏和瞳孔后，给他打了一针强心剂。

"还能坚持多久？"刘新发红着眼问。

"最多两天。也有可能随时。就看他心中还有没有什么牵挂了……"

"林书记……"石四十丢掉担架，突然抢上前去，伸手就要抱躺在高晓丽怀中的林仲虎。

刘新发站起身来阻拦，尖声叫道："你是谁？你干什么啊？"

石四十低头说："我是林书记一直都在帮扶的贫困村民。我们得抓紧时间，一定要将林书记活着送到梅江河的终点——两河湾去。这是他生前唯一的愿望，我一定要让他实现。"

刘新发这才不再阻拦。

在四个青年小伙的帮助下，两兄弟将林仲虎从高晓丽的怀里抱到担架上。两兄弟抬着担架正要往山下走，林仲虎却低声呻吟了起来。

刘新发示意两兄弟将担架放下。

也许是强心剂的作用，林仲虎渐渐清醒了过来。他突然看见这么多人在山坡上围着他，知道大家已经清楚了自己的病情。不由愧疚地看着高晓丽，小声说："对……不起。"

高晓丽摇了摇头，想说什么却没有说出口。

林仲虎非常吃力地：："我的任务还没完成。这里才到梅江河的……中游，我们继续走吧……"说着想从担架上坐起，却怎么也起不了身。

石道来和石四十同时说："林书记，不要起来，你就躺着，我们抬着你走。"

林仲虎摇头说："不。回去，你们全都回去，只留下晓丽和新发。你们早日脱贫致富就是对我最大的安慰，用不着陪我在梅江河浪费时间……"说完，拉住刘新发的手，使出全身力气从担架上站了起来，歪歪扭扭地朝山下走去。

刘新发和高晓丽慌忙上前，一左一右扶着他。

从高粱坪下山，120医生、熊柳以及四个青年小伙都相继离开。鸳鸯嘴古码头的河道旁只剩下林仲虎夫妇和刘新发，以及石道来、石四十兄弟。

两兄弟抬着空担架，一直跟在林仲虎身后，任林仲虎怎样劝说也不回映格沟。

大约走了两个小时，进入妙泉镇地界，林仲虎高一脚矮一脚，双腿突然一软，倒在刘新发怀中。

他喘着粗气，面容苍白，感觉再也走不动了。

高晓丽愁肠寸断，说："你真没力气再走了……"

"让我，休息一会儿再……再走……"林仲虎说。

刘新发心疼地说："表哥，我看还是让他们两人抬着你走吧？"

"不。我能行。"林仲虎还在坚持。

高晓丽凑到他的耳边，轻声说："你就不要再逞能了好吗？我们都知道你累了，你需要休息。你想过没有？你曾经帮助过的村民抬着你走，协助你完成心愿，也是一样的意义啊。"

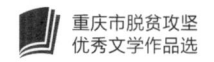

"不。"林仲虎咬牙，使劲摇头，"胜利就在眼前。我虽然累了，但必须坚持……"

夜幕降临。

在征得高晓丽的同意后，石道来、石四十强行将林仲虎抬到担架上。他们必须得抓紧时间，而且就算天黑也要抬着林仲虎往两河湾赶。

谁也不知道林仲虎会在什么时候断气。

林仲虎没有再倔强，软软地躺在担架上让两兄弟抬着。他知道凭着自己的力气，已经无法到达梅江河的终点了。

刘新发抄近路离开河道去最近的集镇买了五支电筒。

簇拥着担架，大家在夜幕下打着手电沿梅江河绕一道弯，再绕一道弯……

夜空明静，繁星点点。刘新发的耳畔，突然响起了彭老支书唱的一首秀山民歌。

  梅江河,梅江河
  几多弯弯,几多角角
  说它九十九道拐
  说它八十八个滩
  究竟尾尾在哪里？
  究竟头头在哪儿？
  梅江河,梅江河
  几多弯弯,几多角角
  搭了七十七座桥
  汇集六十六条溪
  数不清的土家苗寨
  唱不完的山歌情歌
  ……

原本这是一首比较悠扬的山歌，这时候想起，却觉得无比的凄怆……

过妙泉镇，跨宋农镇，天亮时终于到达石堤镇地界。

林仲虎一会儿糊涂一会儿清醒，已经有好几个小时没有说话了。

按照路程计算，再有三个小时就将到达两河湾。

那里就是梅江河终点。

高晓丽忧心如焚。她扶着担架见林仲虎闭着眼，呼吸十分急促，不由轻声问刘新发："不要功亏一篑啊。眼看就要到了，不知道他还能不能再坚持？"

刘新发伸手摸了摸林仲虎的手腕，感觉他的脉搏跳得非常弱。心头一凉，也不回答高晓丽的问话，急急地对石家两兄弟说："二位，我们得再加快点速度。"

石道来、石四十沿河抬了十多个小时，半路一直没休息，沿途草丛、黄泥、岩石、沙砾居多，极不好走，两人早就累得精疲力竭了，但听到刘新发的催促，知道林仲虎的时间不多了，二话不说，一咬牙，甩一甩手臂，将脚步大大地迈开……

高晓丽空着手也有点跟不上了。

刘新发以前与彭老支书有过接触，他知道前段时间林仲虎跟两河湾走得比较近，于是拨通了彭老支书的电话，希望他能到两河湾梅江河与酉水河交汇处与林仲虎见最后一面。

到达梅江河与酉水河交汇处，彭老支书和欧阳旬旬早就等在了那里。

两人接到刘新发电话后，不相信林仲虎会突然病得那么严重，于是打电话到向左那儿求证，才知林仲虎六个月前就检查出了肺癌。

欧阳旬旬差点晕倒。

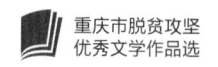

她无法接受这个现实。

林仲虎帮助她做了那么多的工作，特别是半坡组的扶贫和搬迁之事得到他太多的帮助，自己却没有发现他已经到了癌症晚期。

两人忐忑不安地站在梅江河与酉水河交汇处。直待看见担架上奄奄一息的林仲虎，这才相信林仲虎果真已经病危。

梅江河与酉水河交汇处有一块十分宽阔的沙滩，沙滩上耸立着两块如礁石一样的岩石，这两块岩石达数十米长宽，横亘在两条河流之间。

石道来、石四十小心地将林仲虎从担架上移到岩石上。高晓丽缓步上前，蹲下身，紧紧从身后抱住了林仲虎。

"仲虎，我们到了，我们终于穿越了梅江河，从源头到终点，你这一生不会再有遗憾。"

林仲虎脸色铁青，只有进气没有出气。

高晓丽能够感觉靠在身上的林仲虎越来越没有劲了，整个身躯正慢慢往下滑。

刘新发急忙坐在地上，帮助高晓丽将林仲虎扶起。

林仲虎的人生即将走到尽头。

他即将走下"生命的列车"。

高晓丽强忍着悲痛。

欧阳旬旬两眼通红，上前握住林仲虎的手，低声喊："林书记，林书记……"

也许是林仲虎心中尚有挂念，听到欧阳旬旬的呼喊，居然缓缓睁开了双眼。

林仲虎喉咙空空地响了几声，翻着眼直直地盯住欧阳旬旬，想要说什么话，张着嘴却什么也说不出。

欧阳旬旬含着泪说："林书记，这里是两河湾。你们映格沟是梅江河的头，我们两河湾是梅江河的尾，我们两个村首尾相连，是亲如一家的好兄弟。现在，林书记，我要告诉你一个好消息，是半坡组村民搬迁的事。昨晚上，从钟灵镇传来消息，说是半坡组六户人家除顾笑水家情况有些特殊另有安排外，其余的已经答应会搬来我们两河湾了。政府给他们申请了易地搬迁补贴，考虑到他们的实际困难，还以免收利息的方式贷款给他们，让他们先将房屋修建完成……"

林仲虎似乎听懂了欧阳旬旬的话，努力地张开嘴角，想笑，却最终没能完成。

欧阳旬旬低声说："所以，请林书记一定放心，不要再有任何牵挂。"

林仲虎微微闭眼。继而将眼睁开，张了张嘴。

欧阳旬旬不知他为何张嘴，轻声问："你是要喝水吗？"

林仲虎无比吃力地摇头。

欧阳旬旬茫然地望向彭老支书。

彭老支书示意欧阳旬旬不说话，然后轻声对林仲虎说："林书记，你还有什么愿望要说是不是？"

林仲虎无力地眨了眨眼，继而将无神的目光投向抱着他的高晓丽。

刘新发拉了拉高晓丽的衣角，说："嫂子，表哥有话要对你讲。"

高晓丽心神恍惚，哽咽着说："仲虎，我一直在你身边，你有什么话都可以给我讲。"

林仲虎喉咙空空地响了几声，嘴巴一张一合，却发不出音来。

高晓丽听了一会，不知林仲虎想说些什么，于是将耳朵凑到林仲虎的嘴边，轻声说："仲虎，再说一遍，刚才我没听清……"

林仲虎吃力地断断续续地说："扶贫……还没结束。将我的……骨灰，一半埋在……映格沟，一半……洒入……梅江河。我

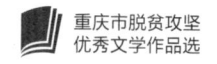

要,我要等到……致富的那一天……"

随着颤抖的话音结束,林仲虎的眼神已经完全空洞。

起风了。

流水将整条梅江河冲得哗啦啦地响。

抱在怀里的林仲虎,身体越来越僵硬。

高晓丽心力交瘁,就这样一直抱着林仲虎,在日光下端坐如佛。

万念俱灰。

该来的终究来了,高晓丽却没有表现出预料之中的惊慌失措和悲痛欲绝。

整个世界已经与她无关,她只愿永远这样坐在梅江河的终点,紧紧抱着林仲虎,期待太阳不要落山,月亮不要升起,此时此刻……不要过去……

第三十一章

如果说每一个人都难逃一死的话，那么，到底该怎样度过余生才更有意义？

没有人能够回答这个问题。

高晓丽更不能够回答！

半个月后，当高小小找到向左问同样一个问题时，向左也感到茫然。

原本每一个人从生到死都仅有最多一百年时光，大家都清楚自己最终命运难逃一死，却为何还有那么多的党员干部舍弃安逸的生活，坚持为国家、为人民、为事业奋斗不息？直至灯残烛尽。

面对死亡，到底怎样度过才有意义？

是生命不息、战斗不止？还是浑浑噩噩、消极堕落？

林仲虎去世之后，高晓丽关闭了"运动青年"旅行社，整整半个月没下过一次楼，没笑过一次，没跟父母及儿女说过一句话。

她已经变成了另外一个人，任谁也不能够将她恢复成以前的高晓丽了。

就连高小小也无计可施，只好求助向左。

向左也只能苦笑。

心病无药可医，除非林仲虎醒来。

不管是心灰意冷，抑是消极堕落，或许这正是高晓丽在以自己的特殊方式惩罚她自己？

谁也猜不透彻。

不过有一点是可以肯定的，失去至亲，特别是这种失去是由自己直接或间接造成的，完全有可能摧毁一个人的意志和精神。

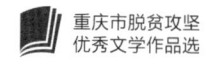

晨星朗朗，春鸟啾啾。

星期六。

原本想多睡一会儿，寝室门却被拍得"嘭嘭"地响。

向左睡眼惺忪地从床上坐起，看看手机，才六点半。

"谁啊？"

没人应答，但敲门声却没有停止。

向左匆匆忙忙穿好衣裳。

刚刚将门打开，一个人影出现在眼前。

高晓丽。

神色憔悴的高晓丽。

向左已经半个月没有看见高晓丽了。听高小小和宫吕说，自从林仲虎去世以后，她整日将自己关在家里不见任何人，已经整整半个月了。

现在，见高晓丽突然找上门来，向左感到意外的同时却又感到欣慰。高晓丽能够在这时候到映格沟来找自己，说明她已经迈出林仲虎死亡阴影的第一步了。

只要她愿意出来走动，那么纠缠在她心中的结就一定能够打开。

"嫂子，这么早？我以为是哪个呢，将门拍得这么响。"

高晓丽面无表情地说："敲得响吗？我都敲十分钟了，一直没人应……"

向左不好意思地笑了笑。

没想到自己睡得这么沉？

连声说："对不起，对不起，嫂子，快进屋里坐。"

"我就不坐了。"高晓丽满面愁容。

"那……嫂子来找我有何事情……"

高晓丽自语般地说："最近五天，我每晚都梦见仲虎。他劝我不要再躲在屋里自责了,让我没事代替他多到映格沟走走。我决定听他的。"

向左小声说:"是啊嫂子,你应该多到映格沟来走走。毕竟林书记在这儿战斗了好多年。他真离不开这里,今后,期待嫂子你能延续他的梦想……"

高晓丽饱含热泪,半天才说:"今天我来得非常早,在仲虎的坟前坐了两个小时。我知道他九泉之下对我极不放心。"长长地叹息一声,又说:"很奇怪啊,在仲虎的坟前坐了两小时,我突然间就清醒了,感觉不应该长久地沉沦下去。不过我还是想不通啊。到底是什么原因让仲虎那么执着于他的扶贫事业?就连生死也不顾!到底映格沟的村民们有什么样的魅力?把他的魂都勾去了……"

向左表情凝重地说:"嫂子,林书记把村民们当成了亲人。看到村民们挣扎于贫困之中,他深感不安,他想凭着自己的能力和良知,让村民们尽快地改变贫困面貌……所以才那么执着,才那么拼命。"

"亲人?"高晓丽将信将疑,"贫困村民那么多,每一个都有那么重要?"

"嫂子,只要你愿意从家中走出来,就说明你心中的结正在打开。我现在做的就是林书记以前做的事,你可以跟着我到村民的家中去走走,去看看,去感受感受,或许就能找到你心中想要的答案了。"

"可以吗?"高晓丽有些犹豫。

"可以。"

"去哪?"

"太阳山村半坡组。这是林书记生前托付给我的地方。今天,我正要去那儿。"

高晓丽沉默一会儿,最终还是点头答应了。

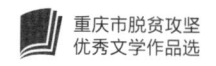

快到七点，向左带高晓丽来到杨浦岑的"水源人家"吃早点。

"水源人家"地处映格沟村口，桥、树、河、人家自成一景，高晓丽环顾四周，感觉林仲虎的功劳还真是不小。林仲虎几年前资助杨浦岑开"水源人家"农家乐她是知道的，而几个月前，杨浦岑已经凭着"水源人家"农家乐在映格沟村民中率先脱贫致富。

吃完早点，向左开着高晓丽的车来到太阳山脚下。

然后，两人开始步行上山。

高晓丽没想到太阳山会这么高。

山路崎岖。

一路上，高晓丽默不作声，静静地跟在向左身后。

眼看着连接梅江河的山泉就要到尽头，向左回头看着气喘吁吁的高晓丽，轻声问："快要到了，嫂子，还走得动吗？"

"还要走多远？"高晓丽实在是累得不行，不停擦拭着汗水。

她突然感受到了林仲虎平时的辛劳。

"半小时吧。"

"还要半小时啊……"

"能不能坚持？不行我们休息一会儿吧。"

高晓丽摇头说："能坚持。用不着休息。"

林仲虎拖着病体尚能来回到半坡组若干次，她第一次来这里，可不能丢了林仲虎的面子。

重峦叠嶂，泉水叮咚，眼前的风光无限美好，高晓丽却无心欣赏，一边走一边大口大口地喘气。

到达村前的古树下，高晓丽远远看见有个身材矮小的人影背着柴火从山顶上下来，急忙上前问向左："快看，那有人在背柴火呢，步履艰难。哎哟，像是个小孩子。"

向左抬头看了看，小声说："那是顾笑水的小女儿，顾因因。"

"顾因因？"

高晓丽也曾在手机上看过向左写的那篇报道，知道有个叫顾因因的小女孩为救自己的哥哥几次冲进火海里……

背着柴火的人影越来越近，高晓丽看清果然是只有八岁的顾因因，心头突然一疼，急忙迎上去将顾因因肩上的柴火取下。

自己的一对儿女，如果八岁时让他们上山砍柴……高晓丽想都不敢想。

"这么大一捆生柴，小小的肩膀如何能承受？"

顺手将柴火递给向左，自己则一把将顾因因抱了起来，轻声问："累坏了吧？让高阿姨抱抱。"

顾因因今年八岁多，由于长期营养不良，身材瘦弱而矮小，像一个四五岁的孩子。

顾因因不好意思了，低着头要从高晓丽怀里挣脱。高晓丽紧紧地将她搂住："高阿姨专程来看你呢。快看，我给你带来了什么？"

说话间，从提包里取出一个精致的布娃娃。

这个布娃娃原本是林小玲、林小珑前几天送给高晓丽的生日礼物，他们希望妈妈能忘记忧伤重新振作起来。当时高晓丽还沉浸于深深的自责之中，并没有接受儿女的祝福，只是面无表情，顺手将布娃娃放进了自己的提包中。

没想到这下子派上了用场。

顾因因将头埋在胸前，没有伸手接。高晓丽只好将她从怀里放下，示意向左先去寨子里，自己则拉着顾因因在一块石头上坐了下来。

她得想办法让顾因因开口说话。

"你上过学吗？"

顾因因不说话。

"你知道什么是老师吗？"

顾因因不说话。

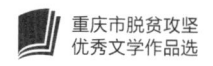

高晓丽说:"老师就是教像你们这样大的孩子读书的,让你们学会识字,学会跳舞,学会唱歌,平时都当你们是自己的女儿。今后你上学了,就知道老师是干什么的了。"

见顾因因还是不说话,高晓丽将手中的布娃娃硬塞到她的手里,笑着说:"高阿姨第一次到你们这儿来,找不着路,你能带我去你家吗?"

顾因因缩着手,指了指古树下的小路,小声说:"顺这条路走,我家就在下面。"

见她敢说话了,高晓丽激动得不得了,又将她搂在怀里。

摸着她粗糙的小手,看着她黝黑的脸蛋以及乱蓬蓬的头发,高晓丽心头再一次酸楚。

"你这么小,谁让你上山砍柴的?"

"没谁叫我去,"顾因因摇头说,"只是家里没柴烧了,我不去砍柴,就煮不熟饭。"

"你指给我看一下,刚才这捆柴是从哪个地方背下来的?"

刚才从顾因因肩上取下柴时,感觉重量至少在五十斤以上。别说这么小的孩子,便是自己也不能长时间扛在肩上。

"附近都是别人家的山林,我爸爸说了,不可以砍那里的柴,只能去山顶……"

顾因因一边说话一边朝着高高的山顶指了指。

高晓丽朝山顶望去,倒吸一口凉气。这里离山顶至少一千米,山路弯弯曲曲,又窄又陡,换作自己,即便是空着手也走不下来。

心头不由又是一疼。

要是不了解顾因因的家庭情况,她真想马上冲到她家里去,将她父母狠狠地痛骂一顿!

这完全算得上是对少年儿童的虐待啊。

为了让顾因因更快地接受自己,高晓丽努力地保持脸上的微笑，尽量逗她说话。

"因因啊，阿姨想摘一些花戴在头上，你能带我去有花的地方采摘吗？"

"花啊，"顾因因突然露出难得一见的笑容，"我们这到处都是花呢。有洋菊花，有狗尾花，有剪刀花，还有碎黄花、兰花花……都好看。你想摘哪种？"

顾因因说的这几种花都是当地土名字，高晓丽一种都没听说过。原本她是想以采花为由头逗顾因因开心，听了顾因因的反问，反而因这些花名勾起了心间的兴趣。

"快带我去，不管哪一种都摘一些，回去做两个大大的花环，你一个，高阿姨一个。"

"还要给我哥哥一个……"

"好，给你哥哥一个。"

高晓丽以前不愧是左右逢源的职业女性，半小时不到便让顾因因将自己当成了朋友，而且还释放了天性，在高晓丽面前一跳一跳地露出了孩子天真活泼的本性。

这才像一个八九岁的孩子啊。

高晓丽突然觉得心间充满了成就感。

或许林仲虎的魂被乡村勾了去，就是因为内心里一直想获得这份成就感……

待两人各摘了几丛野花回到半坡组，高晓丽心头又是一凉。

这么穷的山寨，高晓丽第一次看见。

这样的人家，躬耕深山，孤苦伶仃，他们的内心，多么希望有人来扶助啊……

高晓丽心里很不是滋味。

上次接到欧阳旬旬的电话，让向左茅塞顿开：在帮助顾笑水重建家园的同时，必须考虑好顾因因的成长问题。

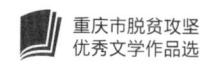

半坡组离太阳山村委会太远，顾因因要上学就照顾不了家庭，要照顾家庭就很难上学。这是一个极难解决的矛盾。

这么久以来，向左一直在思索如何来解决这个矛盾。

当高晓丽与顾因因在山坡上采花的时候，向左找到了正在土地里干农活的顾笑水。

顾笑水的相貌和穿着打扮就是一个典型的上世纪80年代的农民形象，老实巴交，脸上皱褶"阡陌纵横"，原本四十岁的年纪，看上去就跟六十岁的老头差不多。

看见向左，顾笑水急忙停止手里的活，双手不停地搓着满手的黄泥。

向左首先告诉他一个喜讯：到目前为止，已经收到全县各地微信捐款六万元，尚有各机关单位、学校企业、村居的现金捐款没有汇总，保守估计应该能再增加七万元以上。另外，钟灵镇政府还将通过易地扶贫搬迁政策给予他家每人一万二的资助……就目前来看，要帮助顾笑水修建一幢一百平米砖木结构两层楼房已经不成问题。

顾笑水老泪纵横。

别说十九多万元，就是一千元现金，顾笑水这辈子也没见过一次。

连做梦都梦不到。

顾笑水又惊又喜，激动得不知说什么话才能表达内心的感激之情。他伸出手想拉住向左的手表示感谢，但看见自己满手的黄泥，随即又将手收了回去。

向左主动伸手握住了他满是黄泥的手。

两人牵着手从地里走回被大火烧毁的老屋旁。

高晓丽见向左与顾笑水从外面回来，于是拉着顾因因的手走了过来。她想听听向左是如何解决顾笑水重建家园和顾因因秋季上学这个问题的。

"几天之内，十九多万元筹款将陆续交到你的手上。现在的问题就是，你准备将房屋修建在哪儿？"向左问顾笑水。

"向书记，你觉得呢？我一直在等你说一句话。"

向左记起了林仲虎之前的嘱咐，于是说："反正迟早得搬离半坡组啊。"

"搬去两河湾吗？"

目前，除顾笑水外，其他五户人家已经同意搬迁到两河湾了。顾笑水之所以还没签字，主要是想先征求向左和林仲虎的意见。

顾笑水消息闭塞，并不知道林仲虎已经去世。

"搬到哪里都可以。主要看你的意愿。"

顾笑水皱着眉头说："两河湾比我们这条件不止好几倍。但是，搬到两河湾去的话，对于我的家庭来说，不是太方便啊。"

半坡组以前三十来户人家，到目前已经搬迁得只剩下包括顾笑水家在内的六户了。这里交通不便，水源稀少，又有地质隐患。钟灵镇政府早就将半坡组纳入了易地扶贫搬迁计划。

顾笑水虽然想搬离这里，但真要搬迁到两河湾，却很不现实。毕竟顾笑水家里大多都是残疾人，需要他就近照顾。目前顾笑水已经接到映光合作社通知，五天内就会去厂里上班。

"山脚下有没有你家的田地？"向左问。

"我家田地都在半坡附近。倒是有一个地方，就不知还能不能去。"

"哪个地方？只要你看上了，我可以出面去为你协调。"

"你们映格沟。"

"映格沟？"向左眼前一亮，"你以前就是映格沟村民啊。说说看，哪里有适合建房的地方？"

"我家以前虽然住在映格沟对面的山坡上，但部分稻田却在映

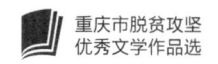

格沟村委会周围。不过,好像十年前那里的稻田就被山洪冲毁了,现在是荒地。"

"这实在是太好了。"向左兴奋地说,"我觉得就搬去那儿,顾因因也可以在映格沟村小读书。"

顾笑水愁眉苦脸:

"可是向书记,你不知道,我家一共四弟兄,我到半坡组上门后,家里的土地都分给了其他三兄弟,没我的份了啊。"

"这个工作由我们映格沟村委来做,明天你就下山去找我,我们先将地方看好,再去找你兄弟几人商量。"

"有点恼火哦,就算兄弟几人答应了,也不知村里……"

"这个你放心,不管是县上或者镇上,任何问题我都会与太阳山村第一书记一道去给你协商解决。"向左胸有成竹地说,"包括半坡组其他五户人家,政府都会想办法让他们陆续搬迁。你家情况更特殊,所以必须提前搬迁。"

顾笑水感动得热泪盈眶。

"向书记,我该怎样感谢你啊。我一家人都不会说话,我就在这里代表我们全家,给你叩个头……"顾笑水声泪俱下,说着说着就要朝向左下跪。

向左赶紧将顾笑水扶起。

"哪用谢哪用谢?这些事都是我应该做的。"转念间,向左想到了林仲虎,于是补充说,"不过,有一人你一定得感谢。"

"哪个?"

"林书记。"

"林书记?林仲虎书记?我当然也很感谢他。前两个月,他带领我们种植中药材和其他经济作物,现在都快见成效了呢。可以说没有他,我们半坡组想要脱贫,根本就看不到希望。当然,还有你,向书记,你的功劳也不小。"

"我的功劳都来自于林书记。我跟你说实话吧,我只是映格沟的第一书记,太阳山村不归我管。我能到半坡组来看你,来为你为其他几户村民做任何事情,全部都是受林书记的委托。他是一个焦裕禄似的好人。我只希望以后,你将所有的恩情都记在他的身上。"

"你和他都是我们的好干部,我会让子子孙孙都记住你们的。"

"记住他就行了。"向左说,"只有他,对你家的关心最多。"

"林书记他现在调去了哪儿?等我新房建好后,一定请他上门喝杯喜酒。"

向左心头一酸。也不说林仲虎已经去世了,只小声答:"到时我一定转告林书记。你家生活的好坏,一直是林书记心中的结。真要是到了你新居落成的那一天,也不知他会有多高兴。"

高晓丽的眼泪一下子从眼眶内冒了出来。她害怕顾笑水一家人看见,急忙拉着顾因因,快速跑到房屋旁边的山坳上,抬起头,默默地注视着远方。

心里想:"我似乎有些明白了,仲虎在村民们心目中的地位为什么会那样高……"

听了向左的回答,顾笑水身子一躬又要道谢,向左忙伸手拉住他,然后语重心长地说:"不过老顾啊,这些事情在未办之前,你得先答应我一个条件。"

"我知道,让顾因因上学。"

"要让她安心读书。"向左说,"假如你成功搬去了映格沟,而且你又去映光合作社做工了,平时可以抽时间照顾家里的病人。所以,你必须减轻顾因因肩上的担子,尽量少让她干家务活。要让她像其他家庭里的小孩子一样,快快乐乐地成长。"

顾笑水对向左感激不尽,别说这一条件是为自己的女儿好,就是要他去好好地对待别人家的女儿他也愿意答应。

"向书记你放心,你刚才说的这些问题只要解决,我就再没有

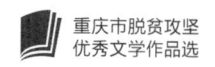

后顾之忧，我敢拿我的性命来担保，今后绝对让因因好好读书，不会再让她上山砍柴……我宁愿自己再苦点再累点。"

顾笑水这一番掏着心窝的保证让向左心里踏实了不少，他随后又与顾笑水详细商议了一些涉及建房的问题。为彻底让顾因因从家庭困境中解脱出来，向左最后说："林仲虎书记一直挂念着你的家人，二十多天前，他让我尽量给你大儿子和妻子找医院免费治疗。你大儿子的腿脚是治不好了的，不过我可以联系残联，给他找一份手工活做，每个月有收入。还有就是你妻子精神上的病，应该不是什么大病，等落实你新房建设手续后，我找时间去县上咨询一下，看有没有相关医疗机构可以免费为她治疗……要是她精神上能恢复正常，可以帮你干活，可以照顾老人，你们家不久就能够走出困境。"

顾笑水妻子多年前精神受刺激，一直没好的原因，一是缺少家人的精心照顾，二是没有钱去医院治疗。凭着向左的观察和分析，在用对药物的情况下，治好她的病应该不难。

返回村委会的路上，高晓丽没觉得很累就下到了山脚。

她的心情特别好。

通过顾因因，通过顾笑水，她想到了林仲虎，想到了林仲虎的扶贫事业，想到了林仲虎帮扶过的所有民众……林仲虎之所以连性命都不要也要坚持到乡下去扶贫，原来是为了彻彻底底地改变每一个贫困家庭的命运！

就像顾因因的命运即将被改变一样！

假如没有林仲虎，没有向左，没有帮扶干部，顾因因的命运有可能改变吗？

"下午我准备去映格沟的对门董看看。嫂子，你还跟我一起去吗？"向左问。

"我准备回城了。"高晓丽说。

"你不跟我一起再去看看林书记以前工作过的地方吗？"

"不用了，我已经寻找到了答案。"高晓丽脸上露出久违的微笑，"我已经知道今后该怎样做才对得起仲虎了，我一定会让他九泉之下感到欣慰。"

"你的意思是……"

"你放心，我不会再沉沦。我得回去想想，接下来该为映格沟的村民们以及顾因因的家庭做点什么好……"

第三十二章

时间一晃,很快过去了半年。

今天,是一个值得纪念的日子。

宫吕从妇幼保健院出来,容光焕发,两眼放出幸福而喜悦的光芒。

终于怀上宝宝了。

她从来没有这般兴奋过。

走出保健院大门,宫吕再也抑制不住内心的激动,小跑着来到院前花台中的一排"万年青"和"千年矮"跟前,张开双臂仰头朝向天空。

真想大声尖叫啊,让全世界的人都能够分享自己的幸福。

喜不自禁,宫吕从手提包里取出电话。

第一个电话是给向左打还是给高晓丽打?这是一个问题……

按道理,丈夫向左应该是第一个知道自己怀上宝宝的人,然后才是朋友。但七八个月前,宫吕曾经给高晓丽说过,只要知道自己怀孕了,就一定第一时间告诉她。

严格意义上讲,没有高晓丽的劝导甚至于指责,别说现在,就是三五年后宫吕都还不一定能有机会怀上孩子。向左思想上的顽固不化只有像高晓丽这样性格的人才压得过。可以这样说,宫吕这次能够顺利怀上宝宝,有一大半功劳都要记在高晓丽的身上。

还是先给高晓丽打电话!

正准备拨号,突然想起高晓丽在林仲虎葬礼上悲痛欲绝的那一幕。

"这个时候,跟她分享自己的喜悦,合适吗?"

不由矛盾起来。

时间虽然已经过去了半年，但宫吕猜测，高晓丽肯定还没走出林仲虎离开的阴霾。林仲虎去世之后的半个月内，宫吕曾给高晓丽打过好几次电话，但每次都说不上两句话就被挂断了。

宫吕也曾几次上门去找高晓丽谈心，但每一次都被她拒之门外。

那半个月，别说是宫吕，即便是曾经与高晓丽有过多次合作的各单位相关负责人，她也一律谢绝再见面。

她宁愿不迈出家门一步，宁愿独自活在百无聊赖的精神世界里。

那时候，宫吕非常担心高晓丽的身体吃不消，就找向左商量对策。向左也拿不出好的主意，只是建议她尽量少去打扰，让时间去抚平高晓丽心灵间的创伤。

时间能够抚平创伤，这是真理，但对高晓丽管不管用就很难说了。

之后宫吕就被学校派到重庆市区学习培训去了。由于学习时间较紧，压力也比较大，宫吕便暂时放弃了对高晓丽的劝说。有两次实在忍不住打她电话，却是无法接通的状态。

内心里，她非常希望高晓丽已经走出了阴影，毕竟时间过去了半年，但终究不敢冒失跟她分享自己怀孕的喜事……

感觉时机不太适宜啊。万一她还处于悲伤之中……

"怎么办？"

拿着手机，宫吕居然拿不定主意了。她是一个凡事都要认真的人，这样大的喜事如果不首先告诉高晓丽，她还真觉得过意不去。

一跺脚，拨通了向左的电话。

她想让向左给她拿主意。

"我有一个非常好的消息，想告诉我的一个朋友，但又觉得有

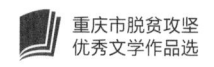

些唐突,你能给我出出主意吗?"

向左正在对门董开坝坝会,见宫吕毫无来由地说了句无头无尾的话,哪有时间答理她?没好生气地说:"既然是好消息,哪个时候告诉你的朋友都行。就这样,我现在没空。"

说完挂断了电话。

宫吕嘴一嘟,突然就没了心情。一个人闷闷不乐走出妇幼保健院坝子,招手叫了一辆出租车准备回家。

坐上车,宫吕陷入沉思,竟然忘记告诉司机自己的目的地了。

"去哪?"

出租车司机问。

宫吕看了看手机上的时间,还未到中午,脑子里突然转过一个念头。

"包车。去钟灵镇映格沟。"

今天是星期天,正好全天有空。

这一份惊喜她必须第一时间找人分享,不然塞在心里要有多不舒服就有多不舒服。

摇下车窗,一路上的风景再一次唤起了心中的甜蜜。

"向左并不知道我所说的好消息是怀孕,他正在工作,肯定没时间听我唠叨一些家长里短。不如这就跑去映格沟,当面告诉他我怀孕啦,他要当爸爸啦,一定会把他给美死。"

想到这,不由眉开眼笑,心情舒畅之极。

也正是在这样的心情下,让她想到了解决将怀孕消息"第一时间告诉高晓丽"的好方法。

她给高晓丽写了一条微信:

晓丽姐:

之前我一直在重庆培训,前天才回来。

最近还好吧?我有一个好消息要对你说,又怕打扰你,就没给你打电话。

我曾经承诺过,一旦自己怀上孩子,一定第一时间告诉你。我刚刚去妇幼保健院检查,医生对我说我已经有宝宝啦,并且非常健康。此时,这个消息连向左也还不知,我必须第一个告诉你,因为,向左的思想工作是你做通的,可以说没有你就没有我现在的孩子。

你是第一个知道这个好消息的人。我希望你能以之前的快乐,给我孩子送去第一缕阳光。

晓丽姐,人生没有过不去的坎,我理解你为林书记的一切付出,但请你不要忘记,不是你一个人在为林书记悲伤,还有他的许多朋友以及他扶助过的所有群众。

那么,晓丽姐,请用你的微笑,给予我和向左真心的祝福吧,并从现在开始,拨开心头蒙雾,迎接新的未来。

好吗?

晓丽姐,半年没有见过你了。下次见面,我希望看到如以前一般漂亮骄傲的你。抬起你的头,像以前一样,世界还会与以往一样美好。

小妹宫吕拜上

2016年9月25日

微信发送,虽然等了很久都没收到高晓丽的回音,但心头却不再纠结。她相信高晓丽只要看到自己的微信,一定会送上她的祝福。

到达映格沟时,宫吕非常意外地看见刚好从村委会走出来的高晓丽。

高晓丽一身素雅的打扮,明显比半年前青春了不少。

宫吕像发现新大陆般地兴高采烈,整个人飞奔着向高晓丽扑去。

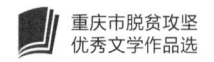

"晓丽姐,你不知道,这么久不见,我好想你啊……"

宫吕紧紧地将高晓丽抱住,半天舍不得放开。她实在没想到会在映格沟遇到高晓丽。

高晓丽温柔地注视着宫吕。

宫吕从高晓丽的精神面貌上看不出半点颓废的影子,心里瞬间欣慰起来,开心地笑着说:"晓丽姐,刚才我给你发了微信,为什么不回我呀?"

"没见我正在忙活吗?哪有时间看微信?手机也没带在身上。"高晓丽笑着说。

"你忙活?你在映格沟忙活什么呀?"宫吕纳闷之极。

高晓丽笑而不答。

宫吕好奇心起,拉着高晓丽的手不放:"说嘛,说嘛,告诉我你在这儿忙活什么?"

高晓丽经不住宫吕的纠缠,笑着说:"好啦,好啦,向左此时在对门董开会,要我带你去吗?"

"说嘛,说嘛,说你在映格沟忙活什么?我先不去看向左……"

高晓丽嘻嘻一笑:"不去算了,我一个人去。"说着就要往前走。

宫吕从高晓丽的话里听出了玄机,兴奋地说:"那我去,那我去。"

"我现在正在忙活的事情不是在对门董,但是去对门董要经过那里。"高晓丽说,"我说我带你去对门董的意思,就是准备带你去看看我正在忙活的事情……"

"懂啦懂啦……"宫吕高兴地拉着高晓丽的手,又是甜笑又是卖萌。

从杨浦岑农家乐"水源人家"过桥,宫吕拉着高晓丽的手,顺着小道正要上坡,却听见一个小孩子在背后喊:"高阿姨,高阿姨……"

宫吕回头一看，是一个扎着小辫子穿着花衣裳的小姑娘，有些似曾相识，一时却想不起在哪见过。

小女孩跑过来一下子将高晓丽抱住，感觉跟高晓丽非常熟悉。

宫吕一愣，觉得应该在哪儿见过这小孩子。

却在这时候，高晓丽将小女孩搂在怀里，亲了亲她的小脸蛋。

"我这时刚刚得空，过来检查你作业做得怎样了？"

"高阿姨，刚才我正在做呢，快要做完了。等下就拿给你检查……"

宫吕问高晓丽："谁家的小姑娘啊，这么可爱？"

不待高晓丽回答，小女孩笑容可掬地说："我是顾因因呢。"

宫吕心头一惊。

顾因因？就是上次向左报道中的那个满脸是水泡、穿着破烂、面容蜡黄的小姑娘？

变化怎么会那么大？

宫吕几乎不敢相信自己的眼睛。

"顾因因？"

宫吕惊喜交集，她上前偏着头仔仔细细地将小女孩打量了一番。

这小女孩哪里有半年前顾因因的影子？肌肤嫩白，满脸阳光，活脱脱一个城市小女孩。

微信中顾因因满脸水泡的面孔和饱含忧伤的眼神，让宫吕记忆犹新。

"你真是顾因因啊？"

"嗯嗯，"顾因因指着一侧的砖瓦房说，"我们家搬到这儿来啦，刚才正在院子里做作业，看见高阿姨和你过路，就急忙跑来迎接你们……每个周末高阿姨都要来检查我的作业。"

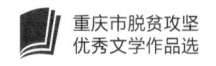

半年来，宫吕无时无刻不在牵挂着顾因因的成长。苦于那期间她正在重庆培训学习，一直未能到半坡组去看望她，根本就不知道她家的新房已经修建在了映格沟。

而让她怎么也没有想到的是，短短的半年时间，顾因因居然变了个人似的。

从她的脸上再也找不出"风吹雨打"的痕迹。

宫吕突然间蹲倒在地，捂着脸放声大哭起来。

高晓丽慌忙上前拉住宫吕的手，问："好好的怎么就哭起来了？"

宫吕边哭边说："我这是高兴啊。以前的顾因因，现在的顾因因！两个完全不同的人，两种完全不同的生活状态。这就是林书记和向左他们一直在做的扶贫事业，这就是他们取得的扶贫成果啊，了不起，了不起，我被感动了……"

高晓丽心里充满了甜蜜，不由默默地微笑。

正准备答话，高晓丽突然听见有人在村委会大声叫喊她，于是朝顾因因轻声说："因因，你先陪这位宫阿姨去你家新居看看，我回村委会去办点事再来检查你的作业。"

转身又对宫吕说："顾因因就是我这半年一直在忙活的事儿之一。要有什么想问的，你可以问她……"说完话，骄傲地一笑，朝两人摇了摇手，一个人返回村委会。

顾因因命运的转变，有一半功劳是林仲虎和向左的，但还有一半功劳必须得记到高晓丽的头上。

半年前，高晓丽从半坡组回到城里，思考了三天三夜，她决定以自己的实际行动，协助向左，改变顾笑水一家人特别是顾因因的命运。

她三天两头地出现在映格沟和太阳山村半坡组。她给顾因因买了许多时尚好看的衣服，还经常为她梳头打扮，教她说话，教她跳舞，带她去城里游玩……

这期间，她还不时到映格沟考察村民们目前在产业发展上遇到的具体困难。当了解到村民最需要的是将农副产品推广到全国各地时，心里便有了打算，准备到映格沟开一家电商店，专门为村民们解决产品的销售难问题。

而这几天，她一直在映格沟村委会忙活，甚至一天连手机也没时间看，其实就是在筹建映格沟电商服务店的相关事宜……

刚与高晓丽分开，宫吕就想起应该当面与她分享自己怀孕的喜事。后来想，反正晓丽姐会看到自己发的微信，就等着她晚上送来祝福吧。

低头见顾因因还在原地站着，于是上前将顾因因搂在怀里。

柔声问："因因，你是多久开始上学的？"

想到顾因因以前受的苦难，一时哽咽，不知该说些什么话。

"差不多快读一个月了呢。我们学校就在对面。"顾因因微笑着替宫吕擦拭泪水，"宫阿姨，我爸爸现在什么活儿也不让我做了，要我好好读书，今后回报社会。我也不知什么叫回报社会，但我肯定会好好读书。"

这孩子，真懂事。

"回报社会，就是等你长大后，参加工作，用自己的聪明才智为祖国的建设添砖加瓦，然后，像前些时候大家资助你们家一样，去帮助其他需要帮助的人……"

宫吕认真地解释。

顾因因似懂非懂地点头。

"也就是说，不管今后在哪一个岗位上，都要心地善良，多做好事。"

知道顾因因没听懂，宫吕微笑着补充。

顾因因这下听懂了。

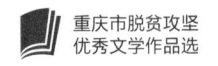

"我们家从木房变为了楼房,从山坡上搬到了平坝,我妈妈的病也好了,我哥哥也找到了工作,这些都是林书记、向书记和高阿姨对我家的帮助,我当然会向他们学习,长大后也会做好事,让所有山区的孩子都有新房住,都有新衣穿,都能读上书……"顾因因无比懂事地偏着头说。

宫吕备感欣慰。

"你家新房这么快就建好啦?快带宫阿姨去你家看看,好吗?"

顾因因点头微笑,拉着宫吕就向新家走去。

顾因因的新家建在映格沟村委会的对面,一楼一底,背靠对门董,前临梅江河,距离村委会和村小不过几分钟路程。

家里只有爷爷在,宫吕上前打招呼。爷爷有老年痴呆症,只知道"嘿嘿嘿嘿"地笑。

顾因因说:"我爷爷只认识我和高阿姨,就连我爸爸妈妈他也不认识。"

楼上楼下参观一遍后,顾因因为宫吕倒了杯热水,然后指着院子里的小木凳说:"宫阿姨,你在这里坐会儿,等妈妈回来后做饭给你吃。"

"你妈妈的病真好啦?"顾因因火海救哥哥的报道是向左写的,宫吕自然从中了解到了顾因因全家人的身体状况。

"好了呢,早上跟爸爸到映光合作社上班去了。"

三个月前,向左在县上为顾因因的妈妈争取到一个免费治疗名额,在官庄精神病医院治疗了一个半月,现在神志已经基本恢复正常,能够做一些简单的家务和体力劳动。

顾笑水在林仲虎去世不久就去映光合作社做工了。为了进一步减轻顾笑水的家庭负担,向左与张映光商量,安排顾笑水妻子也去合作社做工,负责打扫两个厂区清洁卫生,每月有一千多元工资,还能随时回家照看无自理能力的老人。

"饭我就不吃了，宫阿姨还有事情要办呢。"宫吕听说向左为顾因因家做了那么多的事，一时感到无比的自豪。于是又说："不过，你能不能带宫阿姨去你们学校看看？"

映格沟村小是几年前外地爱心人士来此投资修建的"希望小学"，无论是建筑面积还是配套设施都可与乡镇中心校媲美，师资力量雄厚，教育条件无可挑剔。

时下是九月下旬，顾因因已经在"希望小学"上学二十多天了。

自准备搬迁到映格沟以来，顾笑水果然信守承诺，主要家务劳动不再让顾因因做，上山砍柴这些粗活累活更是不让她沾边。加上高晓丽经常到家里为顾因因送穿的吃的，又给她扎辫子又给她搭配服饰，还带着她去城里到处游玩，短时间内，顾因因就恢复了一个小孩子应有的水灵，性格上也变得活泼开朗了。

留在宫吕印象中的那个顾因因，性格内向，脸色蜡黄，双手粗糙，头发杂乱……自然与眼前的顾因因联系不到一块儿。

去学校看了顾因因所在的班级和所坐的位置，挥手告别后，宫吕正准备寻路去对门董，却在"水源人家"旁遇见了从对门董开会回来的向左。

向左心情极好，看见宫吕立即露出微笑。今天的坝坝会主要是针对村民石四十要求在对门董后山坡修建山羊养殖场而征求对门董全体村民的意见。

目前石四十家的山羊已经发展到七只，他打算在后山坡修建一座规模不算太大的养殖场，今后长期住在山上，争取在两年内将山羊发展到二十只以上。

后山坡是荒山，土地归对门董集体所有。要在那里修建养殖场，需要得到对门董所有村民的同意。

石四十思想上的快速转变是向左没有想到的。现在的石四十，

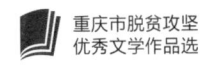

完全变了一个人，一心放在山羊养殖上。特别是林仲虎的去世对石四十的触动非常大。为了做出一番成绩来给九泉之下的林仲虎看，石四十更是连赌博也彻底戒掉了，每天都拿着林仲虎编的山羊养殖口诀仔细研究，认真揣摩，并且还自费去自主创业示范户——官庄镇英树村李香水那里学习了三天，回家后就信心满满地策划到后山坡的一个峡谷地带修建养殖场。

李香水一个残疾人都能靠几只山羊成为秀山自主创业示范户，自己不缺胳膊不缺腿，不信还发不了"山羊财"。用石四十自己的话说，他一定会凭着自己的能力在山羊养殖上脱贫致富，不辜负林书记生前的期望，不再让别人瞧不起。

"林书记生前，我在他眼里是一个顽固不化的混蛋，让他受了很多气。他死后，我一定要替他争口气，要富起来，要让村里村外的人都知道是林书记改变了我，改变了我的命运，是他让我们全家都过上了好日子。"

得知石四十要去后山坡修建山羊养殖场这个消息，向左自然是万分高兴，也十分支持，马上通知映格沟村委会干部和对门董全体村民召开坝坝会，协调解决石四十养殖场用地问题。

一切顺利，没有一位村民提出不同意见。

向左一路上哼着歌曲，心情相当舒畅。看见宫吕，也不问她为什么来映格沟，拉住她的手就说："走，趁着秋高气爽，带你到梅江河边观光去。"

映格沟小溪里有无数光洁的石头，五颜六色，非常适合于收藏。向左早就想捡一些比较有造型的石头带回家放在鱼缸里面，总是因为工作繁忙而没顾上。今天心情舒畅，正好带宫吕一起，以捡石头为名义，好好地游一游映格沟的山山水水。

现在的映格沟，在秀山报、秀山电视台和秀山网微信平台的大力宣传下，游客数量大增，小溪岸上随处可见前来烧烤、游泳的人群。

两人沿着溪流向半坡组方向慢走。走出去好远,来到一个拐角处,看四处无人,宫吕再也抑制不住心头的喜悦,一下子趴到了向左的背上。

"怎么回事?这么好的山水不好好欣赏,想要我背你?"向左玩笑着说。

宫吕脸一红:"必须要你背,你知道今天我带来了什么好消息?"

向左偏着头问:"说来听听,什么好消息?"

在向左想来,宫吕能有什么好消息?大不了是一些鸡毛蒜皮的小事儿。原本不感兴趣。不过碍于面子,佯装急于想知道的神情。

"快,快,说来听听。"

宫吕将脸紧紧地贴在向左的肩头,轻声说:"早上去医院检查,说我已经怀上啦……"

向左先是一愣,既而哈哈大笑,像一个小孩子似的背着宫吕在原地转了好几个圈。

"功夫不负有心人啊。"

计划怀孕已经好几个月了,向左兴奋过头,不由说了一句只有夫妻间才会说的俏皮话。

"不许胡说。"

宫吕羞得满脸通红。

宫吕虽然喜欢撒娇,喜欢黏黏糊糊,但思想里却相当守旧,结婚多年,极少跟向左开两性之间的玩笑。

向左笑得直不起腰,半晌才正色道:"好了好了,不开玩笑,不过从现在起,我得开始考虑给咱孩子取个好听的名字了。"

宫吕突然正色地说:"谁说要你取了?我们得请晓丽姐取,她最有资格……"

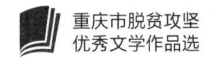

向左心里像灌了蜂蜜。

"依你,依你,确实应该让她取……"

溪水叮咚,秋风爽朗,向左脱掉皮鞋和袜子,挽起裤腿,背着宫吕,光着脚丫在梅江河里踩过来踩过去。

宫吕用双臂紧紧地搂住向左的颈项,低头看着清澈的河水,整个人都醉了,心里像装有无数如向左脚底下的小石子,青、黄、赤、白、黑,五彩纷呈……

第三十三章

秋天是长岭坡最具魅力的季节。

红枫烂漫，翠竹青青。

十一黄金周还有几天才到，长岭坡早已热闹非凡。四方游客接踵而至，寨里寨外人头攒动，一片欢腾。

黄毛狗满脸喜庆。

这些天，黄毛狗怎么忙也忙不过来，家里的客人天天爆满，走一批来一批，应接不暇。

早上，黄毛狗要带游客去打伞岩拍日出、拍酉水河和梅江河交汇全境；中午，他又要陪游客在屋旁欣赏水潭奇观，还要带大家沿着山涧去山顶寻找水潭的源头；晚上，他又要组织别具一格的篝火晚会……当真是一整天都忙得不亦乐乎。

长这么大，黄毛狗还从来没有这样充实过。

长岭坡开门迎客仪式原本定于十月一日十二时举行，然而在九月上旬的时候，秀山网组织三百余名网友走进两河湾，让长岭坡的旅游提前火爆。

让人感到意外的是，对于来自秀山本地的三百名网友来说，最吸引他们的不是酉水河和梅江河的壮阔，不是打伞岩柑橘规模的宏大，也不是长岭坡成片的竹山林海，而是被村民包括欧阳旬旬在内都忽视了的寨子中那一方翠绿的水潭。

整个水潭的底部由一大块绿色的整石组成，石面无缝无隙，相当平整。远远看去，极像一个天然游泳池。

寨中奇池，巧夺天工！

网友们的注意力全都集中在了翠绿的水潭上，这一点真是出乎

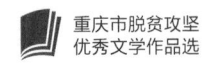

大家的意料。

从古到今，这一口水潭甚至没有过正式的名字，村民们司空见惯，不过是平常洗衣洗菜、聚集聊天的场所。

然而网友们对这口水潭表现出了极其浓厚的兴趣，非得刨根问底这水潭叫什么名字，有什么由来，源头在哪儿……

黄毛狗一问三不知，他并不觉得这口水潭有什么奇特之处。好在当时欧阳旬旬也在场，她急中生智，做出极其神秘的样子对网友们说："我们长岭坡最大的亮点就是这口水潭，至于它的由来和名字，有一个美妙的传说，相当神秘，不过我们要十月一日正式开门迎客后才会对外公布……"

这样一来，反而大大地吊起了网友们的胃口，他们对水潭的来历更感兴趣了。再加上秀山网记者在新闻报道中加以渲染，半个月不到，各地游客纷至沓来，纷纷感叹大自然的鬼斧神工。

欧阳旬旬无比兴奋，她从网友们的兴致中得到启发，决定在水潭上大做文章。

既然网友们对这口水潭表现出了浓厚的兴趣，说明今后的游客一样会被这口水潭吸引。于是，欧阳旬旬找来彭老支书和村委会干部商量，连夜启动水潭开发计划，让这口水潭真正成为长岭坡除民族特色外的另一亮点。

听寨子中的长者透露，这条山涧从山顶一直流到寨中，长达三公里以上，沿途还有不少翠绿色全岩石圆形水潭。

以前，这条山涧被当地人称为"贵妃沟"，同时，还有一个非常美妙的传说：

安史之乱后，唐玄宗为求自保，接受高力士的劝言，欲赐死杨贵妃。杨贵妃得知这个消息，带上二十四名宫女连夜逃窜，来到两河湾的长岭坡。

那时候长岭坡云山雾海，还没有人家，一条清澈的溪流从山顶直挂山脚。

每当夜幕降临,杨贵妃便带领众宫女到溪涧里洗浴。顺着山涧,杨贵妃、妩妲、红线、砚燕等自下而上,各占一地,宽褪罗衣,兰汤潋滟,轻蘸细拭,玉骨冰肌……

久而久之,各自洗澡的位置便形成一个个全岩石结构的水潭,除了面积的大小不一,每一个水潭都如翡翠一般翠绿……

第二天,一行人沿着水潭上方的山涧往山顶走,果然发现沿途有无数类似于寨中那口水潭的地方,只不过要小很多,但一个连着一个,如玉池,流水淙淙,形成一大地质奇观。

欧阳旬旬大喜过望,召集长岭坡所有民众,用三天时间将这条三公里长的山涧清理了出来。还为山涧中的每一口水潭都取了一个名字。

黄毛狗旅游接待点旁边的水潭被取名为"贵妃池",山涧中那些小水潭则根据形状和大小以杨贵妃当年的宫女来一一命名,分别为:"妩妲池""红线池""砚燕池"……

正是因为屋旁有一口神奇的"贵妃池",黄毛狗旅游接待点的生意要比寨子里其他旅游接待点好很多,常常是这里住不下了,旅客们才不得已住往他处。一时间,黄毛狗仿佛成了长岭坡的形象代言人,凡是到过长岭坡的游客,没有哪一个不知道黄毛狗的名字。

离十月一日开门迎客的日子没有几天了,一大早,欧阳旬旬笑眯眯地来到长岭坡。那时候黄毛狗刚刚带着一批游客从打伞岩观光回来。

黄毛狗看见欧阳旬旬,急忙躬身迎了上去。

欧阳旬旬不是一个人来的,她身畔还有一个年轻女性。

黄毛狗虽然不认识那名年轻女性,但还是礼貌性地对她点了点头。现在的黄毛狗已经不同于以往,不光精神百倍,而且在接人待

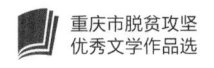

物方面，礼仪周全，十分得体。

欧阳旬旬也不相互介绍，只是示意黄毛狗在身后跟着，自己则拉着女伴的手，像游客一样，径直走到"贵妃池"边。

她指着"贵妃池"里的水，笑容满面地对身旁的女子说："贵妃池的水传说能美容养颜，晚上有不怕冷的游客都争先恐后跳进里面洗澡。今后你近水楼台，每天晚上都可以跳下去浸泡一番，半年之后包你像杨玉环一般娇艳。"

"娇艳有什么好？"那女子认真地说："我还是喜欢自己的原貌，接地气，真实。"

说完哈哈大笑。

说的却是普通话。看样子应该是外地人。

这些天来长岭坡旅游的外地人也不在少数，听普通话多了，黄毛狗一时也没在意。

欧阳旬旬笑着说："倒也是，突然让一个女汉子变成娇滴滴的模样，反倒不符合你的性格了。"

那女子微微点头。她在与欧阳旬旬说话的同时，不时地拿眼打量黄毛狗。

欧阳旬旬抿嘴一笑，突然转身问黄毛狗："怎么样？"

"什么怎么样？"

"当然指的是长岭坡的旅游。难道还会问你我这个女同伴怎么样？"

"嘿嘿，嘿嘿……"

黄毛狗不好意思地"嘿嘿"傻笑。为化解尴尬，随即指了指远处的游客，大声说："旅游啊，还用我说？托欧阳书记的福，热火朝天呢。"

"忙得过来吗？"

十天前黄毛狗就在欧阳旬旬面前诉苦了，说一个人每天要面对上百名游客，又要当导游又要做厨师，实在有些忙不过来。如果能找到一个人来帮忙照应，那就完美了。

"还行，只是晚饭太晚，有些游客饿得胃病都发了。"黄毛狗认真地回答。

欧阳旬旬"哈哈"一乐。

"是啊，现在的主要问题就是解决游客的用餐问题，要从细节上让每一个游客都满意。两河湾村委会旁边，覃酉梅的餐馆也是天天爆满，跟你一样，随时都忙不过来。"

"还好，大多数游客都能理解。"

"寄希望于游客的理解肯定是不够的。我有一个打算。"欧阳旬旬微笑着说。

"我就知道欧阳书记会想办法解决这个问题。"黄毛狗迫不及待，"快透露透露具体打算？我洗耳恭听。"

"先介绍你认识一个人。"欧阳旬旬将身畔的女子拉到黄毛狗跟前，"这姑娘是我高中时期的同学，湖北人，姓武名静。听说我们这里在搞乡村旅游，有意来这里发展。"

黄毛狗欣喜若狂。

"必须欢迎啊。不管来我们这发展什么，黄毛狗必定大力支持。"

说着话，黄毛狗想伸手去跟武静握手，见她没握手的意思，急忙收了回来。

"我是这样想的，"欧阳旬旬意味深长地一笑，"先让她给你当帮手，你带游客观光，她在家里为游客做饭，时机成熟后，你们俩再在长岭坡寨门口建一栋房屋，专门负责整个长岭坡游客的餐饮，到时候由你俩共同经营，你认为如何？"

"荣幸之至，荣幸之至……"

黄毛狗乐不可支，连连点头。整个人脸红心跳，像喝醉了酒似

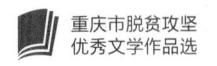

的晕晕乎乎。

欧阳旬旬曾经表态一定会为他介绍一个女朋友，她今天如此安排，肯定是在极力地为自己的爱情铺设道路。

不由喜上眉梢，又欢喜又紧张。

"今后我给她做帮手吧，她怎么说，我怎么干，完全听从她的指挥……"黄毛狗一边说话，一边拿眼偷偷盯着武静看。

听了黄毛狗的这番表态，武静看了欧阳旬旬一眼，突然"哈哈"大笑起来。

看得出来，武静是一个爱笑的女子，不分场合，想笑就笑。

欧阳旬旬轻声问："笑什么？"

武静附在欧阳旬旬的耳边说："他这句话，让我想到了一个传闻。"

"传闻？"

"说是重庆崽儿个个都是炕耳朵。"说完这话，武静又是一阵大笑。

"炕耳朵"是外地人特指四川、重庆男人的专属用语，意思是怕老婆。

在很多外地人眼里，重庆男人风趣幽默、耿直豪爽，但就是有一个通病：怕老婆。

在外是英雄，在家是"狗熊"！

武静毕业于重庆大学，对重庆相当了解，也有极深的感情。大学毕业后回家乡自主创业却屡屡失败。前些日子将生意余下的衣物都捐给顾笑水后，找了一家国企做办公室工作。由于性格原因，总感觉寄人篱下束手束脚，没做多久就辞职了。

前段时间，长岭坡的乡村旅游开展得如火如荼，而武静正好待业在家无事可做，她经不住欧阳旬旬的反复游说，心里一动，便决定来重庆发展。

提及"炽耳朵"这一典故,武静和欧阳旬旬一个说一个笑,根本就当黄毛狗不存在。

站在两人面前,听她们有说有笑,自己又插不上话,一时间,黄毛狗走也不是留也不是,一双手不知往哪处搁。

正自不知所措,但听得"呵呵呵呵"一串笑声,却是彭老支书拿着长烟杆乐呵呵地来到"贵妃池"前。

黄毛狗如释重负,赶紧从两人身边走开,跑上前跟彭老支书打招呼:"大伯啊,今天这么多游客,你居然有时间下山来走走?"

彭老支书家建在长岭坡所有民居的最高处,从家里到"贵妃池"不算太远,但也得下两三百级石阶。

彭老支书心情大好。

"呵呵,今天这一波游客,嫌弃我老,不要我当向导,他们都是摄影师,主要是来这里拍日出拍风景照的,天还没亮就出门了。我是听说欧阳姑娘来长岭坡了,于是趁眼下无事,专门来寨子里逛逛。呵呵,果然大家都在。"

欧阳旬旬看见彭老支书,忙拉着武静上前见礼。

听说武静准备到长岭坡来做黄毛狗的帮手,彭老支书笑得嘴都合不拢了。

"真是好,真是好。黄毛狗一天忙得分不清南北了,正需要一个人帮忙。"

说着话,彭老支书悄悄将欧阳旬旬拉到一侧,低声问:"这是准备给黄毛狗找女朋友啦?"

欧阳旬旬微笑着摇头:"主要是让两人合伙经营接待点。至于耍朋友,得看他们今后是否有缘分!"

彭老支书才不管那么多,认为只要有欧阳旬旬从中"撮合",两人一定能够从生意合伙人变为夫妻。越想越乐,心里暖暖的像刚喝了一碗"包谷烧"。

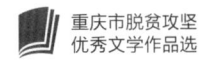

黄毛狗父母死得早,是彭老支书看着长大的。眼看着黄毛狗年龄越来越大,他的婚事一直是彭老支书的心病。

彭老支书伸出大拇指,又是摇头又是晃脑:"欧阳姑娘,麻烦你将这事放在心上。功德无量。这事要是办成了,不光黄毛狗要送你一个大'猪脑壳',彭某人一定也会加送一个。"

送媒人"猪脑壳"是秀山的少数民族风俗,代表男方对媒人的最高崇敬。一般情况下,不论"猪脑壳"大小,男方只能送一个"猪脑壳"给媒人,还没听说送媒人两个"猪脑壳"的,更没听说旁人还可以加送一个。

彭老支书当然清楚这些讲究,但他高兴啊,唯有再送一个"猪脑壳"方能表达自己的心意。

欧阳旬旬是外地人,哪懂这些规矩?听到彭老支书说要送两个"猪脑壳"给她,慌忙摇手:"老支书先别急,两人的事先放到一边,让他们先安心地做生意吧。"

"哈哈,有你出马,老支书绝对放心……"

说着话,彭老支书也不管欧阳旬旬愿意不愿意,拉着她就往寨门口走。

欧阳旬旬不明究竟,不知彭老支书要带自己去哪里,赶紧朝黄毛狗挥手,大声喊:"喂,老黄,你先带着武静去山坡上到处走走,老支书找我有事,我等会就来……"

武静是"女汉子",和谁都可以"自来熟",听了欧阳旬旬的交代,也不待黄毛狗回话,"嘻嘻哈哈"地对黄毛狗说:"听说这里除了贵妃池,还有什么妩妲池、红线池、砚燕池……既然来了,走走走,我必须先睹为快……"

来到长岭坡寨门口,彭老支书指着寨前寨后,充满感激地对欧阳旬旬说:"欧阳姑娘啊,你真是我们两河湾的救星。现如今,不光我们长岭坡的旅游搞得风风火火,其他寨子的各种产业发展也如火如荼。"

彭老支书毕竟老了，每次看见欧阳旬旬都会这样称道一番。欧阳旬旬也听习惯了，只是微笑，并不再说客气的话。

的确也是，自从欧阳旬旬担任支部书记以来，两河湾可谓发生了天翻地覆的变化，柑橘作为主导产业自不必说，仅是包括竹编厂在内的微小企业也发展到了十多家。目前为止，全村近两百户贫困户百分之九十的人家已经摆脱了贫困，而这其中，像覃酉梅、黄毛狗这样的家庭，已经在奔小康的大道上豪迈奋进了。

不过，彭老支书并不是老糊涂了，他心里有数，他这叫感恩，两河湾今天这一切的一切都来源于欧阳旬旬的拼搏与付出，叫彭老支书怎能不见她一次就称道她一次？

"欧阳姑娘，彭某人一生很少服人，但对你却是彻底服了。可以说是五体投地。"

彭老支书挥舞着手中的长烟杆，站到一块突起的岩石上，望着远处波澜壮阔的梅江河水，突然豪情万丈地说："中国农村穷了几千年，是到了该改变的时候了。就拿目前举国上下一心、倾力投入脱贫攻坚战来说，世界上没有任何一个国家能够做到，但我们却做到了！中华民族的千年巨变，正是因为有你、有林仲虎林书记这样的千千万万为国家的扶贫事业无私奉献、舍生忘死的好同志、好干部……"

欧阳旬旬谦逊地摇了摇头，联想到两河湾和整个秀山、整个重庆乃至整个中国的未来，欧阳旬旬激动不已。

彭老支书更是老泪纵横……

尾　声

瑞雪纷纷。

秀山各地扶贫战果捷报频传。

二〇一六年即将过去。

在全县脱贫攻坚总结大会上，石堤镇的两河湾和钟灵镇的映格沟被评为全县先进脱贫示范村，欧阳旬旬被评为优秀村党支部书记，而林仲虎则被追认为优秀"第一书记"和优秀共产党员。

向左上台代替林仲虎领奖并发表演说。

怀抱林仲虎的遗像，向左缓缓上台，会场的气氛陡然凝重。

以下是向左的发言记录：

今天，我是代表林仲虎同志站在这领奖台上，这一份荣光，只属他一人。

我知道所有的荣耀都无法将林仲虎同志唤回到我们身边，但他的精神，他的灵魂，我相信会永远留存于我们心中。

当着县四大班子领导的面，请允许我在这里简单地介绍林仲虎同志为秀山的扶贫事业所做出的巨大牺牲和贡献。

我不知道该怎样称呼他。是叫林老师？还是叫林局长？或者叫林书记？

我是他的继任者，我以前的身份是记者，多次采访过他，可以说，从他患病到逝世，我是为数不多的见证者之一。

任何一个人，包括像我们一样的国家工作干部，面对死亡都会表现出相当脆弱的一面，林书记也不例外，他也脆弱，我清楚地记得他刚刚得知自己患了肺癌时表现出的紧张和恐惧。他知道自己留在世间的日子已经不多。那时候钟灵镇映格沟的扶贫工作才刚刚起步,任务非常艰巨,摆在他面前的道路没有折中之选。

一夜之间,他决定隐瞒病情,没有去医院里接受治疗,而是继续为映格沟的脱贫工作奉献余生。用他自己的话说:宁愿战死沙场,也不愿死在病床上。

这句话没有几个字,也算不上豪言壮语,但要从一个身患绝症之人的口中说出来,得需要多大的勇气和毅力!是,已经到肺癌晚期,百分之九十九点九可能医治不好,与其治疗,不如继续工作。这只是理论上的认为,真正要付诸行动,何其艰难!必须要将生死置之度外。现在科技这么发达,就算只有百分之零点几的希望,也没有人愿意主动放弃治疗。我们可以去各地的肿瘤医院看看,在那儿住院的有几个是抱着一定能治好的态度?只是寄希望于万一啊。单从心理压力的角度上看,有希望总比放弃治疗要好一百倍一千倍!

但林书记却放弃了,原因绝对与映格沟扶贫工作才刚刚开始有关。他明白,那时候的映格沟最需要他,那时候的映格沟还离不开他!

我们都知道,癌症会给患者带来剧烈疼痛,那种疼痛非一般人可以忍受,林书记也一样,每天,他身体的剧烈疼痛长达十多个小时。在医院治疗的话,至少有药物可以控制疼痛,但林书记呢?他只能强忍,而且每天还得上山下乡,与老百姓同吃同住同劳动。他病重的时候正是冬天,映格沟正在大力发展核桃种植产业,为了动员所有的群众都栽上核桃树,林书记硬是冒着风雪,每天坚持在山上八个小时以上。一些无劳力的贫困家庭,林书记更是亲自动手,扛树、挖坑、刨土……每一次劳动回去,都会累得躺在床上动

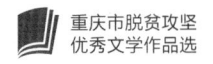

弹不得。

但他从来没有说过一句怨言,也没有当着任何人的面喊过一声疼。

说句实话,每一次看见他病恹恹的样子,我都会觉得心如刀绞。好几次问他是不是身体出现了问题,他都说是感冒。感冒有瘦得那么明显那么快速的吗?一百八十多斤的壮实汉子,几个月时间体重就下降到一百二十斤了……

我是他映格沟"第一书记"的继任者,众所周知,"第一书记"的压力来自于多个方面,而其中最基本的就是直接面对广大群众。这些群众绝大多数都是贫困户,素质有高有低,意见难得统一,可以说众口难调,工作做得再好也有人不满意。关于这一点,可以说凡是做过"第一书记"的干部都深有感触。然而映格沟,大家现在可以去打听打听,没有一个人对林书记有意见,他已经做得十全十美了,以至于我接任"第一书记"之初,居然不知道接下来的扶贫工作从何处入手!

现在的映格沟,可以说家家有产业,户户奔小康!这与我向左没有半点关系,完全是林书记的功劳。他多么希望这一天能早一些到来,但他却没能等到这一天。没能亲眼目睹映格沟从全县有名的"光棍村"变为"富裕村"。

最终他倒在了梅江河的终点,倒在了他曾经悉心帮助过的两河湾。临终前,他选择以一个月的时间来穿越梅江河,以越来越沉重的脚步丈量生我们养我们的母亲河沿线。

从某种意义上说,在对生命没有希望的前提下,唯有投身于母亲的怀抱,才是最终完美和安心的归宿。而梅江河就是我们的母亲,我相信林书记的灵魂会因为梅江河的宽容、大度、无私,而得到永久的安宁。

逝者长已矣,生者如斯夫。林仲虎同志永远不可能再回到我们身边,但我希望映格沟群众能永远记住他,我们在座的党员干部能永远记住他,全县六十五万各族同胞能永远记住他……

　　会场鸦雀无声,所有的党员干部都在默默落泪。

　　抬眼间,向左看见坐在前排的分管副县长正擦拭着眼泪。向左知道,分管副县长虽然两次在大会上批评过林仲虎,其实暗地里,他早就肯定了林仲虎在扶贫战线上所做出的成绩。当向左即将代替林仲虎去映格沟扶贫的前夜,分管副县长握住他的手,殷切嘱咐他,一定要多向林仲虎学习,要像他一样,将老百姓当成自己的亲人,为了百姓的脱贫事业,要付出自己的全部心血,要像林仲虎一样无愧于心,要对得起党,对得起人民群众……

　　离开会场,向左仍旧按捺不住心头的伤感,不知不觉一个人顺着秀山县城的花灯大道朝火车站方向走去。

　　突然想起艾青的诗歌《我爱这土地》:

　　　假如我是一只鸟,
　　　我也应该用嘶哑的喉咙歌唱:
　　　这被暴风雨所打击着的土地,
　　　这永远汹涌着我们的悲愤的河流,
　　　这无止息地吹刮着的激怒的风,
　　　和那来自林间的无比温柔的黎明……
　　　——然后我死了,
　　　连羽毛也腐烂在土地里面。
　　　为什么我的眼里常含泪水?
　　　因为我对这土地爱得深沉……

　　"为什么我的眼里常含泪水?因为我对这土地爱得深沉……"这正是"第一书记"林仲虎生命的写照啊。

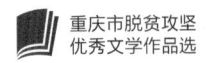

同时也是众多党员干部为党和人民奉献一生的真实写照。

秀山脱贫的战果有目共睹,但长期奋战在扶贫一线的战友同胞们,却各自经历着不同的艰苦,克服着不同的困难,为全县的扶贫事业默默奉献,鞠躬尽瘁。

太多太多的精神值得称道,太多太多的事迹值得书写。

秀山大地,何止一个林仲虎?每一名党员干部都在各自的岗位上扮演着"克难攻坚"的英勇角色,为了让困难群众能早一日脱贫致富,他们无怨无悔,献出了自己的青春和热情。

"何不根据秀山各地的脱贫攻坚事迹,写一部长篇报告文学,让更多的读者了解我们秀山的第一书记及乡镇村居干部,他们是怎样战斗在扶贫一线的?不说他们有抛头颅、洒热血的壮举,至少从他们身上,能让我们看到基层干部为党和人民的事业所作出的巨大牺牲及无私的奉献精神……"

向左一边走一边想,猛然发现自己穿过了火车桥,来到了凤凰山下。

风雪之后,晴空万里。凤凰山游人如织,每一张笑脸都透着十二分的健康和幸福。

随人流登上凤凰山巅,俯瞰秀山城全境,高楼林立,街道纵横,秀山的城市建设已经可以与中等城市比肩。

正自欣慰,突然感觉有人在拍他肩膀。

回头。

一米之内,欧阳旬旬正笑容满面地打量着自己:

"向书记,看上去心事重重啊。"

向左长长一叹。

"我一路跟着你,居然没被你发现。还没到晚上,向书记就有兴致来凤凰山上观光了?"欧阳旬旬笑着问。

现在的凤凰山,正在申报国家AAAA级景区,以前窄小的山路被一级级石阶替代，而晚上的山顶灯光秀，更是吸引了无数的县内外游客前来"打卡"，如幻似梦的仙境，在最近的"抖音"上"火"得"一塌糊涂"。如今，茶余饭后特别是晚上，顺石阶登上山顶锻炼、观光的居民越来越多……

"一年没来了，开发后的凤凰山大变样了，上来玩的人真多啊，即使还没到晚上……"

向左答非所问，还沉浸于对林仲虎深深的痛惜之中。

欧阳旬旬看出了他的悲痛，不禁跟着他轻叹一声，然后伸手拍拍他的肩头。

"你刚才的发言十分精彩，让我重新认识了一个全新的林仲虎书记。他的事迹和精神真正感染了我。他才是真正的扶贫干部啊。"欧阳旬旬低了低眉，继续说，"的确，与他比起来，我们所作出的牺牲根本不值一提。我在想，今后，我们必须以林仲虎书记为榜样，将毕生的精力都投入于构建秀山发展的雄伟蓝图。只有这样才算活出最有意义的一生。"

向左叹息："唉，我真希望林书记没有去世啊……"

"向书记，别叹息了。正如你在发言中说的那样，逝者长已矣，生者如斯夫。死去的人已经永远不会再醒来，而我们活着的人应该像往常一样好好生活好好工作。"欧阳旬旬突然想起了什么，轻声说，"哦，对了，向书记，说到这我突然想到了林仲虎书记的妻子高晓丽。林仲虎书记去世了大半年，她走出心理阴霾了吗？现在怎么样了？"

提到高晓丽，向左突然高兴起来。笑容满面地说："她呀，不愧是林书记的好妻子。她考察发现映沟格村民丰收的农副产品存在销售不及时的情况，便在映格沟设立了一家阿里巴巴'农村淘宝'服务分店，以电子商务的形式，专门帮助村民将各类产品销往全国各地。值得敬佩的是，这些全都是义务，她不会从中赚取村民们一分钱……"

欧阳旬旬拍手称赞。

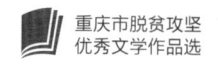

"电子商务？好啊，好啊，将目前最先进的营销模式带到最偏远的乡村，高晓丽了不起啊。好样的，从某种意义上说，这也是在继续着林仲虎书记的扶贫事业。"

向左重重点头。

欧阳旬旬话题一转，轻轻笑了一笑，说："我有很多的想法，散会后想找你聊聊，哪知你低着头一直往凤凰山方向走。看你在想事情，也不好打扰你，只好在后面一直跟着。"

向左歉意地点了点头："辛苦了。"

"辛苦？你是指爬凤凰山吗？"

"不，"向左说，"我指的是一路走来，所有的党员干部，为秀山的扶贫事业所作出的奉献。要让挣扎在贫困线上的贫困户们短时间内脱贫致富，并不是一件简单容易的事。但大家却做到了。"

回想在两河湾奋战的日日夜夜，欧阳旬旬不禁豪情满怀。

"是啊。每一位战斗在扶贫一线的党员干部都十分辛苦。他们如此，我亦然，你也一样。"

向左沉默良久，突然问："你跟石诚打算几时举办婚礼？"

向左与石诚平时在工作上多有交集，也了解他家的实际情况。特别是去映格沟任"第一书记"后，石诚的父亲更是给向左留下了很深的印象。

石道来虽然从来没在向左面前提到过石诚的婚事，但总能够从他眼神里发现一些期盼的神色。作为农村父母，特别是上了年纪的人，谁不希望能早一日"抱上孙子"？

欧阳旬旬有些不好意思地说："现在家里倒是没了负担，石诚父亲的养鸡场已经有了一定的规模。不过，说来有些羞涩，虽然要不了多少钱，但我跟石诚还是拿不出钱来装修公租房。我们都还年轻，等过两年再说吧。"

欧阳旬旬跟石诚原本有一些积蓄，但自从欧阳旬旬去两河湾当支部书记后,为了鼓励村民们自主创业,将所存的几万元都借给覃酉梅、黄毛狗和其他几位村民了。

不过按现在覃酉梅和黄毛狗的发展速度,应该不出两月就能够收回这些账。

向左长长地叹息。

"你们还年轻,但父母不年轻了啊。公租房装修要不了多少钱,无非是厨房、客厅和房间内的所需品……想想其他办法,还是尽量早地将事情办了吧。"

"嗯。"

欧阳旬旬抿嘴一笑。

欧阳旬旬突然奇怪,怎么向左也像老年人一样,年纪不大,却学会了"语重心长",学会了"苦口婆心",学会了"谆谆告诫"……

不过她愿意接受这样诚恳的意见。

"贫困村已经脱贫,秀山即将退出国家扶贫开发工作重点县,接下来你有什么打算?"向左问。

欧阳旬旬摇头说:"没什么打算啊,继续在两河湾干下去。今天,分管副县长在总结大会上不是说了吗?扶贫工作没有结束的时候,将永远在路上。"

是啊,全县的八十五个贫困村虽然已经通过重庆市贫困村退出验收,但秀山农村的致富增收工作不会停止,永远在路上!

站于凤凰山之巅,向左与欧阳旬旬对视良久,然后,两人一同转过身去,将目光投向遥远的梅江河流域。

梅江河,秀山的母亲河,每一个弯都那么明晰地呈现出转折的韵味,烟波浩渺,充满生机,不管是在上游的钟灵,中游的官庄,还是在下游的石堤,拐一个弯,再拐一个弯,向未来的方向奔腾不息,直至汇入气势磅礴的长江……

后记

2020年8月,我创作的扶贫题材小说《梅江河在这里拐了个弯》完成定稿,长达四年的创作历程,让我心怀忐忑的同时,又无比的激动。

梅江河是秀山土家族苗族自治县的母亲河。在书中,梅江河的拐弯,寓意着整个秀山贫困群众的生活得到了改变;同时也寓意着书中一些特定人物的思想得到了转变。

2017年11月,秀山正式退出国家扶贫重点县。作为重庆市最边远的贫困县之一,秀山这个地方,在脱贫攻坚时期,涌现出了大批的扶贫干部,他们从城市来到农村,与老百姓同吃同住同劳动,经受了艰难险阻的考验,费尽心血帮助贫困群众走出贫困,为秀山农村的脱贫致富立下了汗马功劳。

我是秀山土生土长的人,也是秀山从贫穷落后到脱贫致富的见证者之一。在亲眼目睹和亲身感受秀山的巨大变化后,毅然决定写一部反映秀山脱贫攻坚的长篇小说,让更多的读者了解秀山,让更多的人明白长期奋斗在扶贫一线的干部职工,不怕苦、不怕累甚至不怕死的英勇事迹,让他们的汗没有白流,血没有白流。

像全国各地的扶贫干部一样,秀山的扶贫干部各有各的优秀、各有各的艰苦,他们之中有驻村干部,有

"第一书记",有本乡本土的村委领导班子。在脱贫攻坚时期,他们立足本村实际,提出并实施了许多能让群众尽早脱贫致富的金点子、好方法,并且亲力亲为,战斗在扶贫一线,不少同志将自己的青春和健康都奉献给了这片热土。

这其中,就有我的好几个朋友。他们自愿去条件最艰苦的农村做"第一书记"。而且直到现在,秀山脱贫摘帽已经三年,这几位朋友仍然坚守在乡下做"第一书记"。

他们已经将驻守的乡村当成了自己的家。

每一位扶贫干部都有其催人泪下的故事让我感动,他们舍小家为大家,将贫困村民当做自己的亲人。看着村民在贫困线上苦苦挣扎,他们一方面要出谋划策带领大家走出贫困,一方面还要苦口婆心,动员一些思想守旧的群众,积极投身到创业中去。他们会受到委屈,也会遭遇失败……但是,最终的他们是成功者,是英雄,是为国为民的好干部。

梅江河横跨秀山一半以上的乡镇街道。流域之内,贫困乡镇不在少数。自从"第一书记"下驻到流域内的各村居以后,每一个贫困村都发生了巨大变化。梅江河沿岸迎来阵阵春风,四处都飘荡着少数民族群众的欢声笑语。

发生在身边的扶贫故事多不胜数。作为秀山本土的一名作家,我有责任和义务将这些感人的故事构筑于自己的小说。2016年秋,在秀山还没有正式退出国家扶贫重点县的时候,我利用两个星期的时间去各乡镇部门收集扶贫资料,又一个人去最贫困的山寨里体验一段时间的农村生活,还邀请了好几位朋友,沿荆棘遍布、崎岖不平的梅江河沿岸徒步走了三天四夜,通过走访、记录、感受……最终将《梅江河在这里拐了个弯》的小说框架及主要人物勾勒了出来。

在梅江河沿岸体验生活期间,我遇到了这样一位扶贫干部,从他到村里当"第一书记"起,就一直吃住在村委会,很少回城照顾

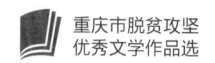

年迈多病的父母，也很少与妻子儿女团聚，甚至过年也没有回家……他的身体素质不好，却总是第一个出现在农村的田间地头。一次单位体检，医生发现他肺部有阴影，怀疑他患了肺癌，建议他到重庆作进一步检查。

那个时候村里的扶贫工作正在紧要关头，他思考了一晚上，最后决定不去市里复查，义无反顾回到村里继续他的扶贫工作。有同事问他为什么不去市上将自己的身体查个清楚，他回答说，自己的身体如果没有问题，那么去市上检查就等于浪费时间；而自己的身体如果真有问题，那么检查出来是肺癌也治不好，不如不去管它，先带领贫困村民走出贫困后再说……

这个故事深深地打动了我，他这是在用生命扶贫啊。虽然之后他的身体没有癌变，但我却从中受到了启发，将他的故事及遭遇搬移到《梅江河在这里拐了个弯》的一号主人公林仲虎身上。

梅江河发源于钟灵镇，结束于石堤镇，穿越秀山十多个乡镇街道。我将小说的故事发生地分别设立在梅江河上、中、下游的三个乡镇中的三个村落里，自然是希望以梅江河寓意我们整个秀山的发展变化，并通过弯弯曲曲、气势磅礴的梅江河水概述秀山乡村振兴及脱贫攻坚的艰苦历程和伟大胜利。

脱贫攻坚需要政策的支持，同时需要我们的扶贫干部呕心沥血去实施。从2015年到现在，五年过去了，秀山大多"第一书记"仍然还在村里的扶贫一线巩固脱贫成果，他们的事迹及形象，非常值得我们有良知的创作者去大书而特书。

写现实题材，写扶贫题材，写正能量题材，歌颂我们的党和我们的人民，这是我作为一个作者的初心和使命。今后我将继续创作充满正能量的现实题材作品，用切身感受和真挚情感向读者传达世间的美好和生活的幸福。

2020年9月18日